南京市江宁区文联签约作品

# 江宁人

张为良 著

中国言实出版社

图书在版编目（CIP）数据

江宁人 / 张为良著 . — 北京 : 中国言实出版社，
2021.12
　ISBN 978-7-5171-3908-9

　Ⅰ.①江… Ⅱ.①张… Ⅲ.①长篇小说－中国－当代
Ⅳ.① I247.5

中国版本图书馆 CIP 数据核字（2021）第 249470 号


# 江宁人

总 监 制：朱艳华
责任编辑：王战星
责任校对：代青霞

出版发行：中国言实出版社
　　　　　地　　址：北京市朝阳区北苑路 180 号加利大厦 5 号楼 105 室
　　　　　邮　　编：100101
　　　　　编辑部：北京市海淀区花园路 6 号院 B 座 6 层
　　　　　邮　　编：100088
　　　　　电　　话：64924853（总编室）　　64924716（发行部）
　　　　　网　　址：www.zgyscbs.cn　E－mail：zgyscbs@263.net

经　　销：新华书店
印　　刷：阳谷毕升印务有限公司
版　　次：2022 年 1 月第 1 版　2022 年 1 月第 1 次印刷
规　　格：880 毫米 ×1230 毫米　1/32　　9.75 印张
字　　数：168 千字

定　　价：58.00 元
书　　号：ISBN 978-7-5171-3908-9

# 活在世间的边缘人

陈　聪

　　我与为良兄认识，已经有好几个年头了。

　　那时候，他一边养鸡卖蛋，一边写作，并且出版了长篇小说《激情重燃：大院子弟的 80 年代》。该小说成为西祠胡同创立以来首部推介的长篇小说，并由西祠胡同出资同步在新浪搜狐等窗口推介一周。

　　之后，他断断续续地写出了诸如《病房》《隔墙有爱》《胡小琴的哲学人生》等中短篇小说，真可谓痴心不改。

　　如今，他的长篇小说《江宁人》获得了江宁区文联签约，并有机会付梓印刷，这对于一个文学爱好者来说，真的是莫大安慰。我在为他高兴和庆祝的同时，更为他的努力和收获感慨万千！也想在他出书之际多赘言几句，让读者诸君在品读这篇小说之前，能对作者的不易以及为之付出的艰辛多些了解。

作为二十世纪八十年代的专科毕业生，张为良是值得骄傲的。因为在改革开放初期，能从农村考出去的没有几人，即使在江宁区也是屈指可数的。这说明张为良是一个很用功的读书人。在做了十几年会计后，因为企业改制，他选择了下海经商、开书店、卖报纸、开网吧、放录像、批烟酒、经营小酒店……按张为良的话说，人生百态皆尝遍，一把辛酸一把泪。好在不管成功与失败，张为良对生活都是正面、积极和阳光的，交往这么些年，他一直给我一种谦恭、温文尔雅的印象。

我们最终是因为文学结缘，是文学把两颗最底层的灵魂联系在一起。想当初我开"前四后八"给老板送黄沙，经常从张为良开办的那个江边养鸡场经过，张为良忙忙碌碌的身影时常出现在我的视野里。谁都没有想到，就在那低矮潮湿的鸡棚里，张为良竟然"浮生偷得半日闲"，悄然写出了《江宁人》。先不论这篇作品的质量如何，单单从他的努力来说，就让人敬佩。

这些年来，张为良心里一直没有放下写作。初中时写了一部小说叫《香藕塘记》，寄给了当时的本土杂志《钟山》，结果杳无音信。因为这次失败，让本来就不太自信的他再也没有给任何杂志社投过稿。不投稿，是因为他认为自己写得不好，达不到发表水准。好在他一直没有放弃写作，要不然我们今天就看不到这部《江宁人》了。这些年，他除了《激情重燃》(已出版)《江宁人》这两部作品，还写出了《横山烽火》(已出版)《严三秃传奇》《活闹鬼诞生记》等长篇小说，还写出一批中短篇小说。这些作品大多数被束之高阁，只能孤芳自赏。发表的，多为无心插柳。比如《激情重燃》是别人读了小说以后，把网上比赛的消息告诉他，他才参赛的，后来也是出版社找到他，他才同意出版，这件事足以证明张为良对自己的作品有多不自信。

其实，张为良的作品没有那么不堪，《激情重燃》是一部纪实性很强的长篇小说，它记叙了南京一群二十世纪五六十年代初高中毕业的干部子弟开发江南煤田的故事。开发江南煤田是真实发生过的历史事件，张为良用他的笔把他记录下来，填补了这一历史事件的文学空白，这本身就很有意义。张为良的另一部作品《横山烽火》也属于这一类型。跨越江宁溧水和当涂的横山，是新四军抗日根据地之一，在这里曾经发生过大大小小几千次战斗，涌现出许多英雄人物。张为良用他的笔再现了那段如火如荼的战斗岁月，塑造了许英杰、韩伟、陶嘉梁等一大批英雄人物。小说笔力雄健，气势恢宏，很有历史厚重感，是一部全面反映新四军横山抗日的史诗般的作品。这部作品不但从侧面验证了张为良的文学功底，同时也告诉我们张为良是一个很会讲故事的人。

现在回到《江宁人》。

《江宁人》是张为良自己比较喜欢的一部作品，这部作品篇幅不长，人物不多，但个性鲜明，比如，朱桃花、小月、老板娘、管家老郑、王二虎、大个子老周……每个人物都栩栩如生，读完让人难忘。尤其主人公陶一宝，是一位身份卑微又非常典型的底层人物，在他身上你看不到高大伟岸，也没有特别值得推崇的品质。他命运多舛，经历两次牢狱，两次婚姻，最终却获得真正的爱情，得到家庭的幸福，这样的命运这样的结局不禁让人感叹不已。张为良常说，每个时代都有自己的边缘人。主人公陶一宝出身富贵，后来沦为那个时代的边缘人；作者早年跳出农门，由于种种原因沦为这个时代的边缘人，他们经历不同，精神相通，这大概就是共同的人性，这也是作者特别喜欢这部小说的原因之一吧。

读余华的《活着》，不得不对富贵老人的悲惨遭遇充满同情，为之落泪，扼腕叹息；读《江宁人》，也不得不对陶一宝的坎坷经历深深感慨。他们的故事都是我们父辈经历过的。苦难，可以消失，但绝不能轻易忘记。这是我读

《江宁人》后最真实的体悟。

　　生活中，有些人属于大器晚成。我有理由相信，假以时日，努力又勤奋的张为良一定会厚积薄发，作品不断，他的人生在他的晚年或许能有个圆满而美好的结局。我期待着。

辛丑年秋于金陵谷里

# 目　录

第一章

结识小月

# 一

很多年过去了，我都不愿意回忆早年那些事，回忆多了，就感到头疼。我经历过两次劳动教养，一次是十六岁，一次是二十八岁，每次都让我"有幸"在同一个劳改窑厂接受改造。

其实，我这个人这辈子除了好赌没别的嗜好，五岁不到便让管家老郑扛着，跟着我的父亲到五里镇上最大的赌馆赌博。或许耳濡目染吧，我从小就喜欢赌场的氛围，赢钱的癫狂、输钱的沮丧甚至咒骂声都让我快乐不已。

我爹是我们那块有名的大财主，对于赌博的玩法手到擒来，烂熟于心。大的有赌花会，小的有麻将、牌九、接洋龙……玩得最多的还是三个点四个点，就是摇骰子，比大小。在我的印象中，我爹十赌九赢，每次赢的钱能把老郑的腰压弯，每次驼着压弯的腰进了陶家，老郑都会有一个夸张的动作——把沉甸甸的钱袋子撂在地上，让它发出一阵"叮叮当当"悦耳的声响，紧跟着，会"扑通"一下坐在钱袋子上大口地喘气。每次我爹看见老郑那个熊样，总会抓一把银圆扔给他，让他别在他面前演戏了。

在我的印象里，我家是江西山里的大户人家，良田千亩，山林十几处，光是烧瓷的窑就有好几座。在镇上，我家有布庄、粮行，每年收上来的粮食主要通过粮行交易。在景德镇，还开了钱庄和瓷器行，反正我家在江西那是有名的财主。就我爹的身价，即使逢赌便输都输得起，可是他几乎不输。

我八岁的时候，开始跟我爹学习赌术。我爹起先不让我学，说赌博太早，没出息。后来看我在这方面有天赋，就主动教我。我爹赌术就是赌假，他太会赌假了。我问他是怎么会赌假的，他告诉我是从我爷爷手上学来的。我问爷爷是怎么会赌假的，他说是爷爷的爷爷传下来的。我娘知道我爹教我不学好，就鼓动大娘二娘三娘四娘找我爹兴师问罪。这回我爹请出我爷爷和我爷爷的爷爷的牌位，跟她们叫板。他说赌博是我们家的传家之技，虽说不靠赌博发家，但也不能因赌博败家。他说自古富不过三代，为何？一是富可敌国会遭朝廷疑虑，也会遭土匪恶人惦记，这是外因；二是有钱人家多出败儿，吃喝嫖赌，其中又以赌为甚，且嗜赌如命，自甘堕落，散尽家财，这是内因。为了悲剧不在陶家上演，陶家老祖宗发明赌假之技，就是为了保陶家永立不败之地。

爹爹的一番话，云里雾里，没几个人听得懂，但听起来似乎也有道理。还别说，陶家传到我爹这一辈，除了人丁（我爹生了五个女儿，就我这个儿子），其他干啥都旺。这么说吧，即使经历几年内战，伤筋动骨的陶家仍是一方大户。

到了十二岁，我已经得到我爹的真传，这从赌桌上能看出来。原先都是我爹拿牌，我站在边上掌角。十二岁的时候，已经调过来了，我爹给我掌角，我拿牌。[①]

我个子不高，也不胖，每次掌角或者拿牌，都要站在一张凳子上。有一次站偏了，把我额头摔出个大包，我爹不饶，非要赌馆赔，结果赔了五十块大元。回去后，我爹让人做了个六条腿的凳子，每次上赌馆就多带一个跟班帮我搬凳子。到了这一年的下半年，稻子上市，木排放到江里，我爹生了一场病，病得不轻，有三个半月不能去赌场。爹不能去，我让管家老郑带我去。好在我得了爹的真传，他不去我照样通吃，十赌九赢，赢到后来赌客们一个个唉声叹气，没人敢跟我下注。

每当这个时候，我会学我爹的样子喊几声："下注喽下注……啊，没人下了？没有人下，小爷我走喽！"说完，便叫管家老郑和小跟班的背上钱袋扛上凳子回家。

我家离赌馆只隔三条街，在中间那条街上，怡香院门上挂着红灯笼，两头石狮子比我们家的小一号。狮子两旁，站着好几个姐儿，她们像花儿一样开在秋天的傍晚，水脂胭粉

---

① 掌角就是给赌客打下手，赌客喊通吃或者吃一赔二或者吃二赔一，掌角的就按各家的赌注收款或放款。

的气息香了整个一条街。

我不喜欢那种浓烈的香水味道，每次途径怡香院门口，一定会拿小手捂住鼻子。我爹和老郑跟我恰恰相反，鼻子一个劲地嗅，脖子越抻越长，眼睛越瞪越大，很多时候我爹和老郑的眼珠子都快挤出眼眶，掉在地上；那几个妖里妖气的姐儿，拎着手帕，叉着小腰，抢着过来搂着我爹往大门里拽。我爹每次都使劲地赖着，口中不停地说："做啥子么，没见我娃娃在吗？快放手哟，今个不得空。"

爹病了以后，我以为她们不会过来骚扰我们。没想到，她们还是像饿狼一样扑过来。当然，她们不是冲我，也不是冲小伙计，她们跟老郑熟，是奔他而来，死拽活拉把他拖进怡香院，有的咬他的脖子，有的抱他的大腿，有的拽他的膀子，有的摸他的胸，还有的干脆把柔软的"爪子"伸进他的下身……管家叫唤起来，也不晓得是痛还是快乐，叫得跟杀猪似的。小伙计吓跑了，直接回家。我跟进去，见状，赶紧退了出来，又觉得好玩，就悄悄站在门外观看。

那几个姐儿戏弄了一会儿，感到无趣就把老郑放了。老郑边跑边穿衣服，边跑边埋怨我，说我是主子啊，不救他就算了，还在一旁看笑话。没等我辩解，又开始抱怨那几个姐儿，臭娘吆的，打狗还要看主人，她们一点都不给小爷的面子，不给小爷的面子就是不给陶老爷的面子，这事摆明了是没把陶家放在眼里。

老郑一番话，让我觉得很有道理。转日，等几个姐儿再冲上来，我伸开双臂护在老郑前面，不让那些姐儿碰他。可那些姐儿根本没把我放在眼里，用手一划拉，就把我划拉出去好几米，要不是被匆忙赶来的年长女人扶住，我一定会跌坐在地上。后来才知道那年长的女人是怡香院老鸨，那些姐儿都喊她"娘"，看起来年龄比我娘大多了，起码跟我二娘差不多。她厉声喝住那几个姐儿，然后对我放出一张笑脸，又是作揖又是赔礼，礼数甚是周到。我小，也不晓得怎么回答，胡乱朝她拱拱手算是回礼。女人显然很高兴，让老郑带着我进去喝茶，说给我陪不是，我不想去，女人说里面可好玩了，别有洞天。

别有洞天？什么别有洞天？难道比赌博还刺激吗？带着好奇我跟老郑走进怡香院，刚坐下，一位漂亮女人坐到老郑身边，二话没说，先把手放在老郑的面前。

我问老郑，"她要干吗。"

老郑说，"要钱。"

我说："我们是被请进来喝茶的，还要钱？"

老郑说，"请茶不要钱，可是陪茶是要钱的，一个女人一块大元。"我似懂非懂，给他一块，又给他一块。老郑拿了钱，高兴地一个劲地给我作揖。

老女人盯着我的钱袋子，"咋样，小少爷？茶好喝吗？"眼睛是绿的。

我学我爹，咳嗽一下，清清嗓子，然后回答："茶是好茶，就是没啥好玩的，你刚说这里别有洞天，别有洞天呢？光是喝茶嘛。"老女人嘿嘿一笑说："奴家说的没错呀，别有洞天是真的，可惜你太小，不懂的。"我说有啥不懂，只要好玩，你教我啊。真的？老女人突然来了劲，她说教要付银子，问我舍得不。我把钱袋子拎起来，上下一抖，里面银元叮叮当当响成一片。我说只要别有洞天，小爷没玩过的，好玩，钱有的是。

老女人的眼睛更绿了，她伸长脖子拖着长音喊："小月，小月，过来，把你弟弟领我房间去，别有洞天啦！"话音刚落，后堂匆匆跑来一位跟我年龄相仿头发凌乱的小丫头，脸上白一块黑一块，像个唱戏的大花脸，咋看比我大不了两岁。她极不情愿地把我领进后堂一间房间，房间不大，布置却很温馨。一张雕花兰床上锦被罗帐，旁边是张桃木梳妆台。屋子中间有张圆圆的小桌子，桌子上有瓜子糕点，还有一些茶水。窗户是紧闭的，如果没有烛台上的蜡光照亮，屋里会是一片漆黑。小月让我坐到凳子上，问我喝茶不？我说不喝。问我吃糕点不？我说不吃。问我嗑瓜子不？我说不嗑。小月奇怪地看着我，说我不吃不喝跑到这种地方干啥。我说我来玩那个"别有洞天"。没等小月回答，我好奇打量着屋里陈设："小姐姐，这是你住的屋，不孬嘛！""哪啊，"小月赶忙解释，"这是我娘的屋。"看我不明白，跟着来了一句，就是楼下那个老女人的屋。

"老女人？难道那不是你亲娘吗？"我好奇怪。

"什么亲娘，我是人贩子拐来卖给她的。"

"哦，那你在这干啥？"

"烧火，现在除了烧火，还要做饭洗衣服倒马桶，啥都干。"

"那你带我玩'别有洞天'吧！"

"啥'别有洞天'，哪有啊。"小月笑。

听说没有，我站起来就走。老女人坐在下面喝茶，看我这么快下楼，立即拦住我问："少爷，别有洞天好玩吗？"我本就生气，自然没好声气回道："骗子！你就是个骗子！"老女人一听，马上变了脸色凶巴巴地嚷道："小月，小月，你给我滚出来！""哦，来了！"小月一路小跑来到老女人身边，双手交叉放在胸前，眼里满是恐惧。老女人二话没说，一只手一把揪住她的头发，另一只手左右开弓抽她的嘴巴，边抽边吼："你个流浪痞子，贱货，老娘养你十三年，是条狗也晓得摇摇尾巴了，七老八十的你不要，青春年少的你也拒绝，你想干啥？啊，想活活气死老娘吗？今天你要不把陶少爷伺候好，看我不打死你！"小月"扑通"一下跪在我的面前央求我上楼，我当然不会。我知道老女人要钱，弯腰从钱袋子里摸出一块给了她，没想到老女人说小月是雏，这几个钱不够。我不懂什么叫"雏"，但我知道老女人一定嫌钱少，干脆拎起钱袋子往地上胡乱倒了一些，趁老女人弯腰捡钱的功夫，我心急巴火地跑出了怡香院。

## 二

我生在有钱人家，读的书并不多。记得六岁那年，我爹给我请了先生，希望老来得的子（生我那年我爹已经四十出头，我大姐的儿子比我还大）能异于常人，日后金榜题名，光宗耀祖。可惜不到两个月，先生找我爹请辞，他不说我如何调皮，如何坐不住，而是说我太小，等两年再说。我爹信了，放了先生。过了一年，我爹又给我找了个先生，据说是江西有名的老学究，前清榜眼，官至道台。细长脸，白白的山羊胡子约有半尺，看起来很威严。

老学究的确有一套，对我管教甚严，我的屁股和手掌没少受罚。当然受罚的同时，我也整得他不轻。最严重的是那年夏天，老学究在葡萄架子下面教我念《三字经》，念了一个多小时，我只背下了"人之初，性本善，性相近，习相远"。

后面都是一片空白。老学究来火了，问我缘故，我说读书没意思，掷骰子好玩。老学究怒道："孺子不可教也！"拿起戒尺就抽我的掌心。老学究狠啦，抽累了，让我继续背，他摇着扇子一边休息一边监视我。或许太老了，摇着摇着，竟然睡着了。我趁他睡着，悄悄找根绳子把他的胡子拴在椅子上，然后在他手边点着一堆废纸，大喊："失火了，快跑！"只这一声，老学究的胡子被连根拔起，下巴处冒出点点珠血，疼得老学究满院子直跳。

我没想到会有这么严重的后果，一时吓坏了，跑到我妈房里躲着不敢露头。后来我妈回来告诉我，老学究拿着血淋淋的胡子哭着跟我爹告状，说啥也不肯再教我。我爹不好意思，赔了袁大头还说了不少好话。

打这以后，我爹再没有给我请过先生，兴许他认为我不是读书的料吧。事实也是如此，我好像天生就是个赌徒，浪荡公子。后来，我爹还打算让我跟着学做生意。带我到钱庄学打算盘。别说，我喜欢拨那些滚圆的珠子，听那噼里啪啦的声音，感到挺有意思。很快，我会打算盘了，虽然在家没用上，后来在劳改窑厂却用上了，也不枉我爹一番苦心。

说到做生意，我这辈子还真做过一趟生意。那趟生意，像小月姑娘一样，让我刻骨铭心，终生难忘。

那趟生意就发生在我爹生病的那年，两张排，上万斤的稻谷，就等我爹的病好了立即焚香开拔。可我爹的病一直不见好。而南京方面一天一个电报地催，催得我大娘二娘三娘四娘还有我娘天天围着我爹的病床商量，最后还是我爹喘着粗气决定让我押排去南京。一开始我娘不同意，说我太小，万一有个三长两短，陶家就绝后了。而我也不想去，说我小，怕道远。他们怎么也想不到，我不想去的真实原因其实是为了怡香院的烧火丫头小月。

自从上次认识小月后，我在老郑七哄八哄下，又到怡香院玩了几次，每次都是小月接待我。小月告诉我，她从小生活在怡香院，挨打受饿，一直想逃跑，逃过几次都被老女人抓回来，打得遍体鳞伤。说到伤情处，小月哭，我也跟着哭。哭完，我要回家，小月总是求我多陪她一会儿。后来小月了解了我的身份，就哀求我帮她赎身。她说："只要你一宝少爷帮我赎了身，我一辈子给你做牛做马，侍候少爷。"小月这个古怪举动吓坏了我，让我无所适从。我不知道是答应还是不答应，一连好几天都没敢再去怡香院。后来还是小月主动在大门外等我，我才跟她进去的。小月说，我不愿意帮她赎身也没关系，她认我这个弟弟，就是一辈子的弟弟，只要我经常去看她，就是帮她了，因为有了我这个靠山，老女人就不敢再打她，再逼她做她不愿意做的事。

事情果然如此。只要我去，老女人总是眉开眼笑，对小月和颜悦色，也不再那么凶巴巴的了。我呢，跟小月姐弟相称，玩得非常开心。小月经常带我去后花园里赏花捉蚂蚱，我呢，教小月打麻将玩纸牌，传赌技。就这样，一些日子处下来，我像多了个姐姐，慢慢喜欢上她了。为了帮小月赎身，我去找老女人谈。老女人把我当成小屁孩，自顾忙她的，一点不把我放在眼里。看我追急了，她敷衍我，让我回去把我爹请来，她说我爹一来她就放人。我信以为真，回去找我爹。爹一听我要给怡香院的烧火丫头赎身，立马火冒三丈，要不是躺在床上起不来，估计早跳下地，竖起一尺多长的烟杆抽我了。

这件事传到家里，大娘二娘三娘四娘还有我娘，没找我算账，反是把我爹臭骂了一顿，说我爹上梁不正下梁歪，活活把儿子带歪了。当然还有老郑，也不是什么好鸟。爹听到骂，躺在椅子上装死；老郑听到骂，躲在暗处不敢照面。为了断了我和小月来往，娘不顾其他人的反对把我关起来，不让我去见小月。

被关的那段日子，真是度日如年啊，除了下人送吃送喝来，大门一直锁着，唯一的一把钥匙攥在我娘手里。我提出要去看病床上的爹。娘说你哪是要看你爹，你一定会趁机逃走，去看望小月。没想到我娘一下子猜中了我的心事。

我想从窗户逃出去，可那窗户早让老郑从外面封死了，怎么摇都纹丝不动。摇不动我自然恨老郑，恨他为什么在封窗户时不留个心眼，好让我一拉就出去呢？

其实，我错怪老郑了，老郑封窗子时，是做过手脚的，他把一只插销插得很松，只要我在里面多摇几次，插销就会脱落。可是这个小动作被我娘察觉后，把老郑狠狠骂了一顿，勒令他不许再踏进我的院子半步，否则滚蛋。

这一切都是我后来才知道的。老郑一直想放我出来，特别是了解到小月的处境后，更想把我放出来，可惜一直没找到机会。那天，我在睡觉，忽然听到窗外有人在小声喊我的名字，仔细一听是老郑。我一骨碌爬起来，发现窗户已经打开，老郑一个眼睛大一个眼睛小站在窗外。我刚要说话，他赶紧摇手制止。没等我走到窗前，老郑弯腰已经把我拉出了窗外，然后轻轻合上窗户。我们从后花园小门出去，一路上往怡香院狂奔。老郑一边跑一边跟我解释说，你娘回景德镇舅家了，估计今天晚上回不来，要不然他也不敢来救我。他告诉我，自从我被关起来后，小月被老女人逼得没法活了。

"小月怎么了？"我着急地问。

"老女人看你不去送钱了，就逼小月搬到她屋里接客。小月哪里能同意？老女人就让人把她吊在后院树上打，打得不省人事。"老郑说，那天他去后院如厕，恰好让躺在柴房里的小月看见了，小月悄悄喊他过去，问我的下落，老郑说了实话，说我为了她小月，被家人关了起来。小月听了，感动得眼泪直流。她让老郑转话给我，只要她小月还有一口气，就不会遂了老女人的愿。

说着话，我俩来到怡香院，老女人一看我来了，脸上笑出一朵花。

"小少爷，你好久没来，小月都想死你了！"

我没理她，跟着老郑直接去了柴房。柴房的门虚掩着，里面飘出阵阵恶臭。小月见到我来，哇哇大哭，我怎么劝也止不住。我回头怒视着跟过来的老女人，问她是怎么对我姐姐的？我说本少爷要把整个怡香院买下来，然后再一把火把它烧了。老女人吓坏了，又是作揖又是弯腰道歉，她知道她十个老鸨加起来也得罪不起我。

我把老女人拉到门外，对她说从今往后谁也不准欺负小月，不但不能欺负，而且还要好好养着她，只要养好了，我会加倍付赎金的。

"加倍付赎金，难道是一万元吗？"老女人眼睛由蓝转绿，随后激动地要跳起来。

"当然是一万元！"

"你说话算话？"

"老郑可以作证。"

"好，好，来人，快把小月送去洗漱，然后送到我房间调养。"

几个姐儿早冲进去抬小月了。

"还有你，"她冲着旁边站着的下人，一个年长的男人说，"快去把大夫请来给小月疗伤，动作麻利点。"

布置完任务，老女人笑嘻嘻地问我，"一宝少爷，这样安排还满意吗？"

我看看老郑，老郑点点头。

我说："不出半年，我一定会带一万银元来赎人。你相信我。"

"少爷做事我当然相信，只不过行有行规，你得去柜台立个字据，也好教人放心。"我刚要说行，一旁的老郑把我拉到一边，悄声问我去哪里弄一万元，这可不是什么小数目。我对老郑说，放心，我已经想好了办法。

写完字据，按上手印，老女人笑嘻嘻把它收藏好。这时，小月刚好洗完，由两个姐儿架着从后院过来，老远看到我就乐呵呵地笑，那种幸福的笑深深打动了我。那一刻，我觉得小月像刚出水的芙蓉，特别的美。只是被打得太重了，浑身上下软绵绵的，像被寒霜刚打过的一样。

安排好了小月，我来找我爹。我爹看我的态度一百八十度大转弯，知道跟赎小月姑娘有关，但是他没有点破。直到临上排的那天，我跟他去告别，他才拉着我的手说，一宝，你也十几岁了，喜欢小月姑娘我也理解。如果你真喜欢她，那你就好好跟你老郑叔跑这一趟排，跑成了会有几万元的收入，到时候你拿些钱去帮小月赎身。爹的话像一盏指路明灯，让我的心里更加亮堂起来。

临走那天，小月来送我，叮嘱我早点回来。我抓着小月的手，告诉她少则三月多则五月，一定会从南京回来。

大排离岸。江水浑黄。小月的影子渐渐湮没。

# 三

经过三个月的长途跋涉，木排终于飘到南京。

我把木排停在下关码头，让几个家丁日夜看守，随后跟着老郑去城里联络买家。买家住在中华门一带，离夫子庙不远，专做木材生意。稻谷是给夫子庙附近一家粮行的，这两家跟我爹做了几十年生意，非常熟络，我家每年都要给他们漂好几趟排，算是一桩大买卖。老郑年年跟我爹来，所以对买家特别熟悉。这两年，我爹有时让老郑一人押送，一切还是妥妥当当，让我爹很放心。

老郑大名叫啥我不晓得，爹一直喊他老郑，我也这么叫他，这些年只记得他的眼睛一大一小，说话有点大舌头。他把我领到中华门找到买家，发现大门洞开，阳光慵懒地洒在院子里，显得空空荡荡。在不远处一间厢房外边，有位老者在扫地，除了老者还有几只麻雀在院子里跳来跳去，见到我们，都飞到厢房的屋顶上去。老者提着笤帚，迎着过来，问我们找谁，老郑话没说完，老者不耐烦地打断他的话头。

老者说："都嘛时了，东家几天前就坐飞机跑了，现才来？我看你的货怕是没人敢要了。"

老郑急了："哎哟，你东家三个月前还催发货，怎么说不要就不要呢？这不是坑人吗？"

"坑人？"老者奇怪地看着我们。"你也不看看南京乱嘛样了，前几个月要修工事，需要大量木材，说是固若金汤，现在还要木头干吗？要房子干吗？现在还有哪个不要真金白银要几根烂木头？"

"我家不是烂木头！"我急着解释。

老郑拽住我，把我拉到他的身后。"老人家，我们千辛万苦已经来了，你看还能给我们指条明路？"

"嗨，我只是东家一条看门老狗，我懂嘛呀，抬举我了，走吧，我也不晓得咋办哩。"


# 四


还好，那家粮行老板还在。他说，虽然前方战事吃紧，平民百姓还是要吃饭，要吃饭就要买米买油，这个时候，米价飞涨，真是赚钱的好时机。他租了几辆卡车跟我们去拖稻谷。完了，老板问我要银票还是现金，我不懂，老郑说眼下政局动荡，回家路上带现金不方便，就拿银票吧。老板问我："少东家，你的意思呢？"

"拿银票！"我说。

老板诡秘一笑，赶紧吩咐下人去伪中央银行办本票。上万块大元的本票就是一张纸，直到今天也没有兑换掉，真后悔当年应该雇头毛驴，驮上银圆回江西，哪怕给土匪抢了，好歹比一张废纸强啊。

拿了钱，老郑跟在我后面转来转去，一会儿告诉我夫子庙的赌如何比江西小镇的阔绰，夫子庙的姐儿如何多才多艺，妩媚迷人。我问为什么呀，他说南京居南北要冲，虎踞龙盘，人杰地灵，好吃好玩的非常丰富。他先是带我去夫子庙大吃大喝，吃遍那里的特色小吃，然后带我去赌，赌了三天三夜。

兴许初来乍到，他们摸不清我底细，又或许我人小没引起他们注意，前三天我出手顺利，翻云覆雨，赢了很多钱，比我卖稻谷的钱还多。我听老郑的话，把钱存在柜上，约定走时来取。

回到木排上，想到有钱去帮小月赎身了，我便兴奋地睡不着觉。三天后，有精神了，老郑要带我去夫子庙要要。我说除了小月，别的女人我都不要。老郑笑我，咋成了木鱼脑袋，认死理呢。后来，我们做了折中，我去赌，各取所需。不过，等老郑回来，我除了一身小开长衫还有那张中看不中用的本票外，所有的钱都输光了，包括七八个人的日常花销，全输光了。

"少爷，你就这样走了？"老郑很不高兴。

"不走咋办？没钱了，连回家的路费都没的喽。"我双手一摊。"你不是还有那张本票？想办法扳回来啊！"老郑差不多要吼出来了。

"我去银行了，人家不兑，说要搬到台湾去，以后的事以后再讲。"

"我的娘啊，那还不赶紧去找粮行，就说我们不要票，要现钱，对！现钱，最好黄金，大头也行啊！"

"我去了，人家轰我出来，说票是真的，银行不兑找银行，他们管不着。"

"啥玩意儿！"老郑气得直摇头。

回到木排上，几个家丁围上来，问我和老郑怎么办。我摸出身上所有的钱，数数还有五十块大元，悉数交给老郑，让他带着几个家丁先回江西。老郑大惊，问我一个人留在南京咋办？我说等我卖了木排就回去。老郑想想也对，毕竟这么多口，天天守在外地，见天就要花钱，不回去又咋办？只是考虑把我留在南京，无法回去跟我爹交代，所以显得很犹疑。

"婆婆妈妈干啥子？"我说，"康熙爷十二岁收复大坏蛋鳌拜，治理国家了，我一个人留在南京怕啥子？你们说。"老郑和几个家丁面面相觑，晓得说不过我，只好千叮万嘱，要我不管木排卖没卖掉，过节前一定回家。

我答应他们，但我食言了。

# 五

老郑走后，我回身进了赌馆，跟馆主说，我还有两张排在江边，好年景一张排也要值几万大元，今天你做个价，看能值几个钱，我一并做了赌注，再玩一把。

馆主说，开玩笑吧，眼见马上要打战了，房子都没人要，哪个还要你的木头？骗我呢。

我说，木头好啊，仗总有打完的时候，打完了房子还是要修要盖，到那时你就大发了。我这话似乎提醒了馆主，他竟然答应了，但只肯做几千元的价，不是一个排，而是所有。我那时想扳本，明晓得馆主白日抢，也没办法。

拿到几千元筹码，我马上挤进刚才失手的赌桌，看见那个猪头三还在那吆五喝六让人下注。走时我爹特别交代，大地方藏龙卧虎，干啥都不能嚣张跋扈，尤其是赌，那是人外有人，山外有山。爹说，别看祖上传下来的几把刷子在镇上甚至在景德都能通吃，没遇敌手，可到了大地方最好不用，要不然让人盯上，赢不了你，也出不了门。爹的话肯定有道理，但是我没听。几天前我露了两手，成了，但肯定也引起赌馆的注意。那个猪头三就是个赌假高手，我那天一上桌，他就从旁边挤进来，好像在专等我似的。正是魔高一尺道高一丈，不出三个时辰，我那几下子都让他破了。按理，我不能再跟他赌，可我毕竟年幼，输了不服，偏找上他。他一看是我，肥嘟嘟的脸上一副不屑：

"小娃娃，又来了？我看你乳毛未干，趁早回家，省得你爹妈打你。"

众人哈哈大笑。

我说："少啰唆，发牌。"

猪头三说："看不出，脾气挺大，给他发牌。"

馆主也钻进来看热闹。

那一天，我输光了身上所有能输的，只剩下那张花不出去的银票。

或许看我可怜，在我离开赌桌的时候，猪头三扔给我五块大元，说是让我买糖吃，我明晓得那是嗟来之食，还是伸手把银圆抓在手里，哭着离开了夫子庙。仅一天的工夫，我从一个小开，一个不知愁滋味的公子哥沦为只有五块大元的流浪儿。这是我活到十二岁第一次遇到这么大的挫折，而且是第一次一个人漂泊他乡。当我离开夫子庙的时候，那天跟着也变了，气温陡然下降，一副要下雪的样子。好在我穿得厚实，狗皮夹祅，貂皮长袍，外加丝绸长衫和瓜皮棉帽，没感到身上有多冷。

但我的心里很孤单很冷，甚至还有一点恐惧。眼见那天要黑了，北风呼呼刮着，把地上的尘灰卷起来，又惯在地上，一些灰尘扑到脸上，打得人生疼。算算已经腊月十几，还有半个多月要过年了。我只有五块大元，想回江西谈何容易，光是坐车，没有三十大元也回不去，更别说吃住旅馆了。我只有等跟班他们回去，报告我爹后来南京找我，接我回去。这一来二去，没有几个月别想离开南京，而这几个月我怎么过呢？想到这些，我害怕得要死，眼睛湿润，只想哭。

# 六

大手大脚惯了，五块大元省吃俭用，不到过节还是没了。那天，大雪初霁，旅馆老板要我付房租，我跟他说先记账，等年后我爹来接我一道付。老板说不行，这不符合规矩。我抖抖身上的貂皮大衣，告诉他我家财万贯，视金如土。老板是死脑壳，三个字，不同意。没办法，我只好离开这家旅馆，去找下家。结果都是一样，没一家肯相信我。

中午没钱吃饭，我饿着；晚上，没有住处没有吃的，继续饿着。在大街上走了整整一夜，不走，更冷更饿。实在没办法，我把裘皮大衣当了，得来一百五十块金圆券，我听我爹说，买时他花了三百多块鹰洋哩。

卖一千都没用！当铺掌柜的说，听见枪炮声了？命都保不住了，哪个要你的裘皮大衣？当还是不当？

我当了。能不当吗？我说给银圆，我要银圆。当铺说，国民党秋天就不让用银圆，你小家伙不晓得吗？你想让我坐牢啊！

一百五十块金圆券，不晓得抵几个大头，我没有概念。没有大衣，的确很冷，走着走着，我的腰弯成弓，腿瑟缩着，快要冻死了。大街上，雪被车压成了冰，溜滑溜滑的。来往的军车很多，绑着防滑链，哐当哐当地卷起一路雪雾。我躲避着，偶尔抬头看有没有面馆一类。后来我走进一家面馆，里面坐着不少人，大多数是穿着黄大衣的军人。我冷，我饿，我穿着狗皮夹袄，像一条丧家狗瑟缩着。

"老板，来一碗面，多加辣椒，要辣啊！"

店里总是暖和的，我的身子像一坨雪，开始融化，慢慢变得柔软。

冒着热气的面条端到我的面前，还没闻到散发的香气，就听见收账的声音："五块！"

"这么贵！"我掏钱，口中自言自语："一件裘皮大衣就值三十碗面条！"

"你吃不吃？要吃快点！"堂倌催我。态度跟当铺没多大区别。

晚上，我找了个便宜的小旅馆，又花了五块钱。第二天早上，为了省钱，我爬起来撒完尿又上床迷迷糊糊睡到中午，饥饿老是来拽我的胃肠，让我实在受不住，我又跑到那家面馆要了一碗面。面来了，我掏出五块钱。堂倌没接。我问啥意思？他说："十五！"我说我昨天才吃过，就是五块。堂倌说，昨天是昨天。我站起来，气愤地说：咋的，看我小，是外地人，想欺负我？没等堂倌回，我摆出了少爷的派头，继续发狠。我说我家是江西数一数二的大户，家有良田千亩，山水无数，店铺几十处，看我这狗皮夹袄，还有这瓜皮棉帽，是一般人能戴得起的吗？小的，告诉你，等我爹来了，把你这个破店全买了，看你到哪里混去，哼！

可能一时被我唬住，堂倌竟没说话。旁边一位老大爷苦笑着跟我说："小兄弟，你千万别怪这小哥，他的价不高，一般店要二十，不信，你去问问。这物价一天一个样，说不准你晚上二十块都吃不到了。"说完，老大爷付了钱走了。

我把钱拍在桌上，骂了一句："啥子屌店，下次不来了。"

到了晚上，我换了一家，进去一问，妈呀，一碗涨到三十元。怎么又涨了？掌柜说，嗯，还要涨。又换一家，还是这价，吓得我不敢言语。出门，顺着灰暗阴森的大街佝偻着身子前行，活脱脱就是一个乞丐，后来一想，只比乞丐强一点，因为我还住旅馆，还能下馆子。我把手伸进口袋，使劲攥着那几张金圆券，生怕它们长了翅膀飞了。我不晓得用完了这几张纸后该怎么办，我爹就是再快，不到年后也来不了，想到这些，我就想哭。

在街上转了几圈，还是跨进了那家被我骂成屌店的面馆。堂倌看见我，黑着脸说："你不是说不来了，怎么说话不算话呢？"我不理他，仍然高声吆喝道："老板，来一碗面，多加辣椒，要辣啊！"

堂倌说："三十五一碗，别说小店没提醒你。"

我"啊"一声站起来，说："我刚从外面——问过来，三十一碗，你们家不便宜，反倒比别家贵了？"

堂倌笑道："贵了，是比别家贵了，你吃不吃？"

我把桌子一拍说："吃，还吃个屁，小爷不吃了！"说完，冲出面馆，径直去了另一家，对掌柜的说："来一碗，三十的。"掌柜的说："涨了，四十一碗。"我愣住了。那世道对于一个十二岁的孩子，能懂什么呢？我愣了半天，都没醒过来。等我为了省下五元金圆券，再次回到那家面馆时，人家店门已关。望着那黑漆漆的店堂和那在风雨中飘摇的招牌，我坐在结着冰块的台阶上哭了。我觉得我当时好可怜，好无助啊。

有一个资料说，1948年国民党二次货币改革时，金圆券兑换法币，一元能买到4升米，后来在短短的几个月，南京城里的最基本的生活物资，如稻米，暴涨500倍，经济秩序几近崩溃。

我哪晓得呢。

# 七

天寒地冻，饥寒交迫。回到旅馆，屁股还没坐定，掌柜推门进来："小少爷，明天房价涨到三十，你想住几天，就预交几天，后面不涨价，你看是先交还是？"

我当然希望先交，可是我还有多少钱可交？我把我身上所有钱掏出来，扣除十元房费，扣除六十元伙食费，只剩八十元了，即使不吃不喝，三天房费都不够。三天后呢，怕是三天后还是要流落街头。

我交蜷缩成一团。我想我爹了，我想我娘了，我还想我大娘二娘三娘四娘，他们要晓得我在这里受罪，他们会怎样地难过呢？我是陶家唯一的独苗，我就是陶家的天我就是陶家的地啊，可是我在这里，狗屁都不是，真是一分钱憋死英雄汉，何况我才十二岁，眼前已经一片漆黑。

第二天我开始病了，高烧四十度，一连三天，不吃不喝，掌柜怕我死在他的店里，就叫了郎中。郎中说我受了风寒，吃点药，再喝几碗米汤就能好。掌柜问我还有没有钱了，我颤巍巍地掏出二十元，攥在手上。掌柜摇头说："二十元管屁用，怕是连一粒米也买不到了。咳，算我倒霉，我先把你药诊费付了，等你爹来了再还我。""哎呀，老板，你相信我了？"我爬起来，赶紧给掌柜磕头，那是我这辈子第一次给外人磕头，我那一颗感恩的心啦，让我激动得流下热泪。

掌柜的倒是一脸无奈，他的意思我明白，不让我住又能怎么办呢？一是快过年了，旅馆几乎没人住，空也是空着；二是一个十几岁的娃子怪可怜的，当真赶出去，还不冻死饿死；三呢，他看了我的银票，一万多块，那是真的。综合起来，他得出结论，可以佘账给我。

过了两天，我病好了，米汤没喝到，吃了掌柜的两只红薯。房租又涨了，要一百元一天。我说记账，掌柜的就记账。还有几天就是大年三十，地上的雪没化干净，那天又变了，大概是年二十八，大雪下了整整一天，整条大街，白茫茫一片，积雪足有三尺厚。一个上午，那雪平展如绸，没有任何人去破坏。军车被大雪阻住，一个上午没看见一辆。狗应该出来走走，结果连一个脚印都没有留下。

是饥饿，让城里所有的狗都被吃光了。

大病初愈，老躺着也不舒服，我裹着被子下楼走到前台，想跟老掌柜的说说话。没想到老掌柜邀几个人正在打麻将，扣花。见到我歪歪倒倒地过来，掌柜问："是你爹来了？怎么下床了？"我有气无力地说："要是我爹来，就请你吃三天三夜馆子，然后把你这个小旅馆再包上个半年一年的。"掌柜的说："小子，我不想你那样报答我，我只希望你爹来了，把你的房租吃食付清就行了。"

我走到跟前，很肯定地说："掌柜的，你放心，一个子少不了你。"

一个牌友看看我，提醒掌柜说："老掌柜真是好心人，也不怕被人骗了。""是的，好歹一个大人，相信一个黄口小儿，万一……"

"万一个屁啊，就是个小要饭的，这年月兵荒马乱，江西几千里路，他爹能来吗？赶紧让他走！"

"听见了，小家伙，不是我心狠，这年头哪个顾得了别人？我说啊，过完年，算了，过完小年，你爹再不来，到时候别怪我赶你。出牌呀，愣嘛，一个个地？"

掌柜的话让我无语，但我不怪他，我只恨那三个多嘴的乌鸦，恨不得把他们的嘴一个个用针缝上。我看他们打牌，真希望他们三个都把钱输给老掌柜的。可老掌柜的手臭，牌技也不咋的，有时候连番都算错，看得我干着急。一局了了，掌柜的又输，就有点不想打了，那三人意犹未尽，拽住他想再打一局，掌柜的又不好太驳面子，就说去撒尿，也不说打还是不打。

我说，你去，我帮你打一局，输了算我，赢了算你。

你？四个人都不相信地望着我，尤其掌柜的，眼睛瞪得大大的。

那三个人也是一脸不屑。

我说可以试一把。那三人跟我喊起来，老掌柜，给他试一把就试一把，反正输的算他的。

# 八

我爹说过，为了不让人怀疑，第一圈要故意放水，让他们胡几把小牌，尝尝甜头，等他们放松警惕，再使出胜负手。

果然，赢了一局后，三人喜形于色，轮番贬低嘲笑我，这让我怒不可遏。

从第二局开始，我对他们痛下杀手，让他们连连中招，三局不到，就把他们打得一分不剩，最后一个个灰溜溜地走了。

掌柜看我手气那么好，帮他赢了不少钱，晚上特地叫我跟他们一家人吃晚饭，而且免费。那晚饭虽没有大鱼大肉，却是我一个多月来吃得最舒服最安心的一次。

那晚我还做了个梦，梦见掌柜的女儿，十三岁的阿英爱上了我，她走进我的客房，瞪着一双大眼睛，脸上害羞地飞上了红晕……早上我去楼下吃早餐，正好碰见阿英抱着巴金的《家》在看，她楚楚动人的样子，实在是好看。我忽然想到昨晚上的梦，竟然站在原地，傻傻呆呆地看她。阿英抬头，看我在看她，忽然来气了，把书往桌上一放说："看嘛看，臭要饭的！"说完，抱着书跑到里屋去了。那一刻，我像突然吃了一只苍蝇，吃又吃不进，吐又吐不出，非常难受。

阿英的骂让我猛醒。在阿英的眼里，我不是臭要饭的又是什么呢？我都落难成这样，还有什么资格想那些？但我毕竟是公子哥儿，天生的优越感让我对阿英十分不屑。我想只要我爹来，一定会让阿英大吃一惊，我要让她为今天的话后悔，后悔一辈子。想到这些，日子过得很快，转眼年过完了，雪也化了，麻雀又开始在梧桐屋檐和电线上跳来跳去，一阵枪炮声，转瞬它们又会跑得无影无踪。

小年过后，我天天到下关码头迎接我爹，但没有我爹的影子。

眼见快到三月了，我爹怎么还不来呢？照理我爹会坐船来，坐船比坐火车快，那时景德还没通火车，要先到上海，再转到南京，但比水路慢。后来掌柜告诉我，现在水路不安全，国军在江上查得很紧，武汉游轮已经停运。我想既然如此，我爹就会改陆路，从上海坐火车来南京。此后，我就改到下关火车站，天天在那里等，一等又是半个多月。在那里，我结识了一帮乞丐混混，因为我会赌假，他们把我捧如神明，每个人待我都不错。

为了骗两个钱花花，我在车站设了个赌局，让那帮乞丐混混做媒子，诱人上钩。别说，每天总有人上当。那些上当的人其实都是些穷人，他们想赌手气，赢几个回家，往往把一天的辛苦钱全搭进来。有了进项，我可以吃好点，喝好点，身体比以前也壮实些。只是我爹老是不见踪影，我在旅馆的日子越来越不好过了。

掌柜的是好人，但他是生意人，总不能天天供一个大活人，又是吃又是住，而这样的生活连他亲儿子都不会答应的，何况一个萍水相逢的人呢？不几日，他对我下逐客令了，限我三天，如果我父亲再不来，他就要我拿狗皮夹袄和皮帽抵押，然后逐我出门。

三天很快过去了，我终于被赶了出来。走时，我没有恨他，反跪下来给他磕头，真的，我从心里感谢这个掌柜，至今我都不晓得他的大名，我只知道他姓唐，他女儿叫阿英。而我欠他的债到现在都没还上，看来只有到阎王爷那里找他还账了。

第二章

无家可归

# 一

剩下来的日子，我跟那帮乞丐混混在一起，穿着捡来的破衣服，带着没有沿子的破毡帽，拖着又脏又臭的破鞋子，跟着他们睡防空洞或桥梁下面，到了这一天，我已经彻底是个乞丐了。

做乞丐没有日子，也不需要日子，睡了醒，醒了找食，吃了再去睡，周而复始。做乞丐跟猪狗没分别，有时候还不如猪狗。猪狗到时候有人喂食，乞丐找不到食物就要饿肚子。

在我的记忆里，国民党反动派跑了以后，大街上人多了，车多了，每个人的脸上都有了笑容。物价一时没多大变化，面馆里的面条听说还是三百元一碗。但歌声多了，锣鼓声多了，扭秧歌唱街戏的多了，都是唱《解放区的天是蓝蓝的天》，还有《白毛女》《兄妹开荒》。一旦锣鼓响起，我们这帮人反正没事，总是第一个凑上去看热闹，我们也只能看看热闹。

转眼到了秋天，上面发布通告，要整顿秩序，首当其冲的是黄赌毒以及像我们这样的乞丐流浪汉。那个晚上，我们在防空洞里睡得正香，忽然来了一帮荷枪实弹的军人，把我们一个个押到大卡车上，披星戴月，不知要送到哪里去。车子开出下关，朝南郊进发。有人小声传，说可能把我们送到雨花台枪毙。不管这消息可靠与否，我决定跳车逃跑。其实，在我没跳之前，已经有人跳了，那些军人只是朝天上开几枪，也不停车追击。

两声枪响从我的耳边滑过，像流星一般湮没在天际。我滚进又潮又湿野草横生的壕沟里，蚊虫马上围上来叮咬我，催我拼命往外爬，四周除了蛙鸣和蛐声，似乎还有狼一样的眼睛在黑暗中窥视，它们一律都泛着绿光，凶狠而贪婪。

我爬到一棵大树下，看见冰凉的月牙儿飘在天上。我的家就在月牙儿下面啊，月牙儿多像一条船，它要是能载我回家，给多少钱我都愿意。

当黎明乍现，我决定回江西，一分钟都不想停。现在想来这个决定还是明智的，如果我不回去，恐怕一辈子也见不到我爹我娘，还有怡香院那个烧火丫头小月。尽管那一路上爬火车，睡草地，风餐露宿，边走边要饭，吃尽千辛万苦，但我一点也不后悔我的这个决定。

当我拄着讨饭棍踏上五里镇桥头时，我激动得哭了。我想象着爹娘还有所有的亲人站在门口迎接我归来时的欢乐情景，委屈的泪水止不住溢满眼眶。到家了，到家了！我想这样呐喊，可是没有一点力气支撑我这样做。要知道我坐了三天三夜的火车，没吃没喝，没敢合眼，生怕坐过了站。此时到了家门口，浑身一松劲，整个人便软软地靠在一棵老槐树身上，宛如靠在我爹我娘的怀里，眼皮一耷拉，竟然迷迷糊糊睡着了。

二

我做了一个梦。梦见我家大门楼子下，爹使劲地抽着旱烟，管家老郑瞪着两只大小不一的眼睛站在他的身后。我老远就喊："爹爹，我回来了！"爹看着我，竟然不认识似的，眼里一片迷茫。我喊："爹啊，是我啊，陶一宝，陶家一宝啊！"这时，爹才迎着我喊了一声："一宝"，整个人就"轰"地倒在地上，头上流出了血。我大喊："老郑，帮忙呀！"老郑不但没帮忙，反而在我爹身上踢了一脚，脸上露出恐怖的讪笑。

一片落叶从天上掉下来，刚好砸在我的脸上，把我惊醒了。我打了一个激灵，睁开眼睛，看见桥下的河，河水清澈如镜，泛着诱人的微波。我扔下讨饭棍，顺着河埂下去，一张蓬头垢面的脸出现在清凌凌的河水里。

瞧我这副德行，难怪在梦里我爹认不出我来，我一边哭，一边洗，我想早点洗干净去见我的父母，去见五里镇我所有的亲人。

就在这时，一阵铜锣声从镇子里传来，紧密而急促，把我吓了一跳。要知道这锣声可不一般，除非镇里发生大事，轻易是不会敲响的。爹告诉过我，这锣对五里镇老百姓有功，长毛造反，敲过！日本人扫荡，敲过！土匪来了，敲过！老百姓一听到锣声，呼啦全跑进四周的大山里，躲过多少次兵险啊！那这次又为什么敲呢？我不知道，我只知道那面锣平时一直挂在我爹的房间里，比一般锣要大一倍，色泽光亮，特别刺眼。一锤下去，声音瞬间能传到五里镇各个角落，震得人心发颤。记得七岁那年，我看见这面大锣，要老郑取下来给我敲，老郑刚把它取下来，就让我爹骂得狗血喷头。

爹说，唻锣能瞎动吗？唻锣就是古时候的烽火台，是报警用的，你想烽火戏诸侯啊，那以后还管用不？

爹一通话，说的老郑一个劲儿地认错。

这次锣响到底为啥？莫不是土匪进镇了？敲锣的人是我爹还是老郑？算时间，老郑早该从南京回来了，敲锣的应该是他。正当我在胡乱猜想，一阵爆豆似的枪声过后，镇里竟然传来女人和孩子的哭声，那锣声也突然跟中弹一样戛然而止，无声无息。我爬上岸，拾起讨饭棍赶紧往镇里跑，我不晓得那一刻咋会有那么大的力量。但是，没跑两步，我就被躲在大树后面的两个国军哨兵持枪拦住了，看到他们，我才意识到此刻的五里镇还没解放呢。

两个哨兵拦住我盘问加搜身，看没啥破绽，让我赶紧滚蛋。没走几步，其中一个说，这小要饭的，好像刚从茅坑里爬出来，熏死老子了。另一个说，还以为能搜出三瓜两枣，回头跟兄弟下馆子喝一壶，呸！除了讨饭棍，狗屎都没得！

　　我管不了他们，跌跌撞撞往家跑。跑着跑着，原本空荡冷清的街面一下子热闹起来，许多国军士兵跟土匪一样踹开店铺大门，把里面男女老少往外赶。渐渐地，被赶出来的人越来越多，在我回家的街道上慢慢汇成一小股一小股人流，我夹在人流里不知不觉被裹挟到镇子中心。我家就在镇子中心啊，那高门大院坐北朝南的大户就是我家。人流聚集在我家大门外的广场上，那里有我从小熟悉的大戏台子，戏台子四周每五步站着荷枪实弹的士兵，旁边的店铺屋顶上还架着机枪。台下站满了黑压压的人群，我想挤到台前去，试了几次都没成功。我急了，一边挤一边喊："爹爹，爹爹！"我知道，爹爹是镇上有头有脸的人物，不管是唱戏，还是杀人，这么大的场面一定会请我爹爹到场的。

　　"爹爹！"我一边叫一边往里挤。

　　"小要饭的，挤屁呀，哪个是你爹，瞎嚷嚷！"是个大个子，一脸横肉，一把把我拨弄出来，瞪着眼睛对我吼。

　　我说："我爹是陶家财，我爹一定坐在前面，我要找我爹！"

那人还没说话，有位白发奶奶把我拉到旁边："你是一宝？"我说我是。奶奶二话没说，把我拖到更远的地方小声说："一宝，我是你三娘的娘，都这个时候你在这干嘛，还不快跑？！"我被问得莫名其妙。我说我刚从南京回来啊，还没见到我爹我娘哩。

奶奶做贼似地左右看看，继续小声说："一宝，你看见这些兵痞了吧，不但把你家占喽，抢你家东西，还把你几个娘也糟蹋了，你爹找他们拼命，被安了个通共的罪名，说一会子要公审，让全镇人来看，杀一儆百。你赶快走，要是让他们看见喽，就没得命喽，说不定他们打草搂兔子，让你也吃枪子。听奶奶的话，快跑吧！你们陶家活一个是一个！"

那天我没跑，我问我爹在哪？奶奶说应该在屋里头，一会子就要拉出来公审。

"爹！"我叫了一声，转身就往家里跑。"一宝一宝！你不要小命了？"奶奶追了两步，没敢追。我跑到大门口，大声喊着："爹，爹！娘！"几个持枪的卫兵拦住我，大声道："小要饭的，这是团部，快滚开！"我说："这是我家，我要进去见我爹我娘！""你家也不行！"卫兵伸手拦着我不让进。我跟他们扭打在一起，但很快就被擒住。

我被卫兵反剪双手，无法抬头，仅能看见白色的绑腿和黄色的胶鞋来来往往进进出出，偶有直筒马靴踩在光滑的石板地上，发出"咔咔"的声音。我想穿马靴的一定是军官，它一出现我就挣扎，大喊"救命"。没过多久，有一对马靴和几个黄色胶鞋围在我身边，一个非常熟悉的声音响起："咋回事？"卫兵道："报告长官，我们抓到一个小要饭的，他擅闯团部！"我就喊："什么闯，这是我家，我要找我爹！""老实点！"卫兵把我的膀子压得更低。

"你是陶一宝？"声音咬字不清，有点大舌头。

"老郑！"这个声音是管家老郑，"老郑，我是一宝，快救我！"老郑没承认也没否认，"陶一宝，我告诉你，'天堂有路你不走，地狱无门你自来投'，抓都抓不到你，还救你？去，把他绑起来，一起押到台上去，让他亲眼看看他爹的下场！"

卫兵把我绑得严严实实，推到台上。

不知什么时候，我爹跟我娘已经跪在台上了。我爹五花大绑，头无力地垂着，散乱的头发披挂在脑门上，盖住整张脸。血不知从哪里渗出，顺着头发滴到地上，开出一朵一朵鲜艳的梅花来。他的身上插着死囚牌子，人像死了一般，一动不动。我娘昂着头，披散头发，羸弱的身躯在秋风中荡漾，随时要倒下来一样。

离开爹娘一年多了，没想到我会这样跟我的爹娘见面。按说这样的场景，公审处决犯人，我是见过的，但我没想到我爹也是这样的下场。我喊我爹喊我娘，我的哭声盖住全场嘈杂的声音，是那样凄厉刺耳。娘听见了，转过头，喊了一声："一宝，我的儿啊！"就把头靠在我的肩上，使劲地靠着。我感到我娘身体在颤抖，她显然太恐惧了，希望有一个安全的肩让她靠靠。可是我太小了，太弱了，我不是娘的靠山，我多想靠在娘的身上，跟她诉说我这一年多的离别之情啊。娘的身体在颤抖，几乎要倒下去了，我用力抵着，直到我跟我娘一起倒在台子上。

"娘！"我望着我娘，娘也望着我，我从娘的眼睛里看到了绝望。

我爹缓缓转动脖子，吃力地抬起头望向我。透过散乱肮脏的头发，我看见爹的眼睛闪过一丝亮光，他的嘴角微微拉动，露出丝丝欣慰的笑容。一阵秋风扫过，撩起我爹的头发，露出脸上大块尚未结痂的新鲜伤疤，而爹的笑容是那样诡异和恐怖。

我喊着："爹，爹呀！"我爬过去，不！我双手被捆住，只有滚过去，滚到我爹的面前，我把脸凑近我爹，告诉他，我是一宝，一宝是你的儿子，你的儿子回来了。爹把脸靠近我，我听见爹的嗓子里呼噜呼噜的痰声在滚动，一粒粒豆大的泪珠滴到我的脸上，淌到我嘴里，是那样的苦那样的涩。

我喊着："爹，爹，你为啥不说话哟？你的儿子等你去接，整整等了一年啊，你好狠心呀！"

爹仰起首，望向天，张开嘴"啊啊"地叫着。这时我惊讶地发现爹张开的血淋淋的嘴里黑洞洞的，竟然没有舌头。

爹、爹，你的舌头呢？我望着爹爹的口腔，惊恐不已。

卫兵上来了，强行把我拉开。刽子手要行刑，老郑不让，这个畜生不是念旧情来救我爹，而是拔出手枪抵着我爹的后脑勺，他要亲手杀死我爹！第一枪是个哑子，第二枪响了，爹栽到地上。

老郑在枪口上吹了一口气，露出狰狞的狂笑。

秋风在枯树枝头发出哀鸣，惊鸟成片成片飞向天空。

我昏死过去。


三


醒来，我发现我躺在娘的怀里。我喊一声娘，就哭出了声。娘对我说，宝儿，不能哭，爹走了，你就是陶家唯一的男人，男人不兴哭，你哪能哭呢？

娘的话我从小爱听，听大娘说过，我娘是景德女子中学的学生，文化挺高的，当初我爹看上她，娘死活不同意，后来生米煮成熟饭，娘才安下心来。

从娘身上起来，我问娘这是什么地方。娘告诉我，这是我陶家长工住的后院，现在改成临时关押所谓犯人的地方。

我问娘，我长这么大怎么没来过这个后院呢？娘说，陶家前院三十间，后院二十间，后院和前院之间的大门常年锁着，你当然没来过。

我问娘，大娘二娘三娘四娘呢？

娘说，大娘前些日子跟你姐去了景德镇了，算是逃过眼前一劫，你二娘三娘四娘一个上吊，一个喝药，一个被枪杀，都是那挨千刀的老郑带人干的。你爹看见他们来者不善，就出去敲了两声锣，硬被老郑安上通共罪名，唉，这个老郑，咱陶家哪点对不住他，他竟然带兵血洗陶家……

带兵血洗陶家？老郑哪来的兵？

娘说她不知道，只听说老郑年前从南京回来的路上被抓了壮丁。

抓了壮丁？抓了壮丁凭啥就六亲不认变成一头吃人的狼？！难道就为了爹敲锣报警？

当然不是，他是为财而来。那天他一进门就拿盒子炮顶上你爹的脑瓜，让你爹识相点。你爹打听你在哪，他说你还在南京，投了共了。你爹说他要去南京找你，接你回来。老郑冷笑，说你爹还想走？别做梦了！然后，就让你爹交出金银细软，你爹不从，他就把你爹吊起来，打得死去活来。

家贼啊！

哪个说不是呢？你爹对他老郑一直不薄啊！你爹知道老郑起了歹意，要谋陶家财产，主动拿出一箱金条贿赂他，让他放陶家一条生路。没想到，他把你爹藏在地窖里的几箱金条全占了，他怕事后你爹揭他老底，竟然狠心割掉了你爹的舌头，最终还是把你爹杀了。这个老郑啊，心比蝎子还毒啊。

娘说老郑时，语气平和，就像聊别人家的事。但我能听出来，滔天的愤恨聚集在娘的胸膛，一旦发泄出来，就是惊天的雷鸣，满天的闪电。

那一晚，当秋月的光辉如奶水一般从巴掌大的窗户泻进来，娘对我说，一宝啊，你爹跟你大娘成亲是十五岁，今年你十三岁了，再过两年你也能成亲了，当爸爸了，不晓得娘能不能活到那一天；一宝啊，这往后的日子，娘不晓得能不能守着你，如果娘不能守着你，这往后的路就得你自己走了，但你要记住，人走到啥地步都要服从命，人的小命通过挣扎或许能改，人的大命啊，你就得顺从它，接受它，不然你就活得不自在。一宝啊，娘的话你听懂了么？听进去了吗？

那一晚娘说了很多很多话，好像要把一辈子的话都说完似的。我困了，三天三夜没合眼了，娘说啥我听着，听得不真切也点头。后来我真的睡着了，睡得跟死猪似的，一个字也没听进去。娘说她没睡，一直跟我唠，唠到第二天太阳从巴掌大的窗口射进来，射在我的脸上。看我醒了，娘疲惫的脸上绽开一丝笑容，那可能是我在世上给她唯一的也是最后的幸福。我算了一下，娘整整跟我絮絮叨叨了十五个小时。

上午九点钟，好几名持枪的卫兵打开了门，要带我娘走。娘问上哪里去？他们也不回答。娘理了理纷乱的头发，跟我说，一宝，娘要走了，不管娘以后如何，你都要坚强地活下去，活着总会有希望。娘看我点头了，微笑着站起来，掸了掸身上的灰。在她转身的一瞬间，娘突然把我搂在怀里，眼泪扑簌簌地落在我的脸上，像雨点般冰凉。

## 四

几个月过去了。在一个春光明媚的早晨，我忽然发现守在门外的岗哨不见了，无论我怎么呼喊，外面一点回应都没有。想起夜里那好一阵凌乱嘈杂的脚步声，不得不让我怀疑是不是解放军打过来了。被关的这些日子，我天天盼望解放军早点打进五里镇，打死老郑那帮狗日的。到了上午，我的猜测竟然被证实了，长工刘二跑来把我从小屋子放了出来，告诉我解放军几天前已经占领了景德镇，五里镇的国军夜里都跑进大山当土匪去了。我跟刘二说，那我们赶快把铜锣敲起来，让乡亲们都出来迎接解放军。刘二觉得这个办法行，他找来一根扁担，把铜锣担在中间，我俩一前一后刚抬出陶家大门，便看见一支队伍打着红旗从北头走过来，我一看就知道那就是解放军。我和刘二激动地开始敲那铜锣，一边敲一边高喊："乡亲们出来吧，从前的红军回来了！快出来欢迎啊！"敲了几遍，喊了几声，五里镇就沸腾了，所有男女老少自动走出家门，站在街边，欢迎解放军。这队解放军雄赳赳气昂昂走到戏台前，立正稍息，纪律十分严明。镇里的人跟着围拢过来。有人激动地喊："红军万岁！"大家跟着喊。部队里有一高个子戴眼镜的年轻人跳到戏台上讲话，他的大意是，他们就是从前的红军，现在叫解放军，五里镇解放了，景德镇解放了，江西从此回到人民的手中。他的话让所有的人激动万分，包括我。接下来的日子里，我家豪门大宅被五里镇乡政府临时征用，高个子指挥官当上了镇长，我们都叫他唐镇长。我被留在陶家大院给镇政府的人打扫卫生、喂马，有时候还给首长们跑跑腿，买烟送信，大院的人都亲切地叫我"小一宝"。几个月后，正当我干得正欢的时候，突然看见管家老郑跟在唐镇长的后面走了进来，他虽然穿便装，屁股头子上竟然还背着盒子炮，这让我百思不得其解。后来，碰见刘二，刘二告诉我，老郑是投诚过来的土匪，在解放军攻打土匪窝的时候，他主动带着几十人掉转枪口，打死不少顽固分子，立了功。这个老郑，很会见风使舵，坏着呢。现在他一天到晚假积极，骗取唐镇长的信任，当了五里镇茶场场长，五里镇的人都敢怒不敢言。我咬牙切齿地说，别人怕他我不怕他，逮住机会我一定告他！

告他？他现在投诚有功，你能告得通？少爷，我还是劝你，别去惹他。

刘二的话也有道理，凭我当时的力量，根本不是老郑对手。我选择忍了，遇见老郑我尽量躲着走，绕着走。有一天，实在躲不过去，硬着头皮迎上去。我不想惹他，并不代表他不惹我。我刚从他身边走过，他突然让我站住，压低声音拍着腰里的枪说："陶一宝，看在你在南京对我不错，你最好不要胡说，不然我会让你永远消失。"后来，老郑还是怕我天天在镇政府里转，保不住哪天揭了他的老底，便找了一个我不适合在政府机关工作的理由，把我打发到五里镇茶场，接受他的直接监督。

好在在茶场，我碰见了小月。

两年不见，小月个子长高了，婀娜多姿的身材，越来越性感。见到她时，她跟几个妇女正在茶陇里清除杂草，要不是她站起来擦汗看见了我，我们可能就擦肩而过了。她跟我远远相认，就像老朋友久别重逢那样兴奋。她舞动着手上的小铁铲，对我喊"喂"，看我站住了，扔掉铁铲朝我跑过来。她跑动的姿势轻盈飘逸，像一只美丽的蝴蝶。肥大的黄军裤鼓满了春天的风，减缓了她奔跑的速度。

太阳温暖地照在茶树园里，不知名的鸟儿在叽叽喳喳，远处几头吃草的水牛正朝这边张望。我展开双臂等待小月的拥抱，我太想跟她来一次拥抱了，在南京那些孤独的日子里，一直幻想有这么一天。

可是，小月跑着跑着放慢了脚步，不知是害羞了，还是害怕什么，她突然站住，站在茶陇里，离我足足有三米远的地方。

我无力地放下双臂。

"还好吗？一宝少爷？"

"还好。"我说。

"这几年听说你在南京？"

"是的，要饭回来的。"

小月笑："堂堂少爷也要饭！"

"别耻笑我，新社会了，什么少爷！"

"分在几队？"小月严肃地问。

"三队。"

"想我吗？"小月压低声音问。

"想！"我老实承认。

这时那几个妇女都慢慢靠拢过来，里面竟然有那个老女人，还有几个是怡香院的姐儿。

"看什么看！都给我回去，老实点！"小月的一句话，吓得那几个妇女都乖乖退回去了。我刚要说小月，我喜欢你一类的话，没想到小月把手一挥，大笑着说："走吧！小家伙！想啥想，姐逗你玩哩！"说完，头也不回地往回走。我站在原地臊得脸上阵阵发烧，眼泪含在眼眶里，打了几转，差点落下来。

　　来到三队，我绝望了。这里都是些什么人啊，打流混世的，走江湖卖狗皮膏药的，坑蒙拐骗的，他们使唤我，就像使唤牲口，动不动就打我。帮他们洗衣服，没洗干净，打我；帮他们打饭，打慢了，打我；帮他们打洗脚水儿，冷了或烫了，打我。最可气的，看我长得瘦小，谁都可以在我的头上敲几下。这些我都忍了。我忍着不哭，哭对于我一点没用。我爹不在了，我娘下落不明，连小月对我也是不冷不热，我哭有啥用呢？此后，我变得越来越硬气，即使头上被打出很多包，都不会哼一声。

　　其实，我错怪小月了。在我完全无助的时候，小月还是来了。她找到老郑，"泼妇"一样指着他大骂，跟他拍桌子，一点不像一个十五六岁的少女。老郑伸手挥了她一下，她就势躺在地上打滚，大喊救命。老郑晓得小月的泼辣，拿她也没办法。

　　后来，老郑找小月谈话，问她干嘛要护着陶一宝，小月把胸一挺，头一昂，大声说："陶一宝是我弟弟，你曾经的主子，你是明知故问，还是有意刁难他？以后在茶场如果哪个再欺负他，你不管，老娘我……我就跟他拼命！"

老娘？老郑笑得前仰后合。

说来也怪，自从小月找过老郑闹过后，三队的人开始对我客客气气。我不知道小月用了什么魔法降住了老郑，也不知道老郑用了什么魔法降住了三队所有的人。反正，没有人敢明目张胆地欺负我了。人到这时候，能得到别人的帮助那真是特别容易感动，一感动，时时刻刻就想见到曾经帮助过你的人。自从小月帮我闹过后，再也没有来看过我，我想去看她根本不可能。因为，一队都是女员工，没有特批，男员工是进不了女队宿舍的。想见她们，只有在茶山上锄草施肥或采茶的时候才有机会。不过，众目睽睽之下又怎么好意思接触呢？所有人只能远远瞄一眼对方就知足了。我在三队，中间还隔着二队，根本看不见一队的人，所以要想看见小月，那是难上加难。一晃几个月过去了，天渐渐热起来，小月到底怎样了，我一无所知。有时候想她实在睡不着，我会一口气跑到一队附近的茶山上坐着，我会望着黑沉沉的一队的营房，想象小月在睡梦中甜美的样子，心里觉得踏实而幸福。

五一那天，场里开了一次表彰大会。小月作为一队小队长、先进生产标兵，上台发言。在台上，小月穿着刚发的崭新的蓝色工作服，梳着一根流光水滑的大辫子，白白净净的脸上，看起来特别干净。说话时，全场鸦雀无声，大家都被她好听的声音吸引住了。会后，小月来看我。也许那天她当了先进工作者，胸前戴上了大红花，看起来不但精神，而且显得很开心。她把我叫到小河边大柳树下聊了很多，聊我们初次相识，聊"别有洞天"。当我再次问她怡香院到底有没有"别有洞天"时，小月脸红了。她没有直接回答我的问题，而是表示她特别感谢我曾经答应帮她赎身的事，正因为有我这个承诺，她才保住了女人的节操，才没有继续受到老女人的毒打和虐待。最后，她拉着我的手对我说，她以后可能不能常来看我了，让我多多保重。我问她为啥，她也不说原因。我以为这只是小月随便说说的，可是随后过了很长一段时间，她真的再没来过。

夏天过后，我决定亲自去一队找她。我让人带信把小月叫出来，小月见到我，对我不冷不热。我约她晚上出去走走，她推脱没空。

过了两天，我再去找她，她还是说没空。我开始怀疑小月不想跟我做朋友了，当时我一着急，抓住她的手不放。小月让我松开，我就是不松，她就用另一只手给了我一耳光。我捂住被她打疼的脸，望着她，眼泪成串地滚出来，委屈得像个孩子。

小月惊恐地望着自己的手，就像那一巴掌打在她自己的脸上。过了一会儿，她把手伸到我的脸上，轻轻摩挲着问："疼吗？"

"不用你管！"我赌气地把头扭向一边。

小月突然用手捂住嘴巴，努力不让自己哭出声来。

# 五

我转身跑了，鬼使神差跑到一队茶山上。此刻，天已经黑下来了，晚风吹过满山的茶树，发出沙沙的响声。我忘记了蚊虫的叮咬，傻傻地望着山下那一排排的宿舍，幻想着小月也能感觉到我的存在。后来，夜越来越深了，万里无云的夜空，月亮把茶山照得明晃晃的，满天的星斗闪闪烁烁，好像都在笑话我。我忽然觉得自己进入了一个童话的世界，皎洁的月亮已经变成了小月的脸，闪烁的星星都成了小月的眼睛，我抬起头，深情地望着它们，它们也在深情地望着我，整个茶山上，除了小月，就是我。

不知什么时候，有脚步声从山下传来，一下打破了我的梦。借着月光，我惊讶地发现她竟然是小月。我先是一阵狂喜，以为上天可怜我，指使风传递了消息。很快，我否定了这个幼稚可笑的想法。小月说她没时间出来，现在又悄悄出来，一定是跟别人约会，那个人却不是我。想到这，巨大悲伤像乌云一样压迫着我，让我初恋的心受到巨大挫折。我问苍天，问明月，问满天的星辰，难道这世上我唯一的喜欢的人真如此无情吗？

小月圣母一样的形象瞬间在我的心中坍塌了。

小月走到不远处站了一会儿蹲了下来。她完全没想到，在她不远的地方我正在监视着她的一举一动。我想要看看她约了谁。大概几分钟后，山外有人走过来，走路的姿势很像管家老郑。等那人一开口，发现果真是他。王八蛋！我说最近小月咋变了，原来全是他这个王八蛋搞的鬼！想到杀父之仇未报，我胸中的怒火腾地一下燃烧起来，新仇旧恨一下控制住我的情绪。我顺手摸到一块硬硬的土坷垃冲着老郑砸过去，恰好砸中他的头颅，他大叫一声，来不及拔枪，丢下小月掉头就往山下跑。土坷垃在他头上撞成碎片，宛如我的心情，噼里啪啦落在茶树上，像下了一阵急雨。

小月一看是我，掉头想走，被我一把拉住，我伤心地问：“小月，你为何要骗我？”

小月猛地把我手一甩说：“我不骗你咋办！”

“老郑是我的仇人，你晓得！”

“晓得！但他跟我没仇，他救过我！”

“救过你？搞错了吧，小月，救你的人是我！”

"不错，你是写过一个欠条……"

"一万元的欠条！"

"对，一万元的欠条，你付了吗？"

"没有，可我有苦衷，你知道的。"

"我知道，那有什么用呢？是老郑后来拿了金条给了老女人，才把我赎出来的。"

"赎出来，你就跟他了？他可是可以做你爹的人……"

"那又怎么样？我曾暗暗发誓，谁帮我赎身，我就嫁给谁，那年你答应帮我赎身，你知道我有多高兴吗？我天天盼你回来，天天盼你回来，最后却盼来了老郑，他告诉老女人，一宝少爷回不来了，他拿出一万元给了老女人，换回了那张欠条，从那一刻起，我知道我已经是他的人了……"

听到这，我哭了。我一下子失去了支撑，好像被人突然抽去了灵魂，让我没了生的欲望。我掏出那一张万元银行转账支票，哽咽着对小月说，你看，我有一万元，就是准备帮你赎身的，可你……

"迟了，一宝，今生我们无缘，来世再续吧，多保重！"

我知道多说无益，唯有痛苦伴随我跌跌撞撞往山下走。而此时，山下亮起了好几只电筒光，显然是老郑叫了人。小月一看不好，赶紧拉住我说："一宝，你要走，也不能走山下这条路了。"我说："你管我！"小月一把把我拉入怀里，把脸贴在我的头上，哽咽着对我说："一宝少爷，你走吧，离开茶场，走得越远越好，我听老郑吐过酒话，说他斩草要除根，迟早要整死你，刚才他怕是看见你了，如果你回去，他把你绑了，指不定对你咋样，他说你谋害他，你一万个嘴也说不清。"

"我不怕，让他来好了，反正我也不想活了！"我挣扎着，一只手指着远处急速晃动的灯柱。

"少爷，你还小，但你应该懂君子报仇十年不晚，你现在跟他斗你能斗过他吗？少爷，走吧，从侧面山崖下去，崖下有个湖，你晓得的，跳下去不死算你命大，游到岸上，顺着山沟走几十里，就到万源镇，从那去南昌去景德镇随你了，最好越远越好，别让老郑抓着。"

"小月，我心里苦。"

"我晓得。"

"小月，我心里难受。"

"我晓得。走吧。"

小月把我松开。

"我这辈子没有你不行。"

"傻话！你会找到比小月更好的。"

"不！我就喜欢你。"

"走吧，再不走来不及了。"

"不！我就喜欢你。"

小月无奈地说："小家伙，你晓得啥喜欢呀，走吧，忘掉姐，姐不值得。"

"不！我就喜欢！"

"好好，你喜欢，姐晓得了行了吧？走吧！"

我钻进了茶树，摸到崖边，看见那明晃晃的湖，好大好大，湖面跟镜子似的照见了天上的月亮和漫天的星斗，离我足有十丈高。我知道我不跳就没法逃生，因为所有正常的出口都有岗哨和狼狗，连一只苍蝇也别想飞过。

我听说这是一道鬼门关，跳下去的人死多活少，当地农民经常从湖里打捞上来逃跑人的尸体，我相信我跳下去也会是其中的一个。会水也没用，太高了，跳下去不死也得昏迷，沉到河底，不及时抢救肯定完蛋。但我今天能回忆起那晚的情形，证明我活下来了，这真是一个奇迹。人啊，遇到绝处明知前后是个死，都不要放弃任何一个求生的欲望，试一试，说不准就能绝处逢生。

现在想想，也是我的命不该绝，我在人世间的磨难还没有受够，老天还要我继续走下去。

我到了景德镇，找我大娘大姐，问他们有没有看见我娘，她们说没看到，并告诉我不能在景德逗留，因为老郑派人来找过我，她们让我连夜离开。我听她们的话，离开景德上了南昌，在那里流浪一段时间后，又觉得不如去南京，好歹我在南京还有几个乞丐朋友。

　　三天后，我又站在南京的土地上，开始了新的流浪生活。

# 第三章

# 跟卢长松关在一起

# 一

我到车站码头人多的地方闲逛，继续摆地摊骗人。可是这样的日子也不好混。政府对流浪人员的管制越来越严。也难怪，像我这种人里边，隐藏着各种人，白天看着是乞丐，晚上或许就变成流窜犯杀人犯，他们杀人放火盗窃什么事都干。我跟他们混在一起，像个没根的浮萍，不干点坏事就无法生存。多数情况下我去赌，去一切可以赌的地方。虽说黄赌毒经过取缔和打击，眨眼的工夫都转入了地下，可我还是能轻易地找到，就像老鼠根据气味寻找鼠窝那么容易。

一年以后，政府对流浪人员实行大规模的管制收容。白天，车站旅馆不能待了，我们都跑到临江的虎山蹲着，跟政府玩老鼠戏猫的游戏，结果不用多说，我们这些"老鼠"一一被抓了。通过内查外调，我被确定了身份，随后判了我五年徒刑，那年我刚好十六岁。

我和一帮人被装上汽车送往南郊，情形和四年前没有分别。好在这回知道不是送去枪毙，而是劳动改造，不但不紧张，反而有了兴奋的感觉。当时我想对于我这种无家可归的流浪汉，如果有个吃饭睡觉的地方，跟在家里有啥区别呢？坐牢是我的命，牢房是我的家，当时我就这样想。

卡车沿着 205 国道开出三十多里地，然后转向江边，我的心对新的环境新的生活充满期待。

中午的时候，卡车开进一个山的卡口，那里有岗亭岗哨，都是全副武装的保卫人员。往里走，又经过一个卡口才进入一座窑厂。

这个窑厂分一窑二窑和三窑，从南到北次第落座，相互之间有一定距离，最远不超三里路。我在北边那个窑，工人大概有三百人，管教二十多人，技术人员七八人，保卫人员三十多人。犯人分好几个队，有装卸队，负责砖瓦上车销售，负责煤炭煤渣草帘芦席的卸货；有土方队，负责开山取土，用小铁轨歪歪车，一车一车运到土坯队。土坯队和土方队人最多，每个队都有百十号人。那时候，土坯没有机器生产，全靠人工。先把黄泥运来，放在一个大广场，然后放水泡烂，再加煤屑，用人光着脚丫上去踩，踩匀乎了，再上托，托取下后，再把它们码起来，晾干，然后由炉工队运到窑里，码起来烘烧，等时间到了，再由炉工队的人运出来，称之为出窑。出窑比装窑辛苦，出窑要抗热、抗灰，人称窑鬼子，在南京就是指窑工。最后就是后勤服务队，这是最快活的一个队，整天围着管教转。后勤服务的内容包括食堂、澡堂、会计、统计，还有卫生等，凡是二线三线的事情都是后勤干。

我的运气不错，一来便被分到后勤做了统计，这可能和我读了几天私塾有关，另外一个理由可能我是最小的犯人，才十六岁，个子又不是太高，看起来跟小孩一样。不过这个理由是我强加上的，没有领导跟我说。

这里关押的俘虏大多是军官（像我这样的除外），让他们光着膀子光着脑袋穿着短裤拖板车踩黄泥装窑出窑，他们可是外行。开始的时候，听说有过集体罢工的情况，带头的是个司令，后来把那个司令转移走了，又对几个旅长团长关了禁闭，情况才好些。

监狱一方面打击带头闹事的，一方面搞唱歌跳舞，忆苦思甜，每天组织学习，在犯人中间树典型，有思想典型、生活典型、生产典型，凡是牢骚少的，听话的，任劳任怨的，大会小会表扬，戴红花发奖状，做报告，更多的时候请他们到小食堂，跟领导吃加餐，加餐一般还有酒。

人嘛，有时候你把别人当人，人家才会把你当人；你尊重别人，别人才会尊重你。

对待自己的人，狱方叫作"严以利己，宽以待人"，严格管理自己的干部。他们要求领导干部，管教人员每天战斗在第一线，很多时候要亲自拉板车，跟犯人一起踩黄泥，不能打骂犯人，要求跟犯人同吃同住，自己洗衣叠被，打扫卫生。

开始，很多犯人不愿意洗衣服叠被子，都说从前有勤务兵干，自己不会干。明知道他们是故意刁难，管教干部也不说破，主动帮他们洗，帮他们干。人心都是肉做的，时间一久，想想自己身份，哪个还好意思呢？我到这里的时候，觉得犯人都不太像犯人，大家生产的热情相当高，倒是我，吊儿郎当，每天夹个活页夹，这边瞅瞅那边逛逛，跟监工差不多。

## 二

还记得小月和管家老郑吗？我到南京流浪，在窑厂劳教，一歇下来就想这两个人，我想从今往后不晓得还有没有机会看见小月，有没有机会报复我的仇人老郑。一想到这，我就心痛。

好在机会很快来了。那天，厂里开大会，七百多人坐进礼堂，书记张洪军给我们做报告，他要求所有的人站出来举报那些有过肮脏历史却隐姓埋名的坏分子，他说举报属实有奖、立功可以减刑，我听了后非常激动。当天晚上我就到大队部找组织部门汇报，我把老郑所有不干净的历史全抖搂出来，最后还加一句，他可能是特务。

我提供的情况领导非常重视，书记张洪军特地单独找我谈话，夸我有思想觉悟，是个有希望可以改造好的青年。

其实，我知道我是什么货色，我没别的，只是想借别人的手做掉我的仇人。桂花飘香的季节，知了还在树上鸣叫，老郑从江西被带到南京，让我前去作证。

那天的情形我不会忘，哪能忘呢？我的心情跟过节一样。

路上有书记张洪军和保卫科黄科长陪着我，他们全副武装，跟我挤在一辆北京吉普上。或许缘于我的举报，破例没有给我戴手铐，这让我跟他们缩短了感情距离。

到了省城劳教局，他们让我叙述老郑干的所有坏事，我就把老郑如何赌和嫖还有加入国军抢了我家六箱黄金的事有声有色叙述一遍，可是领导并不满意。

有一个老干部不耐烦地问：在对待佃户上，他有没有帮你爹干过啥坏事？比如，像杨白劳那样交不起租子，他就带人去逼、去抢，把人逼死逼疯，或者抢人家喜儿去抵债？

哦，有啊。有一年，我八岁了，有人交不上租子，我爹说算了，人家怪可怜的，等明年多收点就行了，老郑说不行啊，说不能对刁民太仁慈了，会把别人带坏的，后来他带着几个家丁，把人家锅砸了，把人家女儿抢来抵租子，后来人家女儿跳了井，他老爹老妈也跟着死了，为这事我爹还骂老郑，说他伤天害理。

老郑真是死有余辜！那个老干部满意地靠在了椅子上。

对呀，老郑坏透了，枪毙他一百次不嫌多！我趁机添油加醋。

你爹也不是啥好鸟，没有他默许，老郑敢吗？黄科长说。

我连忙点头称是，不敢违拗。

了解完后，我说要跟老郑对质，来人说不必了，他们相信我说的话。

当天，张书记把我又带回劳改窑厂，我的一切又恢复原样。大概半个月以后，我接到被减刑的通知，由五年徒刑减为三年，在大会小会上，受到多次表扬。我在为减刑高兴的同时，也猜到老郑倒霉了，他不是被枪毙就是坐牢。很快，这个消息得到证实。

## 三

前面说过，我被分到后勤队做统计，任务就是收坯单和出库单，然后拿着单子去过数，对上了就在本子上记下，日记周记月记，月底汇总报给财务，财务计算成本单，上报劳教局。每次下去对单子，都有相关人员陪着。比如到土坯队，有土坯队队长老卢陪着；到炉工队，有炉工队队长老赵陪着。我干了大半年，从来没出过差错。不是吹，我这个人还是有点小聪明的，长得像我妈，圆脸，双眼皮，笑起来很灿烂，也很迷人，害羞起来，像个小姑娘。小月这样说过我，到了窑厂，土坯队队长老卢也不止一次这样说过我。

老卢被俘前是一个上校团长，人高马大，五大三粗，曾经留学日本，学习西洋军事。他跟老赵差不多，喜欢讲笑话，讲故事，特别是数坯子数累了，坐下来歇歇，他会讲他抗日的故事。我问他留学日本，怎么对日本人下得了手？他说两国交战，各为其主。他说在战场上就碰见过一个日本同学，老卢拿刀砍他，日本同学用刺刀刺他，后来他一个回刺刺中了日本同学的心脏。在他倒下的一瞬间，老卢看见他嘴边露出一丝笑意。

后来，抗战的故事讲完了，我就要他讲怎么成为俘虏的，他不讲，他说他是败军之将，何以言勇？从他那逐渐暗淡下去的目光里，让人读出些许无奈和伤感。

日子过得很快，天气转冷了，队上开始发放棉衣棉裤，被子也加厚了。棉衣棉裤一穿，我们每个人变得臃肿起来。冬至第三天，忽然下起雪，整个天空迷迷茫茫混混沌沌，能见度非常低。我夹着本子，要下车间去。走前领导对我讲，天气转冷，土坯队的工作快近尾声了，一上冻，土坯就会冻坏。炉工队还要继续烧，要把那边堆积的一排一排跟山芋垄子似的土坯烧出来，供应城市建设。

雪，不停地下，树上、屋顶上，还有那一排排坯子上积下白茫茫一片。北风越来越紧，迎着面扑过来，打的脸上生疼。我把帽檐压低，把棉耳朵放下来，就留眼睛鼻子和嘴。

到达坯场时，不少工人在惯坯子，把坯土掼熟了，上托子托，托好再码上车，拖到那边打花码起来，然后用草帘芦席把它盖上，在他们盖上前，我要把数量统计出来，核实好。晴天不用盖，迟点统计无所谓。

## 四

我到的时候，老卢已经站在那等我了。"怎么才来？"老卢显然有点急。

"这不来了？比平时还早呢。"

"平时是平时，今天大伙决定赶工，把昨天泡好的泥和出来，掼出来，做出来，后天歇工休息，你难道不想吗？"

我笑笑："我想啊，可是我还有炉工队那边的统计，还有到门卫收发报纸给每个领导送去，还有给张书记办公室打扫卫生，有时候还要帮食堂出去买买菜，你说我一天到晚能休息吗？即使炉工队也休息了，张书记也不会让我休息。"

"对了，你一下提醒了我，你说帮食堂买菜，是到镇上买吗？"

"当然，不到镇上到哪买？"

"那个镇叫什么名字？"

"江宁镇！老百姓喊顺溜了，把'宁'省掉，就叫'江镇'。"

"江镇？是不是有'犊儿矶茶馆'那个江镇？"

"就是那个江镇，我们每次都经过'肚儿矶茶馆'，也有叫'犊儿矶茶馆'的。"

"肚儿矶茶馆？怎么叫这个名字？怪难听的。"

"是啊，我也这么想。有一次，我特地去问当地那些卖菜的，第一个卖菜的说不晓得，第二个卖菜的说'肚儿矶就叫肚儿矶'。我问第三个才问出点意思。那人告诉我，看见那座山了吗？看见山嘴那块光溜溜的大石头了吗？它形状很像一只水牛躺在那，水牛的肚皮在阳光下闪闪发光，老远的人来，山没看见，总是先见到这水牛的肚皮，所以大家就叫这里'肚儿矶'，也有叫犊儿矶，反正跟一条牛有关。"

"原来肚儿矶茶馆就在附近啊。"老卢自言自语，好像认识肚儿矶茶馆似的。我问他，他又不承认。不承认又对茶馆刨根问底。他先问肚儿矶那家茶馆还在不在，我说在；他又问老板是男的还是女的，我说是女的，长得蛮漂亮。那就对了！他像是对我说，又像是自言自语。我问他咋晓得这么清楚，他神秘一笑，就是不肯跟我道明，他的神秘，反在我心里落下怀疑，我甚至怀疑老卢是特务，茶馆是他们的联络点。

或许前面举报老郑尝到了甜头，我把这个想法汇报给了张书记，张书记很重视，让我不要惊动老卢，他们会派人调查的。

土坯队已经停工，一部分人充实炉工队，一部分人每天参加思想学习。我少了一件活，但并没感到轻松多少。

几天的雪，把大地堆成雪景，尺长的冰凌挂在屋檐上，那是雪水变的。天放晴了，太阳从东方升起，给清冽的世界增加了一丝温暖。地上的雪结成冰，踩上去，硬邦邦的，滑溜溜的，不小心跌你一跟头。我高一脚低一脚往前走，手抄在袖筒里，还是不暖和。天晴了，麻雀从屋檐窝里钻出来舒筋骨，眼前的雪光耀得它们不敢飞远，叽叽喳喳，就围着窝边转，我想它们现在跟我一样呢，鸟小，毛少，飞不远，又往哪里飞？

传达室离第一道岗亭不远，那里有两排红砖黑瓦的平房，住着一个排的解放军，岗亭旁边是一座很高的瞭望塔，像这样的瞭望塔在劳改厂四周有六座，站在塔上，劳改厂里的情形一目了然，放眼西望，长江像一条银链子弯弯曲曲地拖在地上，从劳改厂也看不清的上游一直拖到下游，拖到南京城里。

保卫人员不知道从哪里弄了几条警犬，几个人一班，每天从岗亭出发，顺着围墙根子巡逻。那围墙高啊，我站在下面抬头往上看，帽子都戴不住，要看见天和天上浮动的白云才能看见墙的顶。

取了报纸和信件，我抱着它们深一脚浅一脚往回走。岗亭那边有汽车喇叭声，回头看看，是一辆装载犯人的铁笼子卡车。这种车在劳改厂不稀奇，每天都有人走，也有人来，只是不晓得是送到我们窑，还是送到二窑或者三窑。我走走，回头看看，走走回头看看，其实跟我一点关系都没有，我还是忍不住。不一会儿，我发现卡车跟着我的脚印晃晃悠悠开过来，因为路滑，速度跟人走路差不多。看车过来，我就站到路边的雪堆里让它，那雪入了我的膝盖，足有半米深，后来我发现我站在一个坑里，其他地方就没这么深。

车过来了，加了防滑链条的轮子，发出啪嗒啪嗒的声响。等车过去，硬邦邦的路面，便留下链条很深的印记，像盖在雪地上的印章，非常明显。我跟在车的后面，一直跟到一窑队部那排一溜十间的简易瓦房。

# 五

车门打开，两名荷枪实弹的军人押着一个犯人从车上跳下来，不知是因为路面滑还是其他原因，那人下车时腿下趔趄一下，差点栽倒，等站稳了，跟着那两个军人继续走，一直走进张书记办公室。我站在一边，远远地看着，阳光照在冰雪地面上，反射着金子样的光辉，闪得人睁不开眼。

我先到警卫班发了报纸，然后是人事科、劳改科，接着是书记办公室。我推门进去，门口站着两位持枪的军人。一盏起码六十瓦以上的灯泡吊在他们的头顶上，整个屋子显得比一般房间亮，中间生着烤火炉子，一根铁皮大管子直接接到外面，房间里很暖和，暖和到进去就想脱掉大衣。

　　一张课桌成了张书记办公桌，他的对面还摆了两张四线桌，上面铺了一块防雨的军用油布，七八张椅子紧贴着桌子摆放，已经坐满了人。一般中层以上干部开会就在这里，中层以下干部，如老赵老卢他们多数由犯人担当，他们的会一般在隔壁会议室。开全体犯人大会，还有个礼堂，在总场，能坐上千号人。

　　张书记背面的墙上挂着马恩列斯毛朱的像，另一边墙上贴着一张世界地图。地面上铺着红色砖块，走在上面平整舒服，有的地方跟跷跷板似的，踩上去会吓你一跳。

　　我想继续往里走，门口的保卫拦住不让进。张书记喊道："是陶一宝，让他进来吧。"保卫让开，我往里走。这时，有人忽地站起来，扭头看着我，眼睛里射出两道凶巴巴的目光，让人不寒而栗。我还没看清来人，他倒先打听起我来了：

　　"你是陶一宝？江西的？"口齿不清，呜呜噜噜的。

　　"啊，我是。"听口音很熟悉，只是一时想不起来。哪个晓得我话音刚落，那人抄起屁股下的方凳冲着我过来，嘴里骂着："你个狗崽子，我打死你！"我一看情况不对，掉头就跑。那人顺手扔出凳子，砸在我的背上，把我当场砸倒在地，昏过去了。等我醒来时，我躺在医务室的病床上，张书记和保卫科的人都在。

我问："打我的人是哪个？"

张书记俯下身问我："你猜。"

其实，我醒过来就猜到了。

我说："张书记，我难道做错了吗？"

张书记说："不要瞎想，你做的完全正确，尽管通过调查他不是特务，但他的确是个腐败堕落投机分子，不但私自侵吞了你家巨额财产，而且还杀了你爹，逼死其他人命，本该处于死刑，立即执行。考虑他配合剿匪有功，免去死刑，被判无期徒刑。"

"他现在在哪？我要去杀了他！"我挣扎着要起来，被张洪军按住了。站在一旁的黄科长告诉我，老郑关禁闭了。

老郑被关一个月禁闭，出来春节快要到了，窑厂除了炉工队，生产已经停止，所有犯人进入上午的晨练以及晨练后的政治学习。

晨练主要是跑步，另外还不定期地举办拔河比赛和篮球比赛。有时候还举办象棋和围棋比赛。在我坐牢那几年，还举办过一次书法绘画展，连我们张书记都说，这些犯人不少是进过学堂的，个个都有两把刷子，可惜站错队，走错方向了。

劳改厂第一次在三十晚上放了场露天电影，名字叫什么记不清了，反正跟朝鲜战争有关。那时正是抗美援朝如火如荼的时候，志愿军打得很艰苦，片子放到一半，有人带头喊口号，他就是老卢，老卢喊："打倒美帝国主义，志愿军必胜！"有不少人跟着喊，也有不少人不吱声，不吱声的人思想还挺落后。

第二天，我听说在老卢的鼓动下，有不少人跟着他到队部去找张书记，要求上战场，戴罪立功。尽管明知道去不了，他们还是向组织表明了积极的态度以及上进的渴望，这让劳改场领导非常感动。结果，这帮人中不少人受到表扬和减刑。

# 六

又一年春天到了，我继续在窑厂里做着统计工作。

自从得知老郑分配到土坯队做了土坯工，我心里就有点毛，其实在我跟老郑的关系中，要说对不起，首先对不起我的是老郑，是他首先背叛我，带土匪抢了我家，杀了我爹。我告发他也是他罪有应得，怪不得我。但我呢，还是有点怕他，他那一椅子砸来，把我身上一点胆气都砸没了，天啊，之前我还想替父报仇，现在看来也只能在心里想想算了。

　　每天往土坯场走，表面上还是那样漫不经心，实际上我一直用眼飙着那些往坯场送坯子的人，看有没有老郑，大多时候，那些工人穿着同样工作服，戴着同样颜色的工作帽，老远看根本看不出来。好在一个多月过去了，我没有碰见一次老郑。

　　下班要碰见也难。他住在离我很远的东边，我又有意无意躲着他，几百号人要想碰头也不容易，除非老郑找我，等着我，那我没办法。

　　有一天，在坯场，我碰见了老郑，他把车子停下来，一边用毛巾擦汗一边朝我走过来。我紧张得要死，身体下意识地躲到老卢身后，老卢看出来了，轻声对我说："别怕，有我哩。"

　　老郑走过来，在老卢三米开外站住了。老卢说："你想干吗？"

　　老郑说："我想跟他说两句话。"

　　老卢说："用椅子吗？"

　　老郑说："不！用坯子！"

　　老卢冷笑道："有我在，你敢！"

　　老郑也冷笑道："那我们就试试，看我敢不敢。"

　　我说："是你先杀了我爹，是你先对不起我。"

老郑不反驳，只是瞪着血红的眼说："有种你出来，不要躲在你妈那里。"

提到我妈，我伸出脑袋问："我妈呢？"

老郑说："你妈死了，这跟我没关系。"

"我妈死了？是怎么死的？你告诉我！"我吼道。

老郑好像没听见我的吼，指着我说："今天放过你，你躲吧，看你能躲得初一，还能躲过十五。"语气里带着恐吓。

我站在原地发呆。

老卢问："你妈死了？"

我摇头又点头，不知道该不该相信老郑的话。要说都过去了这些年，妈妈在世一定会到处找我，可我妈妈音信全无，看来只有一个解释，那就是我妈真的死了。想到这，我伤心的眼泪止不住哗哗直流。

过了几天，我听说老郑被人打了，人家都说是我叫人打的，那是冤枉我。后来，窑里查出来是老卢指使人打的，打断两根肋骨，很可怜。

我去找老卢，问他为什么要这么做。老卢被关在禁闭室，说都是为了我，还说往后有哪个敢威胁我，就会跟谁拼命。我走的时候甩给他一句："我的事情不要你管。"老卢却说："那不行，你的事我就要管。"话里充满血性。

# 七

第二天，要帮食堂去买菜。帮食堂买菜是一件令人多么开心的活，每天关在窑厂里不累死也给憋死，之前出去是这样的心情。老郑挨打后，我的心情有了异样，跟着去也只是个机器，拨弄一下动一下。看见失去围墙和铁丝网的禁锢，呼吸着相对自由的空气，看见菜场卖的那些鲜活的菜，姹紫嫣红，青翠欲滴，还有这样和那样的不断引诱我胃口的小吃，没有钱，看一看闻一闻，都觉得很过瘾，这种感觉，之后一下子没有了。路过肚儿矶茶馆，看见漂亮的老板娘，也能让我想到举报老卢的事，如果真查，也应该有了结果。好在我的心事不在上面，我想到老郑，想到他的伤情。不管怎样，老郑都是因为我受伤。古话讲：明人不做暗事。我要是报仇，对他下刀，都会提前告诉他：老郑，我来了。现在，老卢办的不是人事，找几个人，躲在厕所，等老郑一到，抄家伙，把人打得稀里哗啦，这事都是因我而起，老郑会怎么想呢？

想来想去想买斤把花生去看他，可我没钱。我问食堂买菜的老叔借，老叔不肯，他说借你你拿啥还？你又不拿工资。他说的在理。我无言以对，只有另想办法。

我突然捂住肚子说："老叔，我肚子疼，想到前面公厕蹲蹲。"

老叔不放心地说:"小娃子,你是不是要跑啊?"

我说:"老叔,你真会讲笑话,我还有一年多就满了,至于跑嘛?!再有,我妈也死了,我往哪跑呢?"

老叔说:"你说的也对,谅你也跑不了。"

我走到茶馆附近人多的地方,往墙根一蹲,伸手从怀里掏出两只小酒盅和一只骰子,我大声喊:"猜骰子在哪个碗里喽,来哦,快过来看呐,猜中有奖哦!"路人纷纷过来看。等人集多了,我把骰子放到一个酒盅里,然后大喊一声,两只手不停地在地上挪动酒盅。为了能引人上钩,我转动的速度并不快,停下后我问,骰子在哪个盅里呢?有人猜中了,有人没猜中,这一下勾起了许多人的兴趣。我开始下注,猜中的奖五毛,没猜中输一毛,刚才猜中的和没猜中的一起押,地上的钱一下有了几块。我开始转动酒盅,越转越快,等我停下来,我有点紧张,要知道这种赌法,带有一定欺骗性,怎么赌,都是我赢。因为在我转动酒盅的一刹那,我已经把盅里的骰子取出,无论他们怎么猜都是空的。他们输了,如是几次,不敢再赌,只能可怜巴巴地看着我。

老叔他们把菜买好,帮助菜农抬上卡车,回头看见我,使劲叫我。我说等等,就在路边买了二斤花生,急冲冲地跳上车。

老叔不高兴地说："一宝，你今啥没干哟。"

我赶紧捧了一把花生送给司机和老叔："老叔辛苦了，下次我多卖点力就是。"

"还下次！"老叔剥个花生塞进嘴里，生气的脸上舒展开了。"别说，这花生还挺香的。"

"那是，我听说是江边沙地的花生，跟江沙放在一起炒，不糊，还香。""不错，好像是。"老叔吃着，忽然想起什么。"喂，陶一宝，你说借钱我没借，你钱哪来的？"

老叔问得突然，一下把我问愣住了，不晓得怎么回答。

"说，是不是贼心不改，刚偷的？"老叔望着我，眼里火星子直往外扑突。

原本我想用花生堵他们嘴，哪晓得老叔是个耿直的人，不说实话根本过不了他这个坎。我老实说了，老叔心痛地说："你呀，你这个娃子，我说你啥好，等着吧，等着加刑处罚吧。"我央求他，把剩下的钱都掏出来塞到他的手里，希望给我一次改过机会。老叔把钱拿在手上数，一共十七块几毛钱，快赶上一套人民币了，这些钱在当时是二三个工人一个月的工资。老叔数完，把钱还给我，并对我说："拿好，一个子不能少，等会你亲自交给张书记吧。"说完，又把剩下的几乎没动的花生拿过来说："这种花生我们不能吃，我看你还是一并上交吧。"最后，他补一句："告诉你，别以为我就是个火头军，我同时也是共产党员。"

我无语。

# 八

下了车，老叔啥都不干，抽了根擀面杖当枪，指着我说："走吧。"

我说："叔，我还是个娃，我不懂事，能不能放我一马？"

"放，放你就是我犯罪。少啰唆，走！"老叔拿擀面杖在我头上比画着，让我真感到害怕。一只手护着头，一只手拎着花生，就那样很不情愿地被押到了张书记办公室。老叔低声汇报完，把擀面杖往肩上一扛，得意扬扬地从我身边走过时还厉声说："站好，老实点。"

老叔走后，张书记开始发了一通好大的火。他说："陶一宝，你想干什么？前面刚刚立功受奖，怎么，翘尾巴了？"

我攥起胆子说："我没有。"

"是，你没有，打人的事跟你无关，赌博是事实吧？再敢说没有？"

"有。"我把钱和花生拿出来，放在会议桌上。张书记把桌子一拍："陶一宝，你竟然不思悔改，骗取我们工农大众的血汗，你这种不劳而获的思想哪天能被消灭，哪天能改好？"

我垂着头心想："除非我死了。"

张书记不晓得我心里的话，他走过来，拎起花生问我："你买这么多花生准备送给哪个？是不是老卢？"

"为啥要送他？我是送给被打的老郑的。"

"噢，说说，他想揍你，你还要给他送东西，为啥？"

"不为啥，就觉着老卢打他不应该，我们的私怨应该面对面解决。"

张书记同意了我的观点，他说我主观动机不坏，但客观影响很坏，透过现象看本质，我的思想还没改造好，先关禁闭半过月，其他处罚随后做出。

我以为张书记说完会叫我先走，他不叫我走，我也不敢动，就那样傻呆呆地站着。一只老鼠从地下砖块钻出来，左顾右盼，见没什么危险，突然往门口跑，那里有一排暖水瓶，整整齐齐排列，就像一队训练有素的劳改窑厂的哨兵。

张书记收拾好办公桌，抬头跟我说："走吧！"

我说我要回去带点东西，还有换洗衣服。张书记说不用，我的禁闭明天生效，他让我带上花生跟他走。出门三转四拐，来到卫生所病房，医生护士看是张书记来了，主动引路，把我们带到老郑的床边。

老郑脸上缠着满满的绷带，鼻子上还插着管子，一只眼睛肿得老高，那只小的眼睛反倒没有受伤。看见我，小眼睛一动不动，越睁越大。我说："老郑，不是我让人打的，你别怪我。"

老郑望着我，牙咬得咯嘣响。

张书记说："陶一宝为了你，犯纪给你弄钱买花生，你不要错怪他。"

老郑不说话。

我望着张书记，不晓得怎么办好。

张书记说："老郑，我先出去，你们有啥话沟通沟通。"

张书记走出病房。

老郑开口了，嘴巴被纱布缠着，呜呜噜噜根本听不清。我弯下腰，想听仔细，老郑忽然伸出双手要掐死我，他口中喊着："陶一宝！你为啥要举报我？你毁了我一辈子，我要掐死你个小畜生！"

我挣扎着甩开他，离他远远地站着。想到我的委屈，我的仇恨，我大声质问他为啥要带兵抢我家财产，还要亲手杀死我爹？

老郑冷笑道："你是真傻还是假傻？陶家在江西出了名的，我不带人抢，就没人来抢了？还有你爹小气死了，人家要他放点血充军费，他就是一毛不拔，还敢在国军进镇的时候，敲锣鸣号通知镇里人躲进山里，这不是明目张胆跟国军做对吗？他不死哪个死？既然是死，我不掏枪他就能活？再说那时我刚加入国军，不狠一点，能站稳脚跟？能升那么快？"

"哦，你为了自保就六亲不认了？你为了荣华富贵，就拿我爹的人头去换？你不觉得卑鄙吗？"

"卑鄙，是有点卑鄙，你叫我咋办？"老郑把手一摊，一脸无辜的样子。

我冷笑："事到如今你好像还有理哟！"

"我说的都是实话，要是有一句假话，你砍我的脑壳。"老郑大眼睁得像核桃，小眼眯得就像横别在脸上的一根缝衣针，努力给自己辩护。

"那好，我问你，我爹要杀便杀了，干嘛还要割他的舌头？是不是怕我爹揭你独吞黄金的老底？"

我的话兴许说到老郑的痛处，他一直不吭声。

"说话！"我捏紧拳头，做出随时准备报复老郑的样子。

老郑看见了我的拳头，反把眼睛闭上了，一副死猪不怕开水烫的样子。

"我娘呢？她是怎么死的？"想到我娘，我的拳头握得更紧。我希望娘的死跟老郑有关。我要跟他新账旧账一道算。可是老郑的一番解释，让我相信我娘是跳井自杀的。他说他当时想组织人打捞，可井小水深，成年人无法下去。等井下没了动静，他晓得我娘已经没有生的希望，干脆让人把井填了，对我封锁了消息，这狗日的是知道我跟我娘的感情的。

老郑说完又把眼闭上，再不发一语。


后面，我不知道是怎么走出病房的，反正脑海里全是我爹死时的惨状和那口井的影子。当年我天天在前院井旁打扫卫生，就是想不透好好一口井，清冽甘甜，干嘛要封掉它，问人，也没人肯告诉我。现在我明白了，原来那口井就是我娘的坟。我在心里大喊，娘啊，您在井里天天看见儿子，咋就不叫儿子一声呢？儿子也好给您磕个头，尽个孝啊！

# 九

我被关了禁闭。

禁闭室在队部的西头，离长江很近，晚上似乎能听见江水流动的声音，以及白鹭鸟的叫声。

一千多号人的劳改场，关上几十上百人是正常的，禁闭室跟牢房一样，是牢中牢而已，很多时候，禁闭室人满为患，一个七八平方米的小屋子，能关上四五个人。

关我的禁闭室和老卢只有一墙之隔，墙与墙之间有个小洞，老卢在那边的一举一动，甚至连呼吸声都能听到。所以这次禁闭，让我和老卢靠得最近。

老卢听见我进来了，不服气地吼道，张书记，张书记，你做事不公啊，打人是我做的，有一宝什么事？

后来，老卢出去了，还这样找张洪军理论过。从这件事可以看出，老卢不单是个爱憎分明的人，而且还是个爱打抱不平的人。半个月很快过去了，我回到后勤队，又干起了老本行。每天还是做做统计，搞搞卫生，拿拿报纸，送送开水，有时跟着老叔去江镇买买菜。

本来想给我加半年刑期，后来不晓得什么原因就不加了。但我并没有为不加刑而高兴，我好像无所谓，因为我越来越担心我刑满释放能到哪里去。回江西找大娘和大姐现实吗？说江西我有亲人，其实我一个亲人都靠不住，一个亲人都不能靠，她们的日子说不准比我还难熬。我好在一个人，天当房，地当床，到哪里都能对付。

我决定不回江西，留在南京。南京何处是我家？想来到去，只有这劳改窑厂是我的栖身之所，我的家其实就在这里。想到这一层，我反而一身轻松，甚至希望那半年的徒刑加给我才好呢。人一旦有了这样的想法，离犯罪的距离就不远了。我好高兴有了这样的想法。

十

这个时候我会想到小月，想她在干什么。我相信她应该还在茶场当采茶女。

我想跟老郑打听，有好几次，我冲动地想去问问他，最终还是放弃了，我怕我忍不住对他的恨，跟他发生激烈冲突。

又过了些日子，到了五月，天气越来越热了。那天我下车间去，路过张书记门口，被张书记叫住了，他让我跟着去接一个人。我说去接哪个，书记说到了你就晓得了。

车门打开，车上已经有两个人，一个是司机，另一个是穿军装背盒子炮的保卫科长老黄。因为我的犯人身份，老黄坐在那像根电线杆一动不动，眼睛望着前方，把我当成空气。他是一个厉害的角色，犯人一般都怕他，我当然也不例外。

北京吉普奔驰在高低不平的山路上。二十分钟后，来到我熟悉的肚儿矶茶馆门口，车停了下来。

茶馆大门开着。张书记黄科长和我下车，径直走进大门。老板娘正在抹桌子，没等她发话，张书记就说："哎呀，老板娘，你真是个勤劳的阿庆嫂，忙着呢！"老板娘直起腰，笑着说："小本生意，不勤快一点赚不到钱呐。""那是啊，勤劳是本分，勤劳是美德，劳动人民最勤劳。""喔，张书记真有水平，难怪能当大官。""什么大官，在我们部队不兴叫官，我们都是劳苦大众的子弟，是为人民服务来的。""共产党的官就是好。"张书记和老黄都笑了。

老黄说："老板娘，我们几天前说好的，你准备好了吗？"

老板娘说："准备？有啥好准备的，说走就走。"

"那我们现在走吧。"老黄看着她。

老板娘说："不急，镇里派个民兵跟着去。"

"民兵跟去干吗？"老黄望着张书记。张书记说："作为地方上的人，去去也好，省得产生误会。"

他们三人在说话，我一犯人没资格插嘴，便站在门口东晃西晃。透过三人的缝隙，我看见茶馆黑暗的地方，有个东西张了下，很快缩了回去。我目不转睛地盯着，希望那东西再张一下，让我看看到底是啥。黄科长见我探头探脑，厉声道："陶一宝，你在探啥呢？站直喽，注意形象！"我赶紧理直了身子，昂起头，拖着双手，一动不敢动。

老板娘问："这是哪家娃子，这么小也穿上劳改服，犯啥罪了？"

张书记呵呵笑道："这娃子从小顽劣惯了，游手好闲，赌博成性，屡教不改。现在通过改造，已经变得热爱劳动，思想觉悟大大提高，我们能发现你和卢长松（老卢）的关系，就是他举报的。这回他又立功了，如果不出意外，很快就能出去了。"

"是真的？哎呦呦，这娃子还真不错，秀里秀气的，上下都透着机灵。"老板娘说着，踮起脚尖把一只手放到我的头上，跟摸小孩子那样摸我。而我比她高多了，自然不好意思，我把头甩了下让她摸了个空。

"陶一宝！别给脸不要脸！"老黄厉声厉色地吼道。

张书记微笑着摆摆手。老板娘反觉得不好意思："哎哟，娃子大了，腼腆了，没事的！"

话音刚落，镇里派的民兵到了，十八九岁，穿一身没有领章帽徽的黄军装，一只二十四响的驳壳枪斜挂在肩上，显得威风凛凛。见到张书记，他不好意思搓着手说："张书记，我叫王二虎，让你等久了，刚才有急事，耽误一刻，实在抱歉。"

张书记说："没关系，都为公事，走吧。"

出门的工夫，我闪在一边，让领导先走，老板娘和我走在后面。走了几步，老板娘好像忽然想起什么事，回身冲着屋里喊："桃花，桃花，别忘了锅台上煮的五香豆，还有多烧两壶水，听见没？"

"听见了，你放心去吧！"一个身影在黑暗里又张了下，这回看清了，她叫桃花，原来是个美丽的姑娘，有着一双明亮的大眼睛。虽然只是张了下，还是给我留下很深的印象。

# 十一

张书记办公室。

四面窗户开着，空气在轻松地流动。

会议桌四周坐着保卫科长老黄，江镇民兵王二虎，另外两个人，一个是我，一个是老板娘。

我被叫过来坐着，局促透顶，笑不是，不笑也不是，像个傻瓜。回来的路上，我才听明白，这老板娘姓孙，全名孙月娥，是个寡妇。丈夫姓朱，朱有财，死得早，有个女儿叫朱桃花，小名桃花，就是我在店里看得不甚清楚的那个。

在车上，通过老板娘叙述，我才晓得老卢为什么会对肚儿矶茶馆那么感兴趣，原来朱有财的死跟他有关。

那是一九三七年十二月，日军进攻南京，老卢所在部队奉命抵抗，在中华门一带与日军展开激战，十三日日军攻陷中华门，老卢随几十残兵，沿雨花台小路逃离南京，在途中多次遇到日军追击，最后仅余十几人。老卢是这些人当中军衔最高的，当时是个连长，他决定渡江北去，那边地广人稀山林较多，适合隐蔽行军。看其他人没有意见，就悄悄往长江边移动，傍晚时来到凤阳码头，不小心给那里一股日军发现，一顿乱打，余下十几人全牺牲了，只有老卢肚子被打穿，他捂住肚子拼命跑，跑进肚儿矶茶馆。当时，他是从后院跑进去的，在未完全昏迷前，他钻进了玉米秸，后来他昏死过去，什么都不知道了。

前院，老板娘孙月娥在招呼着客人，她的男人朱有财负责烧水，煮茶，做小吃，女儿桃花刚生，给她爷爷奶奶在家带着，不在店里。

生意跟往常一样，没有特别不同，两桌小麻将一桌接洋龙，还有一桌牌九，这些人吃着喝着，赌得不大，都是抬头不见低头见的江镇人，老少都有。

开牌发牌，吆来喝去，大家正玩得兴起，忽然门帘挑开，一股冷风裹着几个端枪的日本人闯了进来，把每个人都带出了茶馆。日本人向老板娘要人，要一个中国军人。老板娘和一帮江镇人不晓得有这么一个人，自然交不出来，日本人就抽老板娘，刺刀抵着老板娘的胸口，说要挑了她。老板娘毕竟女人啊，当时吓得眼睛直往朱有财那儿瞅。朱有财站在人群里，埋着头，尿顺裤管流出来，湿了一地。

日本人还是精，顺着老板娘的目光，把朱有财拉出来，用刺刀对着他，让他交人。老板娘说她男人老实，啥都不晓得，话没说完，日本人一句"八格"把她推倒在地，然后照着朱有财面门就是一枪托，"你的说不说？"朱有财鼻子嘴里冒血，整个人哆嗦地站不住，腰自然弯曲，一只手撑着膝盖，一只手捂住脸，疼痛让他嘴里发出"哦哦"的声音，像一头受伤的獾子，在原地乱蹦。

日本人都是畜生，他们并没有心软，他们把刺刀刺进朱有财棉衣，血从里面渗出。朱有财咬着牙，双手抓住刺刀，不停地对日本人摇头，口中呜呜地，不知道说什么。

"你的，说！"

刺刀又往里捅了一寸，血顺着刀背杀出来，落在地上宛如一朵朵粉红色梅花花瓣。

"有财！"老板娘要去救自己的男人，双手却被人死死拽住，她眼睁睁看着日本人把刺刀扎进男人的胸膛。

朱有财死了，断气的最后一刻，他告诉老板娘，那个军人藏在后院玉米秸里，他去抱柴火看见的，他说他把进院子的血迹抹掉了，鬼子没看到，说完他笑了，笑着就死了，死后的笑绽放在死亡的脸上，深深刻在老板娘的心里。

听完这个故事我张着半天的嘴，感到从未有过的恐惧。

张书记说："老板娘，你救老卢的经过，老黄回来已经跟我简单汇报了，很感人。老卢当时是个抗日战士，是个可歌可泣的中国军人，你家老朱为了救他付出生命是值得的，你们一家都很了不起，应该得到尊重。"

"谢谢。"老板娘说。

派出去去接老卢的警卫员进来了："报告，土坯队卢队长带到！"黄队长问："怎么去了这么长时间？"

警卫员说："报告，开始他不肯来。""为啥？"

"他说丢不起那个人！"

"啥子乱七八糟的，让他进来。"

"是！"警卫出去后，把老卢带进来。老卢像个嬉皮士，进来就开玩笑："喂，同志们，大家好，各位首长好！"会议室里所有人的目光齐刷刷地落在他的身上。他摸摸自己长时间没刮的胡子，拽拽身上肮脏的囚衣，自嘲地说："别看我，别看我，看得我怪不好意思的。"

"老卢，别嬉皮笑脸的，严肃点，你看谁来了？"老黄说。

老板娘站起来了，喊了一声："卢长松！"

老卢愣了一下，马上快步走到老板娘身边，"扑通"跪下了："孙妹子，我的救命恩人啦，我给你磕头啦！"说完，就给老板娘磕头。老板娘赶紧拉他，也拉不动啊，每拉一次，都拉出自己一串泪来，她一定想起了她的男人朱有财，想起给老卢疗伤的那些日子，那是一段怎样的日子呢？

老卢磕完头，扶住老板娘让她坐下，自己站着说："孙妹子，一别十几年了，你还好啊？"

老板娘含着泪点头说："好，好啊，就是没想到打完鬼子你还活着，没想到你……"

老卢说："没想到我成了解放军俘虏，让你失望了。孙妹子，这就是我不好意思来见你的原因，我愧对你和你家老朱，没脸呐！"

"你说啥呀，走到今天也不是你想要的，你杀鬼子就够了。"

"不错，妹子，你记得我走时怎么说的吗？我说我一定会多杀鬼子，替我死去的朱兄弟报仇，我做到了，我回部队后打了很多仗，我一个人杀了不下三百个鬼子，我恨啊，恨死那些小日本鬼子啦！"

"好样的，杀得好，我家朱有财没白救你，你想他活着，能杀这么多鬼子吗？他救你值！"

"可是，孙妹子，你还记得我走时跟你说过啥？我说过，等我打完鬼子，立了功，就会来报答你，给你当牛做马，让你和小桃花过上甜甜美美的日子，你还记得吗？"

"我记得，当然记得"，老板娘眼泪又下来了，她激动地站起来。"卢长松，你还记得你说过的话？就是你这句话，让我一直在等你，一等十七年，我还以为你忘掉了呢！"

老卢说："我哪里能忘掉，抗战胜利，我就想回来，可身不由己，结果弄到今天的结果。"老卢情绪低沉地说："孙妹子，你和有财的大恩大德我卢长松今生恐怕报答不了，倘若有来生，我一定回来报答。"

"卢长松，你说什么呢？"张书记半天没插话，这时发话了："你要振作起来，好好改造，不辜负孙月娥一家对你的期望。虽然你后来走错了路，走上与人民为敌的道路，但在抗击日寇方面你为人民为民族作出个贡献。所以说，你要好好改造，争取早日出狱。"

"听到了吗？长松？张书记的话就是我心里话，你要好好改造，早日出来，我等你。"孙月娥说这话时，脸上滚过一阵热浪。


# 十二

自从跟恩人孙月娥见面后，老卢走出了禁闭室，恢复了土坯队长的职务。很长一段时间，他工作积极，认真负责，对老郑，还亲自上门跟他道歉。此时的老卢似乎完全变了一个人。

夏天刚过，劳改局再次给我减刑，总共五年，第一次减了两年，这一次减了半年。张书记告诉我，已经执行了一年多，还有不到一年的时间，我就可以离开窑厂自由了。听到这个消息，我没高兴，反而"哇"一声哭了，这样的反应倒把张书记吓了一跳。他喂喂唤着，抬起我的头说："看看，都成大男人了，还哭鼻子，快出去了，好事啊，哭啥啊，啊？"

我说我哭啥？我哭我无家可归。

张书记说，你出去可以回江西，那里的地方政府会给你落户口，会给你安排工作，你只要好好参加劳动，接受人民群众监督，一切会慢慢好起来的。

不！张书记，我不会回去的，我就是赖在南京，继续流浪也不会走，在南京这地上，你是唯一把我当人看的亲人了，我不要离开你。

我抓住张书记一只胳膊，像抓住我爹的一只胳膊，死死不松手。

张书记说，陶一宝，你先回去吧，你说的话到时候组织上会给你考虑的。

熬过一个漫长的冬天，又一年的新春佳节到了。那几天来了场雨夹雪，到处是污泥浊水。晚上收冻后，地面上干蹦蹦的，有的地方还能看见薄冰，到第二天上午在无力的冬阳里，有薄冰的地方闪烁着光芒，人走在上面，不小心就会摔跟头。

和前一年冬天一样，土坯队已经无事可干，老卢经常到我的后勤大队来吹牛。因为老卢和孙月娥的关系只要他一跨进我们统计室大门，人们就会七嘴八舌。

这个说："月娥妹子，我喜欢你，你喜欢我吗？"

那个说："月娥妹子，你等我出去，我们就洞房花烛，我好想你呀！"

说完，满屋子的人都哈哈大笑。

我们的后勤管理队长是个老八路，四十多岁，平常不苟言笑，每次等人笑完他就说："好了，好了，快干活去，一宝，你那个到张书记那，问问明天是不是要到市里，要汇报材料不？"

他把大家支走，也把我支走，就是是怕老卢变脸，闹出事来。其实，后勤队长并不了解老卢，老卢是个非常豁达的人，他把别人调侃的话常常当成荣耀，把别人的尴尬当成一种戏弄后的快乐，隔三岔五他会准时光顾。

春节那几天下午，窑里在礼堂放电影，一连放了三天。我年轻，特别喜欢看电影，每场必看。老卢和老郑也去，还非要跟我坐到一排。我们仨是不打不相识，要论俩俩谁更近，当然是他们俩，听说在宿舍里他们"哥俩好"，已经喝过好几次交杯酒了，也不晓得是真是假。

最后那天，电影刚放，张书记的警卫员把老卢找出去，不晓得干啥去了。电影散场后，有人说老卢的相好来看老卢来了，我猜应该是老板娘来了。

自从与老卢相认后，老板娘隔三差五来探望老卢，每次来，老卢的思想就稳定一次，整个人就变化一次，工作上越来越积极。大伙都说，下次减刑一定有老卢。

谁都看出来，老卢是盼望老板娘来的。在老板娘的身边，五大三粗的老卢老实得像个小媳妇，说话小声小气，做事扭扭咧咧，一点不像个大老爷们。

其实，还有一人是盼望老板娘来的，那个人就是我。我盼望老板娘来，是因为每次她会给我准备一份礼物，让老卢给我送来。这次却例外，是老郑送来的。老郑把东西往我的床上一丢说："少爷，哦不，陶一宝，老卢让我捎来的。你点点，我没动它。"我也不理他，从礼包里拿出花生和糖块塞给他，就像当年塞给他银圆去嫖娼一样，他也不客气，拎在手上走，头也不回。

要知道那两年，塞给老郑的东西都是稀罕物，只有逢年过节才能看到。我们是劳改窑场，场里发才有。这年春节，每人发了半斤花生，五颗糖果，早就香了嘴，甜了心了，过完节还能吃上老板娘带来的好吃的，真是一种享受。

第四章

肚儿矶茶馆

# 一

头二年，劳改窑厂有过越狱的行动——有人凿开西边的围墙，企图渡过长江逃走，可惜没游出去一百米就大喊救命。

通过几年的改造，现有的犯人抵触情绪逐步瓦解，很多人慢慢适应了自食其力，成为真正的体力劳动者。

至少从我来，没看见有人越狱，倒是有些刑满释放人员因为无家可归，赖在窑厂不肯走。跟那些人学习，我刑满释放那天，一屁股坐在地上不起来，无论谁来劝我就是不起。我告诉他们，我早已家破人亡，要说有家，劳改窑厂就是我家。为了赖着不走，我装病，不吃不喝，整整睡了三天。组织上派老卢老郑来劝我，说出去不好么，自由了。我不理会他们，我还是那句话，我不要自由，自由于我就是流浪，就是一只丧家犬，我不如待在劳改窑厂这只笼子里，早晚有口饭吃，多好。

后来，张书记派人把我叫到他的办公室，先是板着脸一顿批评，骂我脑子被驴踢了，然后给我倒茶水，让我坐下。透过眼镜片他打量我半晌突然笑出声，小子，你真有福气，通过跟江镇联系，他们决定接纳你成为江镇居民，你小子一下子成了江宁人，不用回江西了，你说高兴不？

对于这个决定我当然高兴，不过，在感谢张书记的同时，心里却犯难了。要知道如果我去了，实际问题也不少，比如房子、土地，甚至工作，怎么办？张书记似乎看出我的疑虑，接着对我说，他已经跟镇上接洽好了，先在镇上落脚，以后再找块地盖间房给我。

住到镇上？我听不明白。张书记进一步解释说，就是先住在肚儿矶茶馆，问我可愿意？我说当然愿意。那工作呢？我问。张书记说，只要你愿意，你就在老板娘的茶馆打打工，不愿意……

话没说完，我就打断他的话："张书记，我愿意！"

就这样，我挣脱出人生第一次牢狱，离开了窑厂，去做了个江镇人，这个决定伴随我一生。走的那天，张书记、黄科长、老卢、老郑他们都来送行。江镇来接的两人，一是王二虎，骑辆破自行车，还是向镇上借的，另一个是老板娘。

在回去的路上，王二虎推着自行车跟我交代，不，应该是训话，要我注意这注意那，他说我是刑满释放犯，到茶馆后要老实做人，不要给老板娘添麻烦。他还特别提醒道，如果我要离开江镇，必须跟他请假。不能随便谈恋爱，即使谈也要得到组织批准。

闻言，我生气地堵他一句："你这样不行，那样不行，算啥子自由了，跟坐牢有啥区别？！"

王二虎站住了，奇怪地看着我："呃，陶一宝，你说啥呢，你以为坐完牢没事了？别忘了，有些东西，可不是坐牢能坐掉的，你和正常人，永远不可能画上等号。"

"那我就不找老婆总行了吧？"我大声嚷嚷，表示不服。

王二虎把车一停，冷下脸说："陶一宝，我都是为你好，你这是啥态度，嗯？告诉你，如果你再这样，回去有你的好果子吃！"

我还想跟他辩解，一旁的老板娘推了我一把："你这娃子，少说两句不行吗？人家说几句，你听着就是了。"然后满脸堆笑地对王二虎说："二虎，你先走吧，你工作忙，这小崽子交给你孙阿姨了，我会好好教育他的，不信他能翻了天。"

王二虎笑着说："那谢谢孙阿姨了，回头你跟桃花说一声，我明天去东山开会，给她带块花布。"

老板娘说："二虎，不要给她带，上次那块布还没做哩。"

"阿姨，这个你就别管了，跟桃花说声就是了。"王二虎骑上车，骑了几步，不忘回头对我说："陶一宝，我的话你可记住了，不然真有你好果子吃。"

等二虎走远，老板娘笑着对我说："一宝，别理他，一切有我呢，以后你在我家吃住，就当我儿子算了，别见外就好。"

老板娘的话让我一下想起我娘，我鼻子一酸，"哇"一下哭出来，眼泪和着鼻涕糊得满嘴都是。我"扑通"一下跪在老板娘面前，清清脆脆喊了一声："娘。"老板娘嗯了一声，随手捡了几张枯黄的树叶帮我擦掉眼泪和鼻涕，一边擦一边流着泪说："一宝，我们这不兴叫娘，从今往后我就是你的亲妈，你就是我的亲儿，你大大死得早，要不然我们肯定会有儿子的，你就是我的亲儿子。"

我记得那一路我和老板娘走一阵哭一阵，本来一个小时的路走了三个多小时，我把这些年受的苦全告诉了老板娘，她不但不嫌我，反而陪我伤心流泪，老板娘真是个心地善良的人。


## 二


到了茶馆，已近中午，茶馆里有赌档生意，老板娘怕口舌多，带我从后门进去，在紧挨厨房的地方有间小房子，锁着门，她让我等着，自己跑到前台去拿钥匙。我拎着脸盆茶缸毛巾等洗刷用具，可怜巴巴地站在茶馆的后院里，这个时候，我看见那棵腰粗的枣树和枣树下那堆玉米秸。玉米秸是新的，显然不是十几年前老卢钻过的玉米秸了，但我仿佛看见老卢浑身是血钻进去的样子，几个日本兵端着刺刀围着，口中发出叽里呱啦的声音。

我恐惧地咳嗽一声，吓跑了那些幻象，然后把目光挪开，从后院的门望出去，我看见一行大雁从北边向南飞，它们要飞向哪里？是不是要经过我的老家江西？大雁飞走了，我的心跟着目光一起收了回来，这时一只猫不知从哪里悄悄蹲在颓败的墙头上，喵喵地冲着我叫唤，我嫌它吵，弯腰拾起一块碎石头扔出去，猫没砸到，却遭到一声娇娇地呵斥：

　　"你有病啊，那是我家猫！"

　　我回头，看见呵斥我的是一个年龄跟我相仿的美貌女子，头发多得跟乌云似的，两根大辫子编完后，还有一堆堆在额头上，像崖边上蓬勃生长的青草。既然说猫是她家的，应该就是老板娘家中的桃花。我朝她笑了笑，想跟她道歉，她却把手一摆，看也不看我说："不要道歉，道歉也迟了，难怪是有钱家的公子，心肠就是毒。"然后，把小房子的门打开，对我说："进去吧，这就是你的狗窝，我妈把你当个宝，三天前就给弄好了，弄得多干净呀，比我的床和屋子都干净。"看我进去，放好了东西，她又说："想坐下歇歇是啵？想的美，走，跟我去烧火，我还有盐豆子没煮呢，就因为去接你，耽误了茶馆多少工夫。"我跟她走到门口，肚子一阵叽里咕噜，想来是走了几十里山路，饿了。

　　桃花白了我一眼说："你来我们家啥事没干，就想着吃，你还好意思啊！"

我说："我饿！"

"我叫你饿！"桃花回身想打我，举在半天空的手没有落下来，因为她一定是看见我的眼泪了，她摇摇头，走进厨房，把碗橱里的饭菜拿出来，往桌上一放说："真是的，一点苦吃不得。"

看我狼吞虎咽的样子，又鄙视地骂我一句："看你吃相，像几百年没吃过饭似的，我妈也是的，怎么找个你这样的吃货，瘦猴似的，能干啥活呀。"

桃花骂我，数落我，我一概不理，也不生气。我是哪个呀，我是富家少爷不假，那是几年前的事了，我后来做过乞丐，偷过东西，那白眼还少受了？桃花那几句话根本刺激不到我。我饿了，好赖先吃饱了才是正道。

啊，吃饱了！我摸摸鼓起来的肚皮，中气十足地冲着桃花说："大小姐，你说，你想让我咋个做法！"

"住嘴！什么大小姐，你以为还是旧社会呀！"桃花想打我，我自然跳开。好在桃花没追，只是指着灶台后面说："去，把火生起来！"

"是！"我脆脆地应道，并做了个鬼脸。

桃花被我的怪样逗乐了。

看她乐了，我的心情放松了许多。我蹲在火塘下面，往黑洞洞地火塘里塞了把玉米秸，然后找着洋火点着。火起，我把玉米秸往里送送，那火旺旺地烧起来。

没想到，我现在跟小月当年一样成了烧火的，真是三十年河东三十年河西，造化弄人啊。此刻，我一边烧火，一边偷看桃花。尽管是偷看，但男女之间很容易感觉到。桃花感觉到了，把手中活停下来，大声训斥道：

"看啥看？有啥好看的？"

我大着胆子回了一句："桃花妹妹真好看！"

就这一句话，桃花把锅盖"啪"地一盖，叉腰站在我面前指着我骂道："告诉你，今后在茶馆，你给我放规矩点，要不然我妈不赶你走，我会赶你走，听见没？"

我被桃花过激的反应吓了一跳，连忙说"晓得了"，一连说了好几遍。

此后那么多年，我在她面前再没敢说过一句类似的话，甚至后来我们成了事实上的夫妻，我都没有说过。

这就是我到茶馆第一天跟桃花见面所发生的一切，几十年过去了，就好像发生在昨天一样，可桃花已经死了多年了。

三

到茶馆做帮工，什么活都要干，泡茶、煮盐豆子、做卤干、炒瓜子花生……甚至于我们三人的饭菜，都做得满满当当。尽管我很勤快，但也没有得到桃花对我的好感，老板娘跟她说了很多遍，让她认我做干哥哥，她不但不叫，反而堵老板娘："你晓得啥子啊，他这种劳教过的人，人家躲还躲不开，你竟然收他做干儿子，是不是脑子坏的了？"老板娘和我都知道，桃花这些话都是王二虎教的。那个王二虎看上桃花也不是一天两天了，自从我去了茶馆，他以监管我为名，天天往茶馆跑，去了就往桃花面前凑，跟在桃花屁股后面转来转去。大家有点看不惯，背地里老说王二虎的不是。老板娘脸上挂不住了，"呃呃，大家伙啥意思？听起来好像这王二虎跟我孙月娥有啥瓜葛似的，牌也不打了，茶也不喝了，干啥呀？以后别、别提那王二虎好不好？别让他扫了我们的雅兴，大家伙说是不是？"

"是、是。"大家点头道。接着，哗啦哗啦的搓麻将声，咝咝地啜饮茶水声开始此起彼伏。因为通风不畅，茶室里的烟雾聚集在人们的头顶上，久久不愿散去。

我一直在里面给他们加茶水，他们说的我都听得清清楚楚。好在桃花没听见，她一直在后面没过来，要不然不晓得她会怎么想。

其实，为了那个王二虎，老板娘一直和桃花闹别扭，老板娘似乎不太喜欢王二虎，所有人都看得出来。有几次，老板娘想着理由轰他走，只是这王二虎脸皮厚，嘴上天天挂着自由恋爱，婚姻自由，老板娘拿他也没办法。

　　茶馆关门打烊，每天都要到晚上十一二点钟，只有那时候，母女俩才会斗一会儿嘴。

　　"以后少跟王二虎啰嗦！"老板娘说。

　　"哪个跟他啰嗦的，哪次不都是他来找我？"

　　"你不理他不就行啦？他还能强迫？你见他来，总是笑眯眯的，他觉得你得意他，他能不惦记你？"

　　"惦记就惦记！王二虎有啥不好？他可是要求进步的青年！"

　　"你，你这个丫头，说这话也不怕丢人，真不要脸！"

　　"哪个不要脸了？我们是自由恋爱，丢啥人？再说二虎多少也是个民兵小队长，你怎么能门缝里看人？"

　　"我门缝里看人了吗？你问问他，年轻轻地，除了抓赌，抓娼，还抓吃鸦片的，一天到晚干这个，有啥出息！"

　　"妈，我觉得二虎积极要求上进，就是有出息的表现啊！"

　　"还表现，你没听外面怎么说他，一心往上爬的小官迷！"

　　"官迷有啥不好？我就喜欢积极有为的青年！"

　　"有为，他真'有为'了还能看上你？你、你不气死你妈不甘心啊！"

还有一次，我听得真真的，那是关于我的。老板娘问："你喜欢上二虎了？"

　　"不晓得！"

　　"你们俩好到啥程度了？"

　　"不晓得！"

　　"告诉你，王二虎靠不住，我劝你离他远点。"

　　"你说了多少遍了，烦不烦？"

　　"你是我女儿，我就是要说。"

　　"好好，我是你女儿，应该听你的。那你说，我不跟王二虎好，你说跟哪个好？"

　　"你哥啊！"

　　"哪个？"

　　"你装糊涂！"

　　"啥，妈呀，你说那个劳改犯，哈哈哈，笑死我了，他？妈，你让我嫁给他，你糊涂了，想害死我啊？他那个身份，能娶老婆么？"

　　"一宝身份是差点，可人的确不错，脑子灵，手脚勤快，又听你的话，如果成了，我倒是放心把你交给他。"

　　"妈，拉倒吧，你有这个心就是他的造化了，瞧他一脸苦巴相，哪能配上我？你说？"

　　像这样的争吵，经常发生在打烊之后，打扫茶馆卫生的时候，她们以为我在厨房洗锅刷碗听不见，其实只要聊桃花，我每次都会站在门后偷听。

要不了多久，老板娘会大声告诉我她们走了，一般不等我回话，茶馆的大门"咣当"一声关上，接着是一阵窸窸窣窣的锁门声。

我会继续站在厨房门口，直到所有声音全无，才长长舒口气。老板娘和桃花从来不住在店里。

# 四

冬天到了，江镇被大雪覆盖着，远近的山脉笼罩在白茫茫的世界里，显得洁白干净。长江像天上的河漂浮在白云里，到了晚上，那些渔船上的油灯像流动在河里的点点星星。大地阴冷，草木凋零，江镇和四里八乡趴在雪窝里，蛰伏着这个阴冷而欢快的冬天。

临近过年，茶馆的生意出奇的好，每天爆满，有时候连下脚的地方都没有。我负责后厨，老板娘负责运送茶水点心，桃花在前面照应，倒水上糕点，抽头钱。越往年关，生意越好，有时候忙得招架不住，我们三人便相互埋怨手脚太慢，以缓解自己的压力。

到了打烊时分，三人坐在一起吃饭，又会相互指责。当然，由于我的身份不同，我指责她们只能轻描淡写，如果她们任何一方有不服气的，我赶紧缩了脖子不再申辩。桃花和老板娘就不一样了，相互掐起来，各不相让，谁劝也没用。往往等她们吵够了，我会笑嘻嘻地插嘴："咋了，吵够了？"不用说，母女俩会异口同声回我："陶一宝，你闭嘴！"

还有十几天就过年了，老板娘数着一毛五分的钱对我说，只要这样的生意做过小年，我们就大发了，老板娘说这话时喜气洋洋，她说她从嫁到老朱家，就接手开茶馆，已经开了二十几年了，没有哪年有这样的生意。我说，妈呀，你有福了，生意好不说，将来还会有个好女婿上门。老板娘说，一宝，妈哪儿不舒服你就往妈哪儿戳，你妹妹也不睁眼看看，选啥人也不能选他，不信，妈把这话搁在这。我说，妈呀，不见的吧，即使他是头狼，那是对外人，兴许对家里人……哼，走着瞧吧，妈是没看上他。

话没出三天，事还真来了。那天上午，有人来找老板娘，让她去镇上，说王二虎找她。老板娘说没空，不去。来人说王二虎交代的，这次是硬任务，哪家不去等着挨批吧。老板娘一听，赶紧改口说去。回头问桃花，让桃花猜是啥事。

桃花说，那哪晓得，去了不就晓得了嘛。

丢下手中的活计，解下粗布围腰，老板娘拢拢有些凌乱的头发对茶馆里的客人说，她去镇上一趟，一会儿就回来。

客人说，去吧去吧，说不定是王二虎请你吃饭，商谈嫁女儿的事。老板娘指着那客人说，三狗子，就你话多。

一个时辰以后，老板娘回来了。进门时我就看她眼神飘忽不精神，勉强微笑，勉强跟客人打招呼。等她经过我的身边，她的眼睛竟然红红的，显然刚哭过。她走进厨房，一屁股坐到火塘后面，靠着玉米秸轻声啜泣起来，这种情况我还是第一次遇到，我被吓了一跳。

我走过去，蹲下来拉着她的手问："妈，为啥哭啊，是王二虎欺负你了？娘的，我找他去！"

说完，我站起来操起一把靠在墙角的铁锹就要往外走，老板娘一把抓住我，死活不让我走。恰好桃花进来了："呃呃，前面要水，要点心，嗓子喊哑了，你们倒好，在这干啥呢？干啥呢，嗯？"

老板娘说："不做了，还做个屁呀！"

"不做了？咋回事？"桃花和我都愣住了。

老板娘曛地一下站起来，冲着桃花吼道："咋回事，去问你那个'二虎哥'啊，狼心狗肺，狼心狗肺！"

桃花急了："妈，你说呀，到底咋啦？二虎跟你说啥啦？"忽然好像想到什么，"妈呀，是二虎逼你答应是吗？"

老板娘说："是，也不是。"

"这话说的，妈，你能不能一下子把话说完？真急死人了！"桃花急得在原地跺脚。

"妈，你说，看把桃花急的。"我在旁边提醒着。

"我更急！"老板娘叹了口气，"我家茶馆是政府下一步清理整顿对象，赌档开不成了。"

"这都是二虎说的？"桃花问。

"不是他还有哪个！"

"那你没有提我？"

"提了，他说，如果我同意把你嫁给他，就只关赌档，不然连整个茶馆都封掉……"

"他怎么说这样的话，这不是假公济私，变相要挟嘛。"我也有些愤愤不平。

"他敢！"桃花跳起来，脸气得发青，"你们照应着，我去找他！"说完，唬着脸跑出后院。我追出去，看那院门开了，一颗二颗雪花正从天上落进院子里，地上的雪还没有化尽，一场新的大雪眼看就要来了。


## 五


到了傍晚，那雪下得正大。桃花才从后院小门进来。除了布满忧伤眼睛，桃花从头到脚早成了雪人。

站在院子里，她叫我帮她掸身上的雪花，我边掸边问她情况，她一声不吭。掸完了，走进厨房，坐到小板凳上一语不发。我不敢多嘴，边干活边偷瞄她。有一次恰好她也在看我，我们四目相对。她凶巴巴地看着我，似疯狗，随时要扑过来咬我的样子，吓得我再也不敢看她了。

老板娘进来问："咋样？松口了？"

桃花说："没的。"

"没的！你去这么长时间，去南京也该回来了。"老板娘拔高了声音。

桃花也不示弱："你嚷啥嚷，嗯？他今天忙，让我到他宿舍等他下班……"

"你上他宿舍？"老板娘和我都惊讶了。

桃花见说漏了嘴，索性就说："去他宿舍咋啦，又不是第一次去，我是办正事去的。"

"好了好了，讲他咋说的。"

"还能咋说，他说城里去年都改造完了，我们农村慢一步，最迟明年要全部结束，这是政策，不是他二虎能决定的。""那还有没有转圜的余地？"老板娘问。

"有啊，就是把我许给他，他做书记工作，先把赌档关了。"

"这不是拿你去交换吗？这个缺德带冒烟的，他在逼我啊！还有，赌档不让开，茶馆自然也开不成，谁有闲工夫整天泡茶馆，光喝茶啊。"

看桃花不吱声，老板娘接着问："桃花，你是咋打算的？"

"还能咋打算？上面有政策，为了我，他这样做已经违反纪律了。"桃花的天平显然倾向于王二虎。

老板娘叹口气，忧郁地走进茶馆。我跟在后面，大气不敢出。那些茶客，看见老板娘来了，就跟她开玩笑。

这个喊："老板娘，今天咋啦，前台没人照应，你们躲在后面干啥呀？"

那个回："还能干啥，肯定在商量嫁女儿的事喽，老板娘，我猜的对不？"

另一个喊："一宝，去给我加点龙井！"

"一宝，给我来点花生！""一宝，给我来点盐豆子！""一宝，给我上点烟丝，要好的！"

有人在喊老板娘，老板娘像丢了魂只晓得点头，啥话也说不出来，啥事也做不了。她的眼泪注满了眼眶，遮挡着她的视线。她的忧伤影响着她的听力，她站在吧台看着全场，张着嘴，她不相信明天这里就要变得冷冷清清，如果真是这样，她还能活吗？但为了能保住这间朱家老店铺，她必须打起精神向大家宣布，告诉他们从明天开始，这个茶馆就停业了，她要感谢在场所有的茶客这些年来对茶馆的支持和厚爱，祝大家新年愉快。她想说这些，想好了说这些，但话到嘴边她没有说出来，她实在说不出口。到后来，她竟然说出这样的话：

"在场的老少爷们，你们说我孙月娥漂亮不？"

大家异口同声说漂亮。

老板娘接着问："在场的老少爷们，这么些年我孙月娥对大家咋样？"

"好。"

老板娘接着说："既然说我好，那就好到底，从现在开始一直到晚上十二点，不，今天不打烊，一直到明早上，一切吃的喝的抽的用的都免费，直到把茶馆的茶喝光，盐豆子吃光，花生剥光，把身上的钱赌光，你们说好不好啊？"

"好！好！好！"

老板娘的话得到大家响应，但每个人的脸上一脸懵逼，他们不明白老板娘为什么这么做。我把厨房里的茶水、盐豆子还有糕点全搬到前台，默默地站在一边。老板娘陪着他们，从这个桌子转到那个桌子，有时还跟他们押一把，助助兴。有时候还跟一些年龄相仿的老客打个情骂个俏。那一晚，老板娘出尽风头，似乎特别开心。

到了下半夜，茶馆里的人相对少了。老板娘让我送桃花先回去睡，我同意，桃花不同意，从我到茶馆开始，她就没正眼看过我，哪会让我送呢。

我望着桃花离去的背影，心中怅然若失。或许一时心血来潮，我打开后院的门，竟想在没有月光和星光下看看雪夜是怎样的，可是外面什么也看不清，除了扑面的寒风，就是朦胧的雪景。

# 六

那夜我睡得很晚，天不亮照样爬起来，这是习惯，每天都如此。

我跑进厨房，打算先把大茶桶烧满，然后再去煮该煮的几样小吃。把灯点亮，眼前的情景吓我一跳。灶台下面的玉米秸上躺着老板娘，她双手抱着胸脯，显然有点冷，口中吐着酒气，不晓得她昨夜喝了多少酒。我蹲下来，喊她醒醒。她嘟囔一句，困死了，再无声音。我想她睡在玉米秸上有碍我的工作，应该把她弄到我的床上去。

这是我第一次抱起一个对我很好，让我叫娘的女人，她嘴上说不要，却没有一点推脱的力气。我把老板娘安顿好，回头到厨房继续忙着每天要忙的事，不知不觉天大亮了，有茶客来喊门。我把他们放进来。那一刻，我忘掉了老板娘宣布今天开始停业的话，我把她的话忘得干干净净。

我给茶客上茶，给他们上瓜子花生。到了八点多，茶馆还是那几个客人，打麻将的班子搭不起来，接洋龙的人不够，反正挺无聊的。我跑到大门外看看还有没有人来，我看见雪过天晴，阳光从瓦蓝的天空照射下来，照在反着白光的江镇街，照在肚儿矶的肚皮、屋顶和树上，还照在空荡荡的大气里。在白茫茫的雪地上，爬行着几个黑点，那是江镇早起的人，我想他们有可能是茶馆的茶客。我兴奋地等着，直等到那几个黑点散了，我才突然想起来老板娘要停业的话，我觉得自己真是糊涂，竟然一觉就把这么重要的事情给忘了。抽身回到屋里，我对几个茶客鞠躬，表示着歉意，几个茶客正好觉得无聊，就顺水推舟，反正不用付茶水钱了。他们走到门口，有人还回头问茶馆啥时重开，我说不晓得。

　　我说的是真话，当时真不晓得以后会怎样。只是打心眼希望桃花嫁给王二虎后，茶馆还能继续开下去，可这个想法过去了很多年了，也没有实现。等我听见门外人声，再次打开茶馆大门时，竟看见王二虎带着几个人在茶馆门前的大树上拉着横幅。王二虎见了我，口气生硬地问：

　　"喂，陶一宝，茶馆赌档关了没？"

　　我装作没听见，背着手自顾往横幅上瞅，那横幅上明明白白写着"禁毒禁赌禁娼"。不远处还有一条横幅，上面写着"过一个革命化的春节"。我上过几天私塾，又在劳改窑厂做了两年多统计，那几个字我还认识。

王二虎走到我面前，大声嚷道："陶一宝，跟你说话呢，哑巴了！"神情和语气明显不悦。

我看了他一眼，掉头就走，继续装聋作哑，把他当成空气。

"站住！"王二虎压住愤怒又问一遍："陶一宝，我问你茶馆赌档关了没，没关，我马上去封了它！"

这句话一下子把我惹火了，我说："关没关你眼瞎啊，看不见吗？"说完，我转身往回走。没成想王二虎突然从背后踹我一脚，把我踹倒在雪地里，一连翻了几个滚。我是怵他，但我还有血性，我从地上爬起来，顺手抄了两把雪在手上，回身扔到王二虎脸上，趁他不备，冲上去，用肩猛地一撞，竟然把他撞翻在地。或许王二虎没有想到我敢反击，爬起来，气急败坏地抽出王八盒子抵住我的脑门吼道："你个王八蛋，反了你了，信不信我一枪嘣你！"

我不说话，但已吓得直哆嗦，我是个孤儿，如果真被打死，还不是白打死？

所以我什么话都不敢说。

几个人走过来。王二虎收了枪："同志们，帮我教育教育这个落后分子！"他的话音刚落，那几个人的拳脚跟雨点似地落在我的脸上身上，我在雪地里来回滚，血从头上流下来，一会儿便成了一个带血的雪球，我滚不动了，他们也打不动了，一个个弯腰在大喘气。

不知何时老板娘站在茶馆门口，吼了一嗓子，"你们在干吗？"她当时没看见我，只看见一个大雪球。要是她看见我，一定会马上冲过来。王二虎喊了一声："不好！快撤！"带着几个人匆匆跑了。

当时的王二虎想娶桃花，还有点忌惮老板娘。

# 七

桃花知道我被打的事，骂我"活该"，说我一个外乡人惹啥人不行，偏要惹二虎。老板娘不乐意了，指着桃花骂："还说他人好，好啥？六亲不认的东西啊，倘若你们的事成了，一宝就是他的小舅子，你看他也下得了手！"

桃花被骂急了，扭头跑出了茶馆。我看见两根大辫子在肩上滑来滑去，辫梢上扎着蓝布条子，像两只振翅欲飞的蝴蝶。

老板娘给我熬生姜汤，给我煮面条，打荷包蛋，她对我跟亲娘没分别。她喂我的时候，我流了很多泪，我的心是暖的，泪也是暖的。

桃花一直没过来，老板娘回家找她，也没找着。回来跟我嘀咕，说桃花没良心，我被打成这样，还要跟那个王二虎在一起。

我说，妈呀，你把我当儿子，桃花没有把我当哥哥，就不要怪她了。老板娘说，不当亲哥也是干哥哥，你来我们老朱家，哪一件对不起她了？狼心狗肺的东西，跟那二虎一个德性。

天黑下来了，寒风呼呼地拍打窗户纸，发出啪啪的声响；咝咝的哨音一定是院子里枣树发出的。天气显然又要变了。

"咣当！"茶馆的门响了一声，我和老板娘疑惑地对望着。半晌外面再无动静。这死丫头！老板娘骂了一句，走出我的小卧室到前面去了。不久，我就听见桃花的哭声和老板娘的咒骂声：

"畜生呀，还没过门，咋能干这事啊！这个畜生带冒烟的啊！你叫我家桃花今后咋做人啊！"

我隐约知道桃花出事了。为了听得更清楚，我爬起来，忍着浑身酸痛走到后门偷听，我听见老板娘要找王二虎去，桃花不让。桃花说，妈呀，我现在已经是他的人了，我不从也得从了，我们的事你今后就别管了，二虎再不是东西，他喜欢我，愿意娶我就够了，还要他怎样呢？

老板娘说，你要嫁你就嫁，当初跟你说多少话你不听，现在你不嫁咋办？身子都叫人家破了，你还能嫁得出去吗？

老板娘咬牙切齿，好像伸手掐了桃花，桃花"哎呀"一声尖叫，非常刺耳。接着我听见脚步声往后来，我赶紧跑回屋里，重新躺在床上。

老板娘进来了，脸上什么表情都没有，泪水抹得干干净净，她帮我收拾一下屋子，然后对我说，她明天想去劳改窑厂，让我在家好好歇着。我说我不，也要去。她说你去的了吗？都伤成这样了。我说没关系，都是皮外伤，睡一觉就好了。老板娘不说话，不说让我去，也不说不让我去。我奇怪地问她，每年都是年后初几，今年怎么提前了？她说她在镇上碰见买菜的老叔，他说卢长松病倒了，还挺严重，高烧四十一度，整个人烧得尽说胡话，不停喊她的名字。老板娘说，老卢这样了，就不等年后了。

我赞成明天去窑厂，但我不是专门去看老卢，我想去看窑厂里所有的人，包括那些持枪的大兵和围着高墙转悠的狼狗。当然还有张书记、老郑他们。

天刚亮，我起床了，脸上破处还隐隐作痛，身上还好，或许受了雪球的保护，雪球无形中成了我的盔甲，我的保护神，要不然腰就被踢断了。我把老板娘去年给我用咔叽布做的上衣拿出来穿上，再戴上黄棉帽子。棉裤穿了两年了，有点短，向上吊着，已经盖不住脚背，我尽量把裤带系松，让裤子往下垮一点，这样我的脚背会暖和一些。不过裤子垮得太靠下，靠近大腿根，整个人就像一个浪荡的疯子，一点不精神。

洗漱完，我踩着积雪去菜场找老板娘。一出门，便看见昨天刚拉的横幅被夜里的大风吹皱在一起，有好几个字看不见了。天灰蒙蒙的，彤云很厚，风里夹着很深的寒意，那天显然还要下雪。昨天只放了个晴天，还没感觉到一点好心情，就被王二虎打得七零八落。今天要去窑厂看老朋友，心情好了一点，那天却不架势，正是天不遂人愿，地不随人心。

应该是天寒地冻的原因吧，江镇街上依旧冷冷清清，只有菜场那面，有些人影晃动。走近时，豁然看见老板娘站在菜场门口，那里停着一辆军用卡车，卡车我熟悉，就是老叔他们买菜的那辆车。本来我想抢在老板娘头里见见老叔，没想到老板娘来这么早。从她急于去窑厂的态度可以看出，她对老卢是多么关心；从她刻意穿着打扮可以看出，她对老卢多么用心。这些大家伙都心知肚明。等到了窑厂，老板娘对病床上的老卢，那百般呵护的情形更让人羡慕不已。

# 八

老板娘握住老卢的手。我、张书记还有老郑都站在对面。

"咋搞的，啊？病成这样子也不让人早捎个话，也好让我过来照顾照顾啊！"

老卢说："没事的，就是感冒，过几天就好了。""这么大个人咋就感冒了呢？"

老卢望着张书记。

张书记说："哦，不怪老卢，一宝知道，他们制坯队每年这时候都没事干，要帮着出窑，老卢亲自带人加班加点，一连出了三天窑，应该是出汗受了凉，再加上累的，所以一病这么多天。"

"老卢，你不要命了？告诉你，你的命是搭了我男人的命从鬼子手里救回来的，你不能作践自己啊！"

"我不会的，感冒嘛，小病。"老卢望着老板娘傻笑。

张书记说："自从知道你就在附近，老卢跟换了人似的，他老跟我念叨你的好，他说要通过好好改造争取早点出狱，出去后要代桃花她大大照顾你和桃花，他的表现得到监狱组织上的认可，组织正在考虑给他减刑，好叫你们早日团圆。"

"真的？给我减刑？"老卢一下坐起来，"书记，你说会给我减几年？"

"这个暂时保密，总之一句话，老卢你要戒骄戒躁，百尺竿头更进一步。"

"是！"老卢兴奋地坐在床上给张书记敬礼。礼毕，要下床，说病好了。老板娘一把按住他的胸，强行把他推倒在枕头上："你给我好好躺着，等病好了再起不迟！"

看到这样的场面，在场的人都笑了。张书记把我单独叫到卫生所走廊上，问了我一些生活上的情况。我把茶馆关闭的事讲了，张书记说，对工商改造势在必行，对私有化经济集体化公有化是大势所趋，我们必须服从，不能成为历史车轮的绊脚石，否则有可能被滚滚车轮碾得粉碎。当时，张书记的话我似懂非懂，一直到两年后我才明白，任谁也保不住那个茶馆，即使付出再多都没得用。

张书记临走时把我和老郑叫出来，特别叮嘱要让老卢跟老板娘单独待一会儿。张书记走后走廊上只剩下我和老郑。

时间过得真快，从老郑陪我到南京漂木排卖稻谷算起，时间过去了近七个年头，这七个年头，人间起了翻天覆地的变化。我和老郑之间恩怨情仇，山不转水转，转来转去从南京转回江西，又从江西转回南京，除了做囚犯还是囚犯，现在我们面对面站在一起，大眼瞪小眼，各人想各人的心事，直到后来我打破沉默。

我问老郑，一九四八年我让他带着五十块大元回江西通知我爹，为何我爹没来接我？

老郑答：他带着家丁在回去的路上被国民党部队抓了壮丁，训练三天就被拉上战场，他命大，活下来了。还有一个家丁，瘦高个，姓赖，他没死，但疯了，满战场地跑，那子弹和炮弹绕着他炸，就是炸不死他，真日鬼。后来，老郑随国民党一部逃到江西，在上司逼迫下，他领人血洗了陶家，丧尽天良。

少爷，哦，不，陶一宝，老爷对我好，我是感激不尽的，我杀他也是没的办法，看在我们主仆一场，你就不要再记恨我了啊。他的声音还是呜呜噜噜，听不清楚。

我没理他，继续问他下一个问题。话没出口，老郑竟然打断了我的话，他说："你不要问了，我晓得你想知道小月的情况，我还晓得那天在茶场袭击我的就是你，但我要告诉你，小月你就不要想她了……"

"咋的，小月她……死了？"

"你胡咧个啥呀，小月咋会死呢？她已经是我老婆了。"

"你胡说！小月不会的，小月咋会跟你？"

"咋就不会呢？小月是个知恩图报的好女人，我花一万元帮她赎身，她心甘情愿以身相许。还有，那时我是茶场场长，她是哪个？我能看上她是她的福气，是她的光荣。"

"还光荣呢！分明是你趁虚而入，仗势欺人，小月对你只是感激……"

"得了，少爷，你别自作多情了。我来南京受审前小月跟我说，倘若今后能碰见一宝少爷，就告诉他，在她的心里只把你当成弟弟，让你不要恨她，也不要想她。"

"我不信！你骗我！小月不会说这样的话！"

"骗你？我骗你干吗？在她眼里你就是一个小屁孩，你这个身份不能给她幸福。"

"你能！你还不是跟我一样！"我反唇相讥。

"不！我跟你不一样，小月喜欢我，还跟我生个儿子，你能说我们一样吗？我要为小月为我儿子活着。"老郑说到这，露出一丝得意，脸上那只小眼睛在走廊的灯光下熠熠生辉，大眼睁得溜圆，似要把我吃掉。

我一屁股坐在走廊木椅子上，把头埋进大腿之间，跟我的卵蛋靠在一起，恨不得钻进裤子里。没想到啊，我陶一宝第一次爱人，就这样失败了。是失恋还是失败我也搞不清楚，反正败在老郑手里我不甘心。

老郑说："倘若你不信，去江西问问小月，她是啥心事一问就晓得了，别当我骗你。"说完，他又补了一句："你去是去，不许动我老婆，要不然等我出去，我可不管你曾经是我的少爷……"

"滚！"我对老郑吼道。

"疯子！"老郑骂我一句，走到病房跟前扯着嗓子朝里喊："老卢，我走了，你好好养着，我明儿过来看你！"没听见老卢回答，他又回身骂我一句："疯子！"才背起手往外走。

我望着他的背影，恨不得扑上去一把掐死他才解恨。

# 九

这一年的春节过得无聊透顶，相当没劲，可以说一点年味都没有。到底是少了什么才变成这样的呢？娘儿俩碰一块就议论这个话题，不晓得议论了多少次，反复就是那几句话。

老板娘说："今年没了庙会。"

桃花说："今年没人踩高跷玩龙船。"

老板娘说："说书的高秀才也没见。"

桃花说："护国寺的三和尚也没下山来化缘。"

我说："还是因为茶馆被关了，要不，那年味怎么能淡呢？"

老板娘把手一拍说："一宝说到点子上了，我说呢，这年味就差在这上面了。"说到这，老板娘搓着手后悔不已。

桃花呢，拿眼瞅着我，好像是我叫把茶馆关的似的。

初七，刚吃完晚饭，娘儿俩又提"年味"这个话题，老板娘说："桃花，你说我们茶馆也关了二十来天了，你找王二虎说说情，看能不能给开几天，也好增加点年味哈。"

桃花来一句："你以为我傻子啊，我问了，可二虎说那不成，能开不能开那是镇里决定的，不没收就算好的，还想开，找不自在啊。"

听了这个结果老板娘不乐意了，她数落起桃花："你看你，找这么个人，啥也帮不了，有屁用啊！"

"妈，这不怪二虎，"我插一句。"那天我听张书记说了，这次好像是整顿，哪个来也帮不了。"

"桃花，听见了，你哥刚被二虎打过还替二虎那王八蛋说话，心真大呀。"

桃花摇头，意思她不相信我会真心帮二虎说话。桃花的直觉是对的，我跟老板娘一样，对二虎没有好感，不单是因为他欺负我打我，不单是因为他喜欢上桃花，让我妒忌，我是恨他在桃花有求于他的情况下逼桃花就范，这不是一个正经人所为。虽然我不懂爱一个人应该怎样，但我晓得爱一人就是不管对方遇见什么困难，都不该趁虚而入，乘人之危。我由此有理由怀疑一旦感情和个人前途相对立的时候，王二虎会做怎样的选择。

江镇的年，从初一到十五，那都叫过年，不像现在，初八工厂开工，商店开门，农民下地，那年就算过过了。不让赌博，对于江镇那些思想落后的人来说，那年过得就是没滋没味。老板娘整天像掉了魂似的，即使正月十五元宵节，江镇街上挂满了各种各样的灯笼，也没有让她感到一丝兴奋。

十五的早上，桃花没过来，老板娘买了些菜无精打采地从后门走进茶馆。我早把做好的汤圆端给她，她吃了两口，叹口气说："一宝，眼见十五一过，别人上工的上工，下地的下地，你说我们娘儿仨能做啥子呢？工不会做，地不会种，赌档又不能开，光开茶馆哪个来，这是让我们喝西北风啊！"

我劝她："妈呀，别急，老话说，船到桥头自然直，等过了小年再说吧，我们三个人，六只手，总会有办法的。"

"有啥办法？就眼前这个小年就过不下去，把人憋都憋死了。"

老板娘的话一下提醒我，我给她出了个"馊"主意，我说："妈，你看茶馆不能明里开，看能不能暗里开？不开茶馆，开赌场，人不要多，从后门进来，神不知鬼不觉，你看咋样？"

老板娘把大腿一拍说："这主意我咋就想不到呢？好，太好了。"转念一想，有点为难。她说："主意好是好，可咋通知他们呢？"

我把胸脯一拍说："我去啊，只要你告诉我哪些人能来，他们住在哪里，我一一上门请啊！"

老板娘觉得这个办法好，就让我去请以下几个人：镇东头三狗子，镇西头王小八子，严村刘老六，赵村赵老五，还有一个住在江边捕鱼弄虾的周老大。这几个人我认识，都是茶馆三天两头见的常客。开始去的时候我还怕他们不来，哪个晓得我话还没说完，他们就急吼吼地要走，他们跟老板娘一样，这个年在家憋坏了。

接下来天晴了，雪化了，街上走着的人来来往往，落红一地，那是鞭炮最后的疯狂。茶馆门前的横幅还在跟风撕咬，它的身上已经被风咬出好几道口子。

茶馆大门紧闭，老板娘先请几个老茶客吃饭喝酒，她也是热闹惯的人，在酒桌上好像一下年轻了十岁，真是八面玲珑，巾帼不让须眉。饭后，几个人玩起牌九，老板娘坐庄，不晓得怎么搞的，一连输了十几把，楞不上点子，那牌臭到家了。有一把抓了个地干，照理通吃吧，好了，人家出了一个天干，还出了两副对子，把老板娘输得酒也醒了，汗也出来了，到后来输得真没脾气了，她对我说："一宝，来帮我抓一把，换个手气，姑奶奶还就不信这手气还能输一夜不转背。"

我一听让我抓牌，还真高兴，毕竟过去了好几年，没摸牌了，手还真有点痒痒。我拿起牌九，开始洗牌，我洗牌跟外行洗牌不一样，那些洗好的牌会按着我的要求排列，比如，到了第四摞，有两张牌我洗成猴对，要想拿到它必须把骰子滚成六六或八八，其他点子你拿不到。也许别人也能滚出那两个点子，但概率非常小。在我赌假生涯里还没有人能在关键时候投出这个点子，而我却能十拿九稳。因为我随身带着几个含磁铁的骰子，我只要把一小块磁铁放在桌子下面的我的手心里，我要什么点子就有什么点子。

那一晚，从我接手就没输过，老板娘一高兴，说我手气好，就让我玩。她在旁边收钱，那高兴劲就别提了。

那一晚，我不但把输掉的钱扳了回来，还把他们每个人身上带来的钱赢个精光。看着他们一个个灰溜溜地走出后院门，我和老板娘哈哈大笑。走在后面的周老大回头说："老板娘，你莫笑，明晚我准来。我不信这个邪。"

那一晚，枣树不言，十五的月又大又圆飘在枣树上面，有几许云从它面前闪过，飘进月的后面。

那晚，月亮静悄悄地。天晴了，雪化了。

## 十

三月，飘着雨丝。我和老板娘经营的地下赌博，一天仅限一桌，参赌人员不能超十五人。话是这么说，可实际控制很困难，你传我带，每天人数都在突破，有一天竟然达到三十六人，远近村庄的人都晓得了，人家在熟人带领下你不让他进来行吗？

看见这种情形桃花慌了，她提醒老板娘人数不能再扩大了，这要是让镇里知道还不晓得要惹多大的祸呢。老板娘说：

"有啥祸？只要王二虎不晓得就中了。"她特意提醒桃花别在王二虎面前说漏了嘴。

过了几天，老板娘说右眼老跳，用一片刚发芽的小树叶贴上好点，取下就复跳。桃花说："会不是开赌要出事？""呸！呸！"老板娘一连往地上吐了好几口吐沫说："就你老鸹嘴！"

又过了一天，桃花丛外面匆匆忙忙进来，对老板娘说："妈呀，我看赌场还是不要开了，刚才二虎对我说，外面传说有个地下赌场，很猖獗，要是让他逮着，非把开场子的头拧下来当球踢。妈呀，我看二虎是不是在给我报信啊，我看还是把场子关了吧？"

老板娘说："看你胆小的，还有，那二虎有那好心会给你通风报信？做梦吧！"

"妈，你就信我一回吧！万一是真的呢？"桃花急得直转。

老板娘说："那就等一宝下来，我跟他商量商量。"

"妈，你有事跟他商量都不跟我商量，真偏心。"

"不是的，一宝毕竟是男人，主意多，你别瞎想。"

桃花急不可耐地把我叫出来告诉我这个担心。我对老板娘说："妈，宁可信有不能信无啊。现在我们摊子这么大，哪里还有不透风的墙？我看，即使不关，也不能再在茶馆里开了，今晚就转移到你们的住处，三天后我再去另物色场地，这样做保险，你们说呢？"

桃花第一次赞成我的观点，老板娘也觉得好，就进去通知场子里的人。

换了地方，老板娘还说眼睛老跳。我说不可能啊，没道理啊，准不会还有其他祸事发生吧？桃花说那不一定，老板娘又骂她乌鸦嘴，说她娘家人死绝，要有事也就赌场有事，还能有啥事？桃花说，既然这样，不如就别开了，过了风头再说。老板娘不同意。

上午九点多钟，有人来打院门，老板娘扒着门缝一看，魂都飞了，她看见王二虎背着盒子炮，身旁还站着两个解放军。

王二虎在喊："桃花，桃花，开门，出大事了！快叫你妈出来！"

这时桃花和我正组织人从后门逃跑，哪有时间搭理。老板娘躲在院门后面，开也不是不开也不是，急得直打转，像头磨面的驴。

我看人跑得差不多了，就去收拾场子，让桃花去开门，尽量拖他们的时间。桃花点头，一边走一边答应，等把门开开，王二虎很不高兴地说："你在里面干啥呢，让我叫了半天的门？"桃花说："没干啥，就是想在后院种点菜，弄地呢。

咋啦，大白天的，你有事啊？"王二虎说："你看你说的，大白天就不能找你，非得晚上找你啊。好了，甭废话了，快叫你妈跟这两个解放军走。""啥？跟他们走？呃，王二虎，你可要把话说清楚，我妈犯啥法了，你说不出来，休想带我妈走！"王二虎说："哪个说你妈犯法了，啊？人家是窑厂来的，说那边出大事了，让你妈快去呢，你妈呢？快叫啊！"

老板娘从门后面出来了，"二虎，到底出啥事了，窑厂出事跟我啥关系？"没等二虎回话，老板娘突然惊叫起来："二虎，难不成是、是长松……"二虎说就是他，赶快上车吧。这时我从房里出来，二虎也叫我上车。上了车，老板娘急切地询问卢长松的情况，二虎说："问人家解放军吧！"老板娘抓住坐在副驾驶那位解放军的膀子问："同志，卢长松咋的啦？快告诉我啊！"解放军叹了口气说："张书记来时让我不要说，我现在告诉你，你可要挺住啊！"听见这个话老板娘身子摇了下，脸上现出恐惧和悲伤，她强忍着坐直身子结结巴巴问："同、同志，你说，我孙、孙月娥挺得住！"

那位解放军说："卢长松死了！""啊！"老板娘张大了嘴，半晌不语。

我问："咋死的？"

"是给人捅死的！"

"为啥要捅他？"

“那人要逃跑，让老卢发现了，要举报他，他就下了黑手！”

“杀他的人是哪个？”

“跟老卢一个队的，姓郑。”

“老郑？”我惊呼一声，“他？咋可能？！”

老板娘问：“就是那个跟老卢关系不错的老郑？”问这话，老板娘的嘴巴在颤抖，眼泪在眼眶里打转转。

我点点头。

“这个挨千刀的，他咋就这么狠心呀？！”老板娘一拍巴掌，尖利的哭声破空而出，塞满整个北京吉普。

我把头扭向窗外，绿色的山野在快速地向后飞逝，远处的群山，随着车缓缓向后移动，就像我脑海中的记忆。我想起跟老郑在一起的童年，想起跟老卢发生的那些无聊的纠葛，我的眼睛也湿润了。

# 十一

在一窑大队部广场，飘扬着猎猎红旗的旗杆下面，很多人围着老卢站着。老卢躺在用来盖砖坯的芦席上面，身上盖着棉被，脸苍白没有血丝，头发长而凌乱，胡子似乎好几天没刮了，衬托得那张脸更加瘦削苍白。双目紧闭，神态安详，跟睡着一般。我扶着老板娘挤进人群，看到这一切时，老板娘压抑着万千悲愤轻轻喊了一声：

"卢——长——松——！"

头一歪，竟然晕倒在老卢的身上。我和周围的人赶紧把她拉起，又是掐虎口又是掐人中。张书记让警卫员倒了一杯开水，用勺子喂。一口水下去，老板娘长吁一口气，终于跪在地上边哭边诉起来。

"卢长松，你走了吗？你这个没良心的，我男人把你从鬼子手里救回来，就是希望你好好活，年前你还答应我，要好好活，好好改造，争取早点出狱，你现在咋的啦，你骗我？"老板娘把手伸进被窝："老卢，你的手咋这么凉？你是不是又病了？你答应我要多穿衣服，注意身体，才几天你又犯老毛病了？"老板娘抽出手，用手去摸老卢的脸，摸着摸着，老板娘一把扯掉盖在老卢身上的被单，大声哭喊着："卢长松，你个孬种，你给我起来，你答应出狱后娶我，你竟然耍无赖躺在地上不起来，不起来！老天爷啊，你对我孙月娥真是太不公平了，天啦！"老板娘喊了一声，又晕了过去。

人们再次手忙脚乱地把老板娘弄醒，劝她一定要节哀。老板娘闭着眼睛，胸脯上下急促地喘息着，看得出悲伤令她异常激动。等喘息平稳一些，两行热泪再次夺眶而出。老板娘用手把泪水鼻涕一抹，对站在身边的张书记说："张书记，拿把剪刀给我，我要给老卢剪最后一次头发和胡子。"

警卫员拿来了剪刀和梳子。老板娘一边梳一边剪一边小声对老卢说："长松，你别动，我来给你剪头发，你又受伤了。还记得你第一次受伤跑到我们家吗？头发比这还长，胡子也是，乱就不用说了，而且还脏兮兮的，发出一股股硫磺的味道。我给你剪，那些头发结在一块，剪都剪不动，我说还是给你先洗吧，洗干净了好剪。你跟我开玩笑，说，洗完再剪浪费热水，还是干剪，你不怕疼。说心里话，长松，第一次给你剪发，我心里不快活，就因为你的出现间接害死了我家男人，说不怨你那是假的，可我能说出来吗？你伤养好后，我故意问你，是回家种地娶老婆过日子去，还是回部队继续杀鬼子，你说当然回部队杀鬼子，说这话时你的眉头皱都没皱。从那天开始，我喜欢上你了，我晓得你是条汉子，晓得你能为我家有财报仇。"

"长松，这最后一次给你剪发，我心里还是不快活，头发剪好后，你就要一个人走了，你把我们约好的都丢在脑后，你还是人啊？长松，你要走就走吧，在那边倘若碰见有财你跟他说一声，让他早点投胎转世，不要等我，我下去也是跟你在一起。自从那年送你送到江边，我就想过不管等你多少年，我这辈子都要嫁给你，哪怕只有一天一刻一秒……"

"长松，你看，剪完头发和胡子，你年轻了十岁，你还是那么帅，那么刚强，我孙月娥这辈子遇到两个好男人，一个成过亲，一个还没有来得及，但你们都是我的好男人，我认了，到哪儿我都认。"

过来两个人挽住老板娘的胳膊，黄科长用被子盖住了老卢的脸，我相信老卢的眼睛睁开了，但他什么也看不见了。

"长松啊！"老板娘一声长呼，还想扑上去，两个膀子被死死拽住。又一阵急火攻心，人再次晕过去了。

张书记赶紧让我把老板娘抱进他的办公室，然后吩咐保卫科黄科长把老卢尸体装上车，等通报会开完，便运往狮子岗殡仪馆火化。

书记办公室已经坐着劳改窑场总指挥，保卫部部长，还有劳改局一个戴眼镜的副局长，张书记把位子让出来给他坐，他应该是这里的最高领导。张书记坐在老板娘右边，我坐在老板娘左边。几分钟过后，老板娘醒来，大家轮番劝她一番，见她情绪平稳了些，张书记宣布会议开始。

张书记首先介绍情况，他说，鉴于老卢的亲人在老家，隔着千山万水，不能前来处理老卢后事，根据老卢生前个人愿望，他希望出狱后能娶孙月娥同志为妻，孙月娥答应了他的请求，组织上已经掌握他们的情况，基于此，我们把孙月娥同志请来，一做见证，二代表亲属做个告别。孙月娥，你可有意见？

"没的意见。"老板娘望着眼前的茶杯发呆。

接下来，黄科长汇报事情的发生经过。汇报前，他特别强调他所说的一切都是来源于案犯老郑，因为老卢当时已死，死无对证。不过通过分析，确定老郑的口供是真实的。

老郑说，自从进了窑厂那天起，他就预谋着逃出去。他被判了无期徒刑，即使表现再好，减满刑，他也要服刑十七八年，等那时出来，他已经是七十多岁的老人了，而且能不能活到那时候也不知道。这就是老郑要逃走的动机之一。

老郑说，他想逃走的动机二，他太想念老婆和儿子了，尤其是儿子。毕竟老来得子，喜欢可想而知。自从进了窑厂，老郑日夜焦虑，整夜睡不着觉，预谋很久，最终决定铤而走险，就是为了能看上老婆儿子一眼。

老郑说，要想越狱成功，必须要取得一个人的信任，这人就是老卢。老卢太聪明，在土坯队要想有点动静，肯定瞒不过他。所以，他平时尽量接近他，跟他交朋友，目的就是想让老卢对自己放松警惕，但是老卢不上当。举个例子，老郑悄悄藏了一根半尺来长的小铁锤，用来砸围墙用的，不知怎地老卢晓得了，问他想干啥，是不是想逃狱？老郑解释半天都没打消老卢怀疑。老卢提醒他不要犯糊涂，还是老实改造是正途，逃跑只有死路一条。

可惜老郑没听他的，反而加快了逃狱的步伐。

三月的夜晚还裹着寒意。老郑弓着腰悄悄溜出宿舍。一路上他庆幸没有引起老卢的注意。老卢呢，睡得跟死猪一样，喊他几声，一点反应都没有，这让老郑欣喜若狂。

　　来到江边围墙边，老郑听着外面巡逻队走远，迅速拉掉墙根下一堆野草，然后拿出事先藏匿的小铁锤，开始砸墙下最后一块砖。那块砖是他有意留着的，防止被外面的巡逻队提早发现。

　　砖很快被敲碎，露出脸盆大的洞口。老郑扒在洞口朝外望，望见不远处的芦苇黑漆漆地像熊一样地站立着，银灰色的江上漂浮着几盏移动的灯火，江风扑面而来，透着阵阵寒意。他决定放弃泅渡长江，他的水性和体力让他胆怯，他计划顺着江边泗水前进，遇到狼狗，他就潜入水中用芦管呼吸。正当他为自己的计划得意，准备逃离窑厂，有人抓住他的双腿使劲往里拽，他想挣脱，那人哈哈笑道：

　　"跑啊，跑啊，就你这小体格，还想逃出我的手心？"

　　是卢长松，他像鬼一样阴魂不散。老郑求他说，老卢，你松松手让我走吧，我就是想出去看看老婆儿子，他们抓不着我，我就跟老婆儿子过日子；抓着我，我老死在劳改场也不悔，看在我们朋友一场，你就成全我吧！

　　老郑说他说了很多好话，老卢就是不答应，而且还死命拽他。他来火了，怒火在心里熊熊燃烧，一时把他烧糊涂了，在被拉出洞口瞬间，他偷偷掏出别在腰上的小铁锤，在转向老卢的一刹那，他举起铁锤横着扫向老卢左脑勺，也该老卢要死，他对这一锤子毫无防备，只听"啪""咔嚓"声，老卢指着老郑，就那样直直倒了下去。

通报会结束。

# 十二

由于老卢是囚犯，不管咋死的，家属都不许跟着去火葬场，何况老板娘眼下还不是老卢的真正亲属。

回到肚儿矶茶馆，老板娘就病了，地下赌场交给我处理，还算井井有条。只是老板娘的威望高，少了她，客人普遍感到冷清，且多少少了点主心骨的味道。所以，三天没过，老茶客中动不动有人问，老板娘好些了么？啥时候回来啊？老板娘的声音真好听，听一辈子都愿意！还有的就下流了，说老板娘四十大几的人了，该挺的挺，该翘的翘，还是那么招人喜欢。其实，老板娘就躺在隔壁的床上，她啥话都能听见，也该听见。

日子到了四月，王二虎通过桃花传来消息，说老郑的死刑批下来了，明天上午在劳改窑厂执行。为了教育全场在押劳教人员，劳教局决定在厂内召开公审大会，希望老板娘跟我出席。

第二天，我和老板娘搭乘一窑老叔买菜的车来到窑厂。我提出想单独见见老郑，张书记同意了。老板娘提出要跟我去，张书记没有批准。为此，老板娘当时跟张书记大吵大闹，情绪显得有些激动。后来事实证明，张书记坚持己见是对的，因为半个小时候后，老板娘从怀里摸出一把菜刀，差点就给了刚押出来的老郑一刀。要是让她单独去见老郑，想想都可怕。

黄科长把我领到关押老郑的禁闭室，跟守卫打了声招呼就走了。守卫打开铁门，把我放进去。巧得是，这一间禁闭室就是曾经关押老卢的那一间，里面潮湿阴暗，只在地上铺着芦席和一床被子。老郑勾着头，死气沉沉的样子。我喊他，他开始没反应，估计没听出是我，后来他站起来朝我急促地跑过来，没跑几步就摔倒在地上了。他抬起头，可怜巴巴地望着我，继而放声大哭，边哭边求我。

"少爷，少爷，救救我吧，我不想死啊，我儿还小，他需要有个爹，可我、可我……"

可你什么？哦，可你马上要死了，对吧？我大声骂他，你死有余辜！你干嘛要杀老卢？嗯？他对你不好吗？他是你的敌人么？你杀了一个对你好的人，一个杀过很多鬼子的人，他是想救你啊，你竟然杀了他，这还有天理么？你就晓得你的儿子，看你现在这个样子，儿子晓得有你这个爹他会咋想？跑跑，把老卢的命跑没了，把你的命也跑没了，合算么？算了，我不想多说了，你的时间不多了，作为同乡，曾经又主仆一场，如果信得过我，你看还有啥话要留给小月和你儿子的，我想一切办法转达。

老郑说，告诉我儿子小宝，忘掉爹吧，让他好好孝敬他娘，还有如果可能的话，你帮我照顾小月娘儿俩，如果你能照顾她们，我、我老郑给你跪下了，九泉之下忘不掉少爷大恩大德。

老郑跪下了。

我鄙夷地看着他："站起来吧，我答应你，你就放心地去吧！"

"谢谢少爷！谢谢少爷！"老郑不停地磕头，一直磕到我离开，都没停下来。

那是老郑最后一次跪我，也是最后一次让我回到做少爷的感觉，我没想到我和老郑是这样诀别的，他的一生似乎一直在做狗，死的时候连狗都不如。


老郑伏法，也算给老卢还有我报了仇。第二天从窑场回来，老板娘又把赌场秘密搬回了茶馆。在茶馆西边隐秘的单间，每天都有十几个人围着一张桌子，从早上赌到晚，你方唱罢我登场，一切好像又回到从前的样子。老卢的死，让老板娘有了不小的变化，在赌桌上，她似乎比以前更豪爽，动不动大声说话，笑声朗朗，有时候赌的兴起，干脆敞开外褂，露出里面紫色衬衣，两只不逊于女儿桃花的大奶子挤在胸前，随着拿牌的动作，不停地上下颤动，逗得那些赌鬼整天心不在焉，只要有空就往茶馆钻。

闲时，老板娘会是另一番情景。要么睡觉，要么坐在梳妆台前打扮自己，把自己收拾得干干净净；要么拿个小凳子到院子外面坐着，傻呆呆地望着远方。到了四月，田野里的玉米小麦和油菜都起来了，那里就是一个花的海洋、花的世界，空气里到处飘荡着植物的花香。老板娘静静地坐着，跟她说话，她会不耐烦地摆摆手让你回屋。那个时候她的眼睛里会有一些东西在闪烁，她会拿出一小块布头擦眼睛。你要是问她咋哭了，她会反驳你："哪个哭了，刚才有个蠓虫扎进我的眼里。"

过完年，桃花很少来茶馆了，二虎给她找了份工作，在镇里搞卫生。桃花漂亮，桃花勤快，桃花嘴甜，这一切都让领导喜欢。二虎对领导公开了和桃花的关系，打算在"五一"把桃花接过门。这段日子，桃花和老板娘的心情一个在天上，一个在地下。所以她们很少照面。按着桃花的意思，死了一个老卢算啥呀，他就是一个囚犯，出来还是一个劳改犯，有啥值得可惜的呢？桃花说，要是喜欢男人，再找一个就是啦，何必整天吊个脸子给哪个看？老板娘听不下去了，脱下鞋子砸桃花。

桃花跑了，再也没来过茶馆。

"五一"前几天，王二虎带着一帮人又在街上拉横幅贴标语，内容是关于打击不法奸商的。看完后，我赶紧跑去告诉老板娘，生怕老板娘因赌博把茶馆弄没了。老板娘一点也不紧张，她说王二虎敢弄没她的茶馆，她就要王二虎的"儿子"好看。我没听明白。老板娘笑着说："不懂吧？告诉你吧，你妹桃花有了！"有了？有啥了？我一时没转过弯。老板娘带着讥讽的口吻说："你这娃子啥都不懂，有了就是桃花肚子里有娃儿了。"真的？太好了！我可以做舅舅了吧？老板娘笑眯眯地点点头。

多久没看见老板娘笑得那么甜那么自然了。即使外面的风越刮越紧，老板娘仍然偷偷开着赌场，看起来跟没事人一样。

其实，一场暴风雨就要来了。


# 十三


暴风雨来的那天夜里，我做了个噩梦，梦见肚儿矶茶馆大门洞开，我站在茶馆的厅堂里大声呼唤着老板娘和桃花的名字，喊着喊着，茶馆不见了，眨眼变成了阴森恐怖的地府。阎罗王坐在殿上，冲着我大笑，判我有罪，罚我下油锅。听到这个判决，我吓醒了，后来一直睡不着，早上起来昏昏沉沉，右眼还一个劲地跳，跳得我那个心烦意乱，好像真要有祸事发生似的。我把自己的担心跟老板娘说了，建议还是把赌档关了算了。老板娘安慰我，说没事的没事的，假如有啥风吹草动，二虎还不提前通知桃花？

想想老板娘的话也没错啊，既然桃花已经有了二虎的孩子，二虎再不济，也该顾及这份情义，总不至于看着桃花家出事而不伸援手吧，这对他有什么好处呢？想到这些，我不安的心稍稍有了些安定，但始终没有老板娘的心大，特别是出事那天，人多，场面大，我感到从未有过的压力。

我分析过，由于茶馆停业，前门整天紧闭，要真来抓赌，一定会同时派人堵住茶馆的前后门，好在后院外只有一条一米多宽的拉板车的路连接着两里外的一条大河埝，小路两边除了几棵稀疏的树，并没有什么障碍物，如果真有抓赌的人来，很容易被发现。也就是说，只要我把大门抵死，看好后门就行了，一旦发现不对劲，完全有时间通知赌鬼们迅速从后院逃跑，钻进院外那一大片一大片玉米地里。在我的眼里，只要赌鬼钻进了玉米地，就像鱼儿归了大海。

为了不耽误望风，我每天从早到晚前门后院地跑，一天不晓得跑多少趟。出事那天，我跑得最勤快。从上午开场子，一直到下午什么事情也没发生。到了黄昏时分，我看见太阳落到长江边上那座山上，形成了万道霞光，把天空涂抹得绚丽多彩。葱茏的田野上，墨绿色的玉米又高又密，企图阻止夜色的降临。但随着夕阳的消失天色逐渐暗淡，朦朦胧胧形成了许多黑魆魆的影子。晚风越来越大，不停地发出沙沙的声音，像有千军万马从很远处奔杀过来。院子里的枣树也不安生，被风一扯，时不时摇下几粒熟透的枣子，砸在地上发出轻微的啪嗒声。

我感到秋风的凉意和肃杀了。

大概六点钟。我起身走进赌场给赌鬼们添加茶水，顺便瞧瞧老板娘的手气。这天老板娘手气不错，面前堆集了一堆钱财。真正能跟老板娘拼的没有几个人了。许多围着赌桌观看的人已经输光了老本，他们之所以还赖着不走，除了看别人赌，消遣时光，还有一层意思就是等茶馆的晚饭。肚儿矶茶馆一直有个不成文规定，只要参与了赌博，到饭点都有饭吃，开饭前可以围观，也可以到客厅免费喝茶吃点心。在那些赌鬼的心里面都有这样的念想，反正输也输了，吃顿晚饭回家，好歹也能捞点回去，找点心里平衡。

这些人天天如此，已成习惯。为这，我跟老板娘争执过，我不同意给这些人吃晚饭，毕竟这么多人，一顿晚饭也是一笔不小的开支。比方说，一开始每天要炒七八样菜，好酒的还给准备酒，虽说是那种一毛钱一斤的老白干，不算什么好酒，累积下来也是一笔不小的开支。最主要的，有的赌鬼喝完酒到处发酒疯，胡言乱语。老板娘也看不下去，就让我不要准备酒菜，代之煮一大锅稀粥，准备一些萝卜头小菜，管每个人喝上两大碗，满意离开就行。对于那些好酒的人，老板娘单个谈心，跟他们说明情况，取得他们谅解。

出事前最后五分钟，天地间一片朦胧。我打算关上院门去做晚饭。突然，一黑影从远处的小路快速奔跑过来，我眯起眼瞅了半天，就一个人，不太像来抓赌的，也就放心了。等黑影闯进院门，才看清是好久没来茶馆的桃花，她大声嚷着："妈呢，我妈呢？"我说："妈在里面，找妈干啥。"桃花不语，径直从我的面前冲进了客厅，压着嗓子急促地喊："妈、妈，快跑，快跑，来人抓赌了！"桃花话音刚落，前门已经有十几道手电筒的光亮扫射进来，王二虎大着嗓门喊开门。我看着老板娘，老板娘摇头，不让我开，她明显在拖延时间，好让那些赌鬼逃得更远一些。王二虎说限我们两分钟，再不开门，就砸门了。其实二分钟没到，外面的人开始撞门，没几下就撞开茶馆大门冲了进来。王二虎看我站在门后，挥手给我一下："蹲下！"我没蹲，怒视着他。他顾不上我，径直冲到里屋胡乱翻找，不一会拎着两副牌九，一副麻将来到老板娘面前，皮笑肉不笑地说："孙月娥，物证已经找到，你还有什么话说？"老板娘伸手拽住他，悄悄道："二虎，眼见还有几天我们就是一家人了，你这是做啥呢？"王二虎冷笑道："孙月娥，你这是在求我吗？我一直在求你把桃花嫁给我，你是怎么做的？""二虎，茶馆是老朱家祖上传下来的，不能在我手上了丢了，你喜欢桃花，你们自由恋爱，我也不拦你们了！"老板娘泪眼婆娑地望着二虎。二虎一点也不动心："孙月娥，你别跟我套近乎，你求我迟了，还是给我放老实点。""王二虎，你跟老娘来真的？"从来不求人的老板娘，为能保住茶馆，才跟王二虎低声下气，这时听王二虎说什么迟了，顿时怒火中烧："王二虎，你一点不念及桃花肚子里的孩子？"王二虎说："你不要拿那个恐吓我！公是公，私是私！我分得清楚。"老板娘冷笑："那好，我们先不谈私，我告诉你二虎，我一直是开赌档的，这个全镇人都晓得，现在在茶馆里发现赌具不稀奇，这并不能证明我干啥了，除非你有人证，否则你定不了我的罪！""呵呵，老板娘，看来你是不见棺材不落泪，人证对吧，一会儿就会有。"二虎说完，命令我把茶馆的灯全部点亮，然后在茶桌边坐下。这时，他看见了桃花铁青着脸站在角落里，就笑嘻嘻地让桃花给他倒杯茉莉花茶。桃花犹豫了一下，不顾老板娘阻挠，还是倒上一杯，递到二虎手上。二虎滋滋地喝了几大口，然后对桃花说：

"桃花，不是我说你，你这是何苦呢，你在镇上打扫卫生，是我托关系才求来的工作，你这一通风报信，还能在镇上干下去吗？你干不干事小，你还连累我啊，想我王二虎，平时表现那么好，你这一搞，我还怎么混？我说你脑子是让驴踢了你还不服气。"桃花觉得理亏，站在一旁不敢吱声，但从她怒视我的目光里，能看出她对我极度不满。

二虎又把矛头对着老板娘了，"孙月娥，桃花她妈，这叫什么事，你说？啊？早跟你说了，你弄这个聚众赌博的事是犯法的，不但害人，而且害己，让你关了赌档，只开茶馆，你偏不听，这下事情闹大了吧？还求我放人，我怎么放？我有那么大权力吗？我多次递话给你们，说江镇有个地下赌场，厉害着呢，你们无动于衷，怪我吗，怪我吗？你就是江镇思想落后最坏的反动分子！"桃花一听二虎这样说她妈，哭了，"二虎，你说得不错，都是我妈一时糊涂，也是我一时糊涂，我妈是听了一宝的怂恿，才闹成这样子。二虎，现在事情出了，还请你看在我俩往日的感情上，看在我肚子里的孩子份上想想办法，让我们家躲过这一劫吧。"

二虎摇摇头说："这一次闹大了，你们是跑不掉了！"

"处罚就处罚，我孙月娥怕谁！"看没有转圜余地，孙月娥牛脾气上来了。

"妈！都啥时候了，你还火上浇油……"桃花紧皱眉头。

"看你没出息的样，不像我也不像你爹！"老板娘瞪眼瞅着桃花，一脸嫌弃。

王二虎想说什么，外面有人跑来跟他嘀咕。听完了，二虎站起来对老板娘说："孙月娥，那群赌鬼全抓到了，人证齐了，你还有啥说道。"

"你糊鬼！我亲眼看见他们都跑进玉米地，休想诈我。"老板娘根本不信。

"孙月娥，你就是不见棺材不落泪。江镇人都说你精，你精哪儿了？告诉你吧，抓赌前就算到了，我一敲前门，你定会让人从后门逃跑，我故意不堵你后门，是因为我早早派人埋伏在玉米地里守株待兔了，进去一个捉一个，就像捉泥鳅，再滑的泥鳅，一个也跑不掉，服了吧？"

二虎得意扬扬地看着老板娘。

老板娘听罢，气得脸涨得通红，直接怼二虎："二虎，你精是精，不过你别忘了，桃花有你的娃！"

"有娃怎么啦？"二虎冷笑。

# 十四

那晚，二虎除了抓我、老板娘和桃花，还抓了七八个赌客，其中就有江边捕鱼的周老大。我们被带到镇府旁边的公安派出所，实行分片关押。除了周老大照死不开口，被罚五十元，其他人教育后被各村村长领回。老板娘是组织者也是参赌者，提审她时，她把所有的罪都认了，同时帮我和桃花开脱，说一切都是她干的，比如开赌场，组织赌博，对抗人民政府，破坏社会主义建设等。我们俩被释放了，老板娘被关进派出所拘留所，等待进一步处理。

回茶馆的路上，桃花一直骂我是朱家的扫把星。我也觉得茶馆出这么大事，完全是我的错，所以，一路上，我跟在桃花后面，深深自责，没吭一声。

桃花骂够了，见我老不说话，反而更生气。她嚷着，"陶一宝，哑巴了？你平时在我妈面前不是挺能白霍吗？现在我妈被抓了，你咋不白霍白霍我妈怎么出来啊！"

我不知道老板娘怎么能出来，我只劝她别急，劝她船到桥头自然直。

"直个屁！你总得想想办法呀！"

我说："办法倒是有……"

"啥办法，快说！"桃花停住脚步，等我回答。

我不敢看她，垂着头小声说："你可以去求二虎，只有他能救老板娘。"

"屁话！屁话！"桃花连声说，"这也算主意？"

说归说，桃花还是连夜去找王二虎。我躺在床上等她，一直等到鸡叫也没听见院门的动静。

后来我睡着了。

第二天早上，我洗洗涮涮后，把茶馆门前屋后打扫一遍，希望老板娘和桃花回来有一个清新的感觉。一切忙完，我跟老板娘学，端着小方凳坐到后院外面，等着老板娘母女俩回来。那一坐一直坐到傍晚，眼睁睁地看着野地里的风景慢慢消瘦，鸟儿归巢，晚风渐凉。我甚至在朦胧的夜色里，隐约听见乌鸦的叫声，这让我对老板娘的前途产生了恐惧，有了不祥的预感。

老板娘和桃花不会有事吧？这种不好的念头随着时间的推移，不住地冒出来，让我身上阵阵发凉。

怎么还不回来呢？我越等越急，越等心里越不安，那种火烧火燎心急如焚的感觉真是折磨人。天凉了，我把那份火烧火燎的等待带进屋里，坐不住躺不住也站不住，我不停地在屋里唉声叹气，来回踱步。突然，破败的木门传来吱呀的声音，我以为老板娘和桃花回来了，喜悦之情油然而生。我跑出去，没看见她们母子，倒是看见几条黑影扑向我，没等我反应过来，我的头就被人死命按在地上，想叫却发不出声音。他们捆好我的双手，在拉我起来一瞬间，往我的嘴里塞进一团又脏又臭的破布。我挣扎，我呜呜吼叫。头上被拍了几巴掌。

"老实点！"有人踹我一脚，我的一条腿就走不动路了。

"妈的，瞎踹啥？踹瘸了你背着走啊！"

"大家动作快点，把前后门都贴上封条，快！"

王二虎的声音。

听说封门，我感到一阵天旋地转。如果茶馆真被封了，我就是罪人，谁叫我出那么个馊主意，害了老板娘呢？此刻，我拖着一条刚被踹瘸的腿，被几个民兵推搡着往前走。没有亮光，脚下的路一点看不清，有几次我踉跄着差点栽倒，但我顽强地挺着，硬撑着不让自己倒下去，我不想让王二虎看我的笑话。

# 十五

我被投进一间安着铁门的屋子，惊奇的是老板娘和桃花也在里面，母女两人正抱头痛哭。站在她们面前，我感到手足无措，不晓得是劝好还是不劝好。后来我看她们哭得没完没了，就忍不住说："还哭啥，茶馆封了。"这句话还真管用，母女俩马上松开了对方，惊讶地望着我。

老板娘："听哪个说的？"

桃花："真的？"

我把经过简单叙述了一遍。

老板娘又嚎上了："我的天呢，这是不让人活呀！我的妈呀！没天理啊！"

桃花跑到门口，拍打着铁门，要去找王二虎。半天也没人理她。

我说不要叫了，省点力气看下面咋办。老板娘说还能咋办，这回撞到枪口上了，不认倒霉也得认。

我看着桃花，"桃花，叫你去找二虎你没去啊？"

"去了，从茶馆出去，我就去单位找他，他不肯见我，后来看我赖在单位门口不走，怕影响不好，人就出来，拉我到街边上，糊弄我先回家，第二天找我。我不回，他就想动粗，看街上都是人，他松开我，让我先到他宿舍，等他下班。他下班了，以为能带来好消息，没想到他黑着脸告诉我，上面说了，肚儿矶茶馆暗地里开设赌场，破坏劳动秩序、道德秩序，是一篇很好的反面教材，要杀一儆百。"

"杀一儆百？"

我茫然地望着桃花。

"杀就杀吧，茶馆没了，死了倒干净！"老板娘恶狠狠地说。

桃花道："妈，都到这时候了，还说气话。"

我问桃花："二虎有没有同意救我们家？"

"同意了，让我跟我妈划清界限……"

"二虎怎么说这样的话！"我纷纷不平。

"是啊，我当时就骂他是畜生，他说再骂老子把你关起来。我就骂。他真叫人把我也关进来了。"

剩下的时间，母女俩你一句我一句咒骂王二虎，说王二虎一千个一万个不是，可惜这有啥用呢？

结果茶馆还是没了。

# 第五章

# 深潭边上的草屋

# 一

没了茶馆，我们被安排到镇西那座山边上，那里有两间茅草房，是以前看山人住的，看山人死后，一直空置下来。我们过去的时候，茅屋的顶有好几处透着亮，窗户没了窗框，门也被人卸走了，屋里湿乎乎脏兮兮的，老鼠满屋乱跑，许多墙角长出碧绿的青草。进门有一灶台，烟囱通向屋外，台上锅早没了，黄泥糊的台面已经斑斑驳驳，露出里面的黑漆漆的土坯砖块。

看着这样的环境，老板娘气得直哆嗦，我和桃花搀住她，尽量不让她蹲下去。

我到镇上找了几个熟人帮忙，用了几天的时间，把屋顶重新修葺一遍，许多地方换了新草。那草是我和桃花到后山亲自割的，铺在屋顶上，用竹子一夹，大风刮不走。竹子也是山上的，到处都有，一片一片，到了冬天，都露出青皮，充满了生命。

床是砍的树临时支起来的，从外面移了两块平展的石头当桌子，好在从老宅带出一板车生活用品，包括两只盛衣服的木箱，几床被子几张方凳以及锅碗瓢勺，其他东西就得另购添置。为了更像个家，我和桃花商量，让来人帮我们在门口码了个院子，上了木栅栏，那家才像个样子。不远处有个深水池，说潭有点小，说坑有点大，我还是叫它潭。潭水倒是碧绿干净，四周长满了杂树和乱草，密不透风。再往下去，就是江镇街了，那里有成片的房屋，不过大都跟我们一样都是茅草屋。在街心一段地带，有不少青墙小瓦的房子，老板娘的茶馆和老宅就在那一带。

由于受了风寒，再加上受气，老板娘搬进草屋病倒了，发烧还不停咳嗽。我和桃花用板车把她拉到镇医院看过，说是肺炎，挂水吃药，要求住院。哪有钱住院呢？开赌场赚的一点钱，输的输，没收的没收，剩下十几块，还是老板娘让我提前藏起来的，搬家后我拿出来买东买西，再付付工钱，医药费，所剩无几。

一切安顿好，我和桃花商量这往后的日子咋过，声音很小，还是让老板娘听见了。

"等病好了，妈去菜场倒腾点菜卖。"声音有气无力，让人心疼。

"算了吧，你现在还想着做生意？在家待着养养身体吧！"桃花说。

"桃花说的不错，等'五一'嫁了，我出去找事做，妈在家烧烧煮煮就行了。"

"出了这样的事，二虎还能看上我吗？"桃花有点自暴自弃。

"怎么看不上你了？茶馆被封也不是你的错，跟你有啥关系？"

"可是，那天我去找二虎，有人悄悄对我说，二虎要升官了，本来我就配不上他，他再升官，还能看上我呀！"

"看不上也得看！"我站起来说："咋的，他把你变成这样，就不管了？他想学陈世美？天下有这个理吗？"

"就是！"老板娘说，"他王二虎敢不要你，老娘就敢跟他拼命。"

"看你们一个个干啥呀，我只是听说。再说，我相信二虎，他不会变心的！"桃花摸了一下自己渐渐隆起的肚子，苦笑了一下。

"等到那一步就晚了！逮着空我去提醒提醒他！"老板娘说。

我望着桃花，桃花望着地，都没说话。

"哎呀，不提他了！提他我就生气！一宝，你去镇上罗矮子铁匠铺打一把锹，一把锄头，再买一副箩筐，没钱吧，先赊着，到时我去还。"

"妈，你想干嘛，我们家又不种地！"

老板娘笑笑说："你没看见房子后面就是山啊，等我病好了，你跟我在后山开点荒地，种点蔬菜，可能的话再养头猪，养儿只鸡。"

听说养鸡养猪，桃花来劲了："妈，我来养！"老板娘说："过几天二虎来接你，你就是人家人了，人家有地有猪给你种给你养，还有你肚里狗毛杂种，你不养哪个养？算了，我家的事用不着你操心，有一宝就够了。等机会给一宝说个老婆，再让他老婆来帮忙，也与你无关了。"

听妈这样说，桃花挺难过的，失落的情绪明明白白写在脸上。我想笑话她，发现桃花正冷眼狠狠瞪着我，哪里还敢发声，赶紧埋下头，听着后山的鸟鸣。


我到罗矮子铁匠铺去，途径肚儿矶茶馆，看见门上贴着封条，我的心似压上了石头。铁匠铺的门倒是开着，炉子也生着火，只是没看见罗矮子，他的两个徒弟躺在又脏又污秽的床上睡觉，他们脸上手上黑得像包公，大概只有裤带以下是白净的。

我说："喂，起来，打铁了，打把锹，还有锄头。"

"不打。"罗矮子大徒弟说。

"为何不打？"

"啥河不河的，不打就是不打，没看见我们在睡觉吗？"

"嘿，睡觉还有理了！不打我去找罗矮子，告你们状去！"

哈哈哈，徒弟几乎同时爬起来，张着大嘴笑话我。

小徒弟说："还找罗矮子呢，你问他还敢来，来了打断他的腿！"

大徒弟说："现在这铁匠铺是集体的，我是铺子里的店长，有事你跟我说吧。"

我又说了一遍，大徒弟说没听清，让我再说一遍。我只好再说一遍。说完，我问店里赊不赊账。大小徒弟你看我我看你，然后又是哈哈大笑。小徒弟又瘦又矮，嘴里还缺颗牙，据说是铁渣崩的。

我跟他们也说不清楚，摸摸身上仅有两块钱，掏出一块，买了锹和锄头回家。路上，恰巧跟江边捕鱼的大个子老周撞个满怀。老周提个篮子，篮子里有秤还有两条两寸多长的鲫鱼。

我先开口："老周叔，卖鱼呀？"

"是啊，老板娘咋样？"

"生了几天病，人比以前瘦了。"

"想去看看她，可现在不敢去，等风声过了吧。这有两条小鱼，你带回去给她炖点汤喝，告诉她我在王二虎那啥都没交代。"

"周叔是好人。"

"啥好人不好人的，街坊四邻的，干事呢？再说平时老板娘对大家伙不错，总不能人掉井里还扔一块石头吧？"

"周叔说的对呀。呃，周叔，最近上哪玩呢？"

老周警觉地四下望望，见身边没有可疑的，就把毛茸茸的嘴凑到我的耳边，悄声说："在我那，去玩两把？"

我揉揉痒酥酥的耳朵说："现在？"

"就现在，他们几个正在玩呢。"

我捏捏口袋里仅有的一块钱，想来想去还是觉得应该把鱼和锄头锹送回去。老周说："你把东西送回去，我在大河边上等你。"

我掉头一路小跑把东西送回家。老板娘起来了，正在屋里扫地，看我匆匆要走，问我干啥去。我看着桃花，小声说去玩一把，说不定一块变十块，能下一窝小猪仔呢。

老板娘嘻嘻笑着，她晓得我的手段。


# 二


我们家草房的南边，有一条河切开绵绵的山峦流向弯弯曲曲的长江。这条河是天然还是人工不得而知，据说从高淳县发起，途径东山，全长二百五十多公里。上游不清楚宽窄，流向长江这段宽有六七十米，深能跑二十几米长的大船。

沿河堤，老周在前面走，我在后面跟，相距有一里多路。

路上遇见不少熟悉和不熟悉的人，他们有的要过江，那里有渡口；有的到江边买鱼。像老周这样用网在岸边捕鱼的，顺岸走有十几处，还有小渔船打完鱼就锚在江边芦苇荡里生火做饭，顺便等着鱼贩子来讨价还价。快到时，老周站住等我，然后领我走到一个芦席搭成的窝棚。那妇人在起网，身边有两孩子，一个十二三岁，一个七八岁，应该都是妇人的儿子，他们在帮妇人摇辘轳。黝黑的皮肤，瘦小的身材，跟老周庞大魁梧躯体相比，简直就是高山跟土丘。

"香子，我回来了。"老周走近女人。

"回来了。"香子应着。网里有十几条小鱼在蹦跳，女人把七八米长的抄子伸进网里，左抄右抄，就把那些小鱼虾全抄进抄子里。两个儿子跑过来，围着老周直喊大大。老周从身上摸出三块烧饼，一人一个，另一个送到女人嘴边："香子，你闻香不香，刚出炉的。"女人把烧饼叼在嘴上，就像猫叼着一条鱼。

看着这家人，我心里有了一丝温暖，也很自然想起我爹我娘，想起我那个五里镇大家。小的时候，我那个家也很温暖，几个娘围着我，硬逼我爹给我当马骑，我爹有时不肯，她们几个就合伙把我爹的头按在地上，让我强行骑上去，再给我一个真马鞭，一边骑一边抽，只骑到我爹实在爬不动，趴在地上大喘气为止，几个娘开怀大笑，总是笑得花枝乱颤。

近几年，我有很长时间不想他们了，尤其是大白天我几乎想不到他们，只有晚上，我爹我娘偶尔会走进我的梦，逗我开心，让我在他们怀里撒撒娇，让我回到过去的天堂般的日子。

老周已经钻进窝棚，看我还站在门外发愣，伸出脑袋轻声喊我。我"哦"一声弯腰便进，哪晓得硬生生地撞在一个人后脑壳上，疼的我眼冒金星。我捂住头"哎呀哎呀"叫唤。那人平白被我撞，口中发出"嘘"声，正要发火，一看是我，话就软了些："是一宝兄弟，慢点哈！"我乐了，原来是铁匠铺的罗矮子，就说"好说好说。"那头似不疼了，便从他的胳膊里钻进去。

巴掌大的窝棚里点着一掌灯，七八个人头集在一起，都是熟悉的面孔。看见我，他们主动跟我打招呼，然后很快把注意力集中到牌面上。由于我只有一块钱，必须非常谨慎。一块钱是我的鱼饵，我要用它钓大鱼，却又不能让他们看出我的手段。其实，在这一群人当中，几乎每个人都是高手，每个人都在千方百计地使手段。比如，老周提供的那副牌九，早就给人做个手脚，特别是那几张天牌地牌，已经画上深浅不一的指痕，那是每个赌徒留下的，只要庄家摸到这几张牌，那注下的就很少。我是谁呀，久经大场面的人，这些都是小儿科，我完全不放在心上。

那天从去开始一直赌到夜里，我把他们全打干了，一共赢了一百二十一块钱。那时工资是多少？一个月才七八块钱。我算了一下，大发了，可以一年不用出去劳动。我忽然想，凭现在的本事，不要出去做工了，没钱出去赌一把，要赢多少就赢多少，这往后的日子还能过不下去？不过，今天赢他们太狠了点。老周输得最多，六十几块，把家里的老底子都输了，更别说白天卖鱼的钱。

老婆香子坐在江边默默流泪，她管不了男人。两个儿子，分坐在妈妈身边一声不吭。我实在过意不去，丢下五块钱，拎了一条二斤多重的螺丝青（草鱼）回走。老周赶上来，千恩万谢，说倒找的钱他一定还我。我笑笑，啥话没说。

有了钱，我把该买的都买了，比如买了两张床，大的给老板娘，小的给桃花，我还当我的灶王爷，睡锅地上。自从搬过来就是这样睡的。老板娘对桃花说，一宝多心疼人，晓得你要走了，还给你买床。桃花说，他有那好心？倘若后天我走了，这床还不是他睡。老板娘说你这丫头咋这样想一宝，要死啊你。桃花说，本来就是这么回事，不信，你问他。没等老板娘说话，我赶紧说，妈，桃花说的不错，我是那个意思。桃花笑了，妈，你听见没，不是我编排一宝，他这个瘦猴子精得很。老板娘也笑了，精有啥不好？桃花说，这世道精倒霉，不信，你走着瞧。

第二天是"五一"节。一大早,老板娘把早准备好的嫁妆——一只老式木箱、两床被子、一个脸盆一个马桶都拿了出来,放在院子里。桃花换上一身红,头上顶着红盖头坐在里屋的床上,我准备一挂鞭炮八个二踢脚,随时恭候着王二虎迎亲队伍的到来。在我和老板娘心里一直七上八下,对王二虎能不能来接亲抱着很大怀疑。桃花虽然也没有自信,但她自始至终相信王二虎是真心爱她的,她也真心爱着他。不然,当王二虎要她的时候,她半推半就给了他,要是不爱他,她能答应吗?心爱的人高升了,高升毕竟是好事,至少说明二虎是一个积极要求进步的青年,自己当初没有看错人。担心二虎变心,也是人之常情,毕竟自己社会地位与二虎差距越来越大,和二虎的身份太不匹配了。

八点刚过,深潭那边有人来了,不过不是穿礼服的,而是两个背长枪的民兵,这让老板娘和我都有点意外。桃花认为这两人是二虎派来送信的,故而十分欢喜,她隔着红盖头兴高采烈地说:"同志,是二虎叫你们来打前站的吗?迎亲的队伍随后就到是吗?干事啊,你们要演一出王老虎抢亲啊?大喜的日子还带枪!"两民兵被桃花说得丈二和尚摸不着头脑,愣了一会子,突然醒了一般,一个大声说:"啥抢亲不抢亲的,为了婚事,王队长让上面狠批了一天,你晓得不?"

桃花说:"我不晓得啊,二虎很积极,干嘛要批他?"

"还不是因为你！"一个说。

"怎么因为我，跟我有啥关系？"

"咋跟你没关系呢？"另一个说，"镇里要升二虎当大队长，听说他跟肚儿矾茶馆有瓜葛，就给他提出一个条件。"

"啥条件？"我隐隐感到情况不妙。

"啥条件，就是要王大队长跟你们划清界限，不能与朱桃花成亲。"

"王二虎答应了？"桃花脸上乌云密布。

"那还用说！不然我们能喊他大队长吗？"

"这个挨千刀的啊，怕是为了头上的乌纱帽不要你了，我找他去！"老板娘刚奔到门口，便被两个民兵拦住了。

"老板娘你得跟我们走，二虎找你。"

老板娘说："我干嘛要跟你们走？不说原因，我就不走！"

双方有了推搡动作。一个民兵拉开枪栓，瞄着老板娘。老板娘被吓住了，手和腿在抖，不是气的就是怕的。

我笑着走过去，对那个举枪的说："同志，你的枪里根本没子弹，你拉枪栓吓唬人啦。都是乡里乡亲的，干嘛动刀动枪的？"

看被我揭了短，那个民兵并不服气，从身上抽出一把刺刀往枪头一上，然后对着我说："陶一宝，今天没你事，要不然我会白刀子进，红刀子出。"

"别，别。"我故意装作害怕的样子，服软了。趁说话的工夫，我给老板娘使眼色，意思是好汉不吃眼前亏。老板娘点点头，掸掸身上灰，又拢拢有些凌乱的头发，主动走出了家门。她的一举一动让我看到老板娘性格中的另一面，有时为了活下去，人该低下高傲的头颅这不丢人。

老板娘前脚刚走，桃花挺着大肚子也要走，我要陪她去，她不耐烦地说："我去找王二虎，你去有用吗？"

## 三

老板娘桃花一走，深潭边的小屋一下子孤零零的，寂寞得可怕。我心里很乱，乱得像一头驴在院子里磨着豆腐，不知道干些啥。直到看见我买的锄头、锹仍然和把子分离着，才决定把它们结合到一起，就跟结合我们这个已经散乱的家一样。锹好装，锄头要上楔子。做了几个楔子，后来我累了，干脆啥都不干躺到锅地上睡觉。

此时，天气有点燥热，蝉已经能吐出三两声，显得非常刺耳。后山的鸟喜欢唱，从天不亮就开始了，它们也不嫌累。对于蝉声鸟语，心情好的时候，听着入耳，让人很容易想到童年抓蝉和逮鸟的乐趣。记得我小时候抓蝉，每次都有四五个人跟着。说是抓，还不如说他们抓我看，我到底还小，能亲自动手的事就是挖蝉蛹。春天雨歇，蝉会捅破大地，裸出小孔。只要用手一扣，就能看见蝉蛹站在洞里。蝉蛹是一道好菜，洗净剥壳跟肉红烧，那味道真是鲜美无比。

心情不好的时候，蝉声鸟语那才叫心烦意乱，非常痛苦，恨不得出去把它们全捏死。那当然做不到。唯一能做到的是让自己安静下来，接受它们，适应它们，或者干脆用棉花堵住耳朵，让自己"耳不听为净"。

我用棉被裹住自己，裹住二十岁的日子。蝉声鸟语弱了，但还能听见它们的鼓噪。这令我更加心烦气躁。后来，我干脆爬起来，扛着锹到后山挖地去。你别说，人一旦融在大自然里，那蝉声鸟语倒也没那么可恶了。

快近晌午，老板娘和桃花一个也没回来，而我已经做好了饭菜左等右等。过了晌午，我开始怀疑老板娘是不是被王二虎请到家里吃结亲酒，她们正欢天喜地商量接新娘子的事。人要一炉忌，就会产生报复的念头。我拿起筷子就吃。

我吃、吃，带着酸不溜秋的情绪吃，不但吃得多，而且吃得快，一盘炒蛋被吃得底朝天，连碟子上粘的油花花都被舔得干净，跟洗过的一样。人吃饱喝足，心不慌，脾气好，屋外的蝉鸣不但不烦人，反而跟戏台上唱的戏文一样好听。我打着饱嗝，想上个茅房，顺便去看看深潭，我一直认为深潭阴森恐怖，充满神奇。

刚要站起来，院里的木栅栏被推开，"吱嘎"一声倒在地上，桃花披头散发冲进来，跌跌撞撞扑到里屋的床上号啕大哭。我被眼前的变动吓得不知所措，走不合适，躺不合适，就那样站在堂屋望着吃剩下的饭菜发呆。

抢天号地哭了一阵，声音方才小了些，最后归于无声无息。我想探头看看卧室里的情形，还没走到房门口，那凄厉的哭声忽然飙起，像夏天里的暴风骤雨，着实让我吓了一跳。过了一会子，哭声又戛然而止，仿佛死一般寂静。莫非急火攻心哭死过去了？一瞬间，我仿佛看见桃花躺在床上，口吐白沫，眼珠子上翻。我大声问道："桃花，你、你没事吧？"桃花声嘶力竭骂道："陶一宝，你在外面干吗？我哭半天也不进来哄我，你是人嘛你！"

听到骂声，我提着的心放下了。我没有立即进去，不是不想，是不敢。桃花看见我，用手指着我："看你那熊样，叫你过来，怕啥！"我怕啥？我不晓得我怕啥，但我在她桃花面前就是怕，怕她一头乌云般油光发亮的头发？怕她小辣椒一样的性格？还是怕她那双漂亮的眼睛瞪我，骂我臭流氓？其实，我坦坦荡荡的有啥怕的呢？但我就是怕，在我迈动脚步前我还是对桃花重申："这回是你喊我的，别骂我啊。"

我一小步一小步往里走，两只眼睛死死盯着桃花的眼睛，生怕她突然扑过来打我。我的担心是有缘由的。自从我被老板娘认作干儿子，桃花从没主动跟我说过话，都是我主动请教她。即便如此，还是经常被骂得狗血喷头。桃花个性强，有时像一头母老虎，凶得很。你看，我每走一步，她的眼睛就瞪大一点，而且是一眨不眨地瞪大，她似乎在聚集某种力量，随时要扑向我。果然，还有一步之遥，她真地扑向我了，动作迅猛不亚于一头老虎。此时要是避开她，她肯定掉在地上，摔得很重；要是接住她，就必须抱住她。搁平时，我多看她一眼，都会被骂："看啥看，再看挖掉你的眼珠子！"要是抱住她，她还不把我杀了？几年来，我尽量不跟她对眼，无意对上了，赶紧说对不起。桃花长得好看，就是想看，也是偷偷地看。抱她？想都没想过，也不敢想。

这回也不知道是不是吃了熊心豹子胆，我竟然抱住了她。我说，不怪我，不怪我，是你自己扑上来的。桃花搂着我的脖子，把头埋进我的怀里。她的悲伤传递到我的周身，让我忽然觉得自己是多么的无聊。桃花一定出现了很大的状况，才会如此悲伤，而我满脑子却在胡思乱想。

我试着抱紧她："妹子，到底怎么啦？"

"哥，二虎不要我了……"这是桃花第一次叫我哥，我听得清清楚楚、真真切切、明明白白。

我说："凭啥？你不是都有他的娃子了吗？"

"那个没良心的，现在不承认了啊！""啊"字被桃花的悲伤拉得很长。

"娘的，这还有天理么？！妹子，你到床上躺着，哥找他去，他不娶你，哥告他！"

说完，我把桃花半抱半推到床上。

"不！你不要去，你去是找苦吃，你不是他对手。"桃花用手死死拽住我。"放手，妹子，我必须去！"

"不，你不能去！"

"我偏要去，还怕他吃了我不成。"

毕竟是男人，桃花越阻止，我的胆气越大，对王二虎越痛恨。我要当面问他是不是人，咋就狠心去伤害一个爱他的人。

我挣脱了桃花，毅然走到了院子里，走出草屋。


# 四


我一口气穿过深潭边的树林，来到江镇街上，来到关闭着的肚儿矶茶馆门前。我看见老板娘和另外几个人在扫地，他们身后整条街已经扫得干干净净。

我走过去，喊了一声"妈"。老板娘看是我，有点惊讶，她用衣袖边擦汗边问我："一宝，是来关心妈的吧？"没等我回答，老板娘继续说："一宝，告诉你个好消息，妈有工作了。"我很惊诧。老板娘看出来了，"一宝，你没看见吗，我成了马路卫生员了，天天要来扫的。"

"有薪水吗？"

"暂时没。"

"那算啥狗屁工作，是王二虎整你的吧？"

老板娘笑笑说："其实，谈不上整，这大街总是要人扫的，我扫别人扫还不一样？只是不供应午饭，中午还不许回去，看来只有早上带饭，或者送饭来。"

"妈，送饭吧，我天天给你送。"

"好儿子，我的一宝就是妈的好儿子。"

老板娘夸我，差点让我忘了去找王二虎的事，这时想起来我拔腿就走。

"一宝，你干啥去呀？"

我骗她说去买点菜。

"妈，拦住一宝，不能让他去。"没想到桃花追过来了。

老板娘追上一步，用扫把拦住我："一宝，跟妈说你去干吗？"

没等我回答，赶上来的桃花说："他要去找王二虎。"

"找王二虎干啥？"

"找他……"桃花说不下去，哭了。

老板娘啥都明白了。她把扫把一扔，对我吼道："一宝，跟妈走，找他评理去，我家桃花，咋啦，不能让他这么骑在头上屙屎撒尿。"

桃花拉着老板娘："妈，妈，一宝糊涂，你也糊涂？不能去呀，我们搞不过他。"

老板娘劲大，一拨弄就把桃花拨弄在地上。我赶紧上去拉，桃花把我的手一打说："滚开，哪个要你拉我！"自己爬起来去追老板娘。其他几个扫地的有坐着的，有靠在墙上的，还有的把脖子垛在扫把上，勾着头弓着背在那看，没一个上来劝架的。路人个个喜笑颜开，指指点点，像在看一出戏。

围观的人追着桃花，桃花追着我，我追老板娘，老板娘追着风，似乎比风跑得快。过了菜场，过了小学，过了戏园子，民兵大队部到了。一个不高的门楼，里面是个四合小院落，院落原先是江镇首富大汉奸汪老五小妾住的。院落中间有一大月桂，通体散发着迷人的香气，在江镇人心中它可是一棵神树。民兵大队成立第一年，桂花的香气弄得许多队员心神不宁，领导一来气，就叫王二虎带人把桂树锯掉。哪个晓得那树成了精，锯不动，也砍不动，削点皮它就鲜血直滴，吓得王二虎一帮人再不敢动手。

其实，关于这个故事还有一个版本，说是王二虎的父亲在日伪时期偷了镇外鬼子炮楼一块木板，被汉奸汪老五绑在桂树上活活打死了，二虎进出院子，怎么看桂树都不顺眼，决定叫人把树砍了，正要动手，恰好江镇有个老秀才，见状制止了他这种鲁莽行为，老秀才认为有罪的是鬼子汉奸，跟树何干。

两个版本，我相信第二个版本，江镇人几乎清一色相信前一个版本，那就是桂树是神树，碰不得。这从一个现象可以看出来。每年四月，桂树开出米黄色花星子后，都有人偷偷在门外磕头烧香，其中就有老板娘。

现在，老板娘看见桂树，像含冤的民妇突然看见青天大老爷，就要往里冲。她的行为自然要被站岗的民兵拦阻。许是气疯了，她一边向神树哭诉冤情，一边抡起笤帚，对着民兵左右横扫。民兵拉动了枪栓，发出子弹上膛的声音，那声音是真的。我扑过去，拦在了老板娘前面，用身体死死抵住老板娘的胸脯，我触到了老板娘柔软的奶子，闻到她身上散发出的桂花一样的香气，一瞬间，我不晓得那香气是桂树发的还是老板娘身子发出的；一瞬间，老板娘，孙月娥，桂花，在我眼前激烈晃动，让我分不清哪是老板娘，哪是孙月娥，哪是桂花。老板娘闪开我，端着笤帚就像端着一把长枪，大声冲着院子里吼着："王二虎，你个王八蛋，你给我出来！神树给我作证，我们是人，不是狗，你玩了我家桃花，就不负责了？天下有这个理吗？王二虎，你出来，你就是做缩头乌龟老娘也要把你的头拽出来，你信不？"

此时，围观的人越来越多，有人开始小声议论起来。这个说："王二虎不地道，把人家大姑娘肚子搞大了，就不负责了，难怪人家闹！"那个说："那小子没有办法啊，据说镇长要把丑女许配给他，他不答应能行吗？为了前途，他只能当回陈世美了。"

听说王二虎要成镇长乘龙快婿，一下子让老板娘、桃花和我变得更加激动起来。

老板娘高喊："王二虎，王八蛋，你有新欢就不要桃花了，你就是陈世美，坏良心，不得好死！"

老板娘气疯了，高举笤帚要冲进去。民兵拼命抵挡。一时间，门口乱做一团。老板娘抓住一把枪管，试图让他们闪开。哪知纠缠的瞬间，突然听见"砰！"的一声，枪响了。我看见老板娘手上的笤帚飞起来，胸口迸出的血雾飞向院子里的桂花树，瞬间染红了整个院子，染红了王二虎刚刚走出办公室的那张惊呆了的脸。他站在走廊上，哆嗦着嗓音喊道："哪个狗日的开的枪！"我大声说："是你！都是你惹的祸！""不！不！不是我，不是我！"王二虎不知所措。

"王二虎，还我妈命来！"桃花突然从地上站起来，冲向二虎。

几个民兵围拢过来，挡在桃花面前。

桃花隔着人墙指着王二虎："王二虎，你到底在干嘛呀？你为啥要这样对我？为啥？"

王二虎缓过情绪，冷冷回道："桃花，不为啥，就是我俩不合适！"

"不合适，你就杀了我妈？"

"我没有，不是我开的枪！"王二虎申辩。

"那你的骨血，你、你不要了？"桃花祭出她最后的希望，她似乎对王二虎还没有死心。

王二虎道："笑话，我的骨血？说不定是哪个公子少爷的吧，哈哈，你们在一起不错啊，天生一对，地造一双，天作之合啊，哈哈哈。"

"畜生！我要杀了你！"桃花气疯了，她要冲进人墙，她要跟王二虎拼命。

"桃花！"老板娘喊。她的声音很弱，胸口的血通过我按住的手指缝不住地往外涌，热呼呼地，湿了大片的衣襟。

我喊："桃花，桃花，妈叫你，妈快不行了！"

"妈！"桃花回身，重新扑到老板娘的身上。老板娘很困难地抓住她的手对我说："一宝，妈要走了，妈最不放心的就是桃花了，她现在这个样子还有哪个要她？好在你心眼好，你不要嫌弃你妹，你们就在一起凑合过吧，有你照顾，妈也就放、放、放心了，一宝，你同意吗？"

我能不同意吗？我含着泪点头。桃花喊了一声："妈，你不能离开我！"整个人就昏厥过去了。

　　上面来人了，验了所有人的枪，结果断定打死老板娘的不是王二虎，而是那个拉枪栓的民兵。他在推搡过程中，不小心扣动扳机，酿成血案。这件事后来被记载在江宁地方志里面，成为当时一大新闻。

　　真凶被带走后，王二虎来到老板娘和桃花身边，轻声说："对不起，桃花，这一切都不是我愿意看到的，希望你能原谅我。"

　　"畜生！"桃花骂道。要不是她抱着老板娘，一定会冲过去，狠狠抽他几个耳光。

　　老板娘死不瞑目，那双满含怨恨的眼睛一直就没有离开过王二虎。我知道她恨，她想记住王二虎的样子，做鬼也要回来找他理论。可是，这么多年过去了，老板娘一直都没回来过，而狗日的王二虎只是关了几天禁闭，就被释放了。

　　不久，王二虎结婚了，对象并不是传说中的"镇长"的女儿，而是县城某局长的女儿，官大多了。那女人高个子，黑皮肤，两颗门牙呲在外，长得挺难看的。

# 五

我把老板娘背起来，桃花跟在后面，哭着喊着，悲痛的哀声惊了长长的一条街。等我把老板娘背回家，整个人已经被汗水湿透了，我几乎跟老板娘一起倒在地上。接下来，我下了门板，把老板娘抬上去，盖上棉被。又嘱咐随后跟来的老邻居帮忙找木匠给老板娘打了副棺材。三天后，我和桃花把老板娘葬在后山，就在开荒的地头。我想让老板娘继续守着我和桃花，守着我们的草屋，守着未来的日子。

忙碌的时候不觉得，一旦处理完老板娘的后事，闲下来，我和桃花都不晓得下一步怎么办。我们一个坐在床上，一个靠在锅堂的柴火堆上，各想各的心事。白天还好说，我烧饭，桃花扫扫地，洗洗衣服，日子好打发。到了晚上，孤男寡女的，就觉得很不方便。就这样疙疙瘩瘩相处一个多月后，有天晚上，桃花对我说："哥，妈走了这么久，空出一张床，你不要再睡锅地上了。"我说我睡习惯了。桃花说："你要是觉得不方便，就把小床搬出来，你睡外面，我睡里面。"

我同意了。

第二天，我和桃花上山开荒。我们先把小树杂草清理掉，然后，用锹挖，用锄头破，破出的树根杂草石头，一一捡起来扔掉。因为我以前跟桃花交流少，所以在干活过程中很少有话说。一旦歇下来，一个坐这边，一个坐那边，距离总是很远。我们的目光一般不交流，我跟她说话，她会埋下脸，看着地上。她跟我说话，我会仰起脸看着天，我会看见大雁或者飞的很高的鸟，那时候我会走神。有一天桃花突然说：

"哥，想家了吧？你走吧！"

我惊讶地望着她说："哥没有家，咋啦，想赶我走？"

桃花说："我哪里要赶你走，是你一直不拿正眼看我。"

"没有的事。"

"咋没有？你看看，你现在在看哪呀！你这分明是瞧不起我。也是的，哪个叫我不检点，有了别人的娃子，换做我也瞧不上。"

"不不，不是这样的！"我惊慌地说。

"那是哪样的，你说啊！"桃花伸出手，抓住我，看着我。我没想到她会这么直白，这么咄咄逼人。

"说呀！"桃花拉扯我，脸几乎要贴到我的脸上。我突然想到小月，想到男女之间的事，我怕我会冲动，推开桃花，就往家里跑。

我仿佛听到小月在身后的哭声。

晚上，我早早躺在床上，用被子裹住头。我听见桃花在屋子里走来走去，先是放水洗澡，后来又到院子里坐了一会儿，再后来又在里屋坐了一会儿，最后，她跑过来，一把掀开我身上的被子把我拉起来，大声对我说：

"陶一宝，你要是男人你就给我一句痛快话，我妈临终前交代的算不算数？"

我说："算。"

"那你为啥这样对我？"

我说："我……我怕你看不上我，遭你羞辱。"

"你说的是真心话？"桃花望着我。

我点头。

"你真的不嫌弃我？"

我仍然点头。

桃花突然在我的脸上亲了一下，笑着说："我现在跟你一样，哪里还会笑话你？只要你不嫌弃我残花败柳，这辈子铁定跟你了。"

我坐起来，抓住桃花的胳膊问："你，说的是真的？一辈子不反悔？"

"嗯，不反悔！"

"太好了，桃花！"我一把把桃花拉进怀里。

桃花挣脱我的怀抱，开玩笑说："咋的，你要跟那个畜生一样，强迫我呀！"

"哪敢！"我扶起桃花说："你不同意，我不会碰你的，你放心。"

"我现在这样，就是我同意，有人也不会同意啊。"桃花边说边摸着已经显怀的肚子。看我发愣，就温柔地对我说："放心，等我生了后，也给你生一个。"

我很感激桃花这些话，她说到后来也做到了。看我还在发愣，她伸出手与我十指相扣："一宝，跟我走！"

"上哪儿？"我问。

"跟我走就是了。"

那晚月色溶溶，地上洒满如雪的月光，凉爽的春风裹挟着后山各种小虫的鸣声，那些声音虽然没有夏天的炽烈高昂，但已具备一定的规模。穿过杂草和野树，脚背上粘上了夜露，一会儿就湿了脚背，流淌到脚底。那时，我们穿着老板娘给我们做的布鞋，桂花穿得仔细，成色还好，我的已经磨穿了脚趾头，左右各有一个大脚趾头露在外面。

上了后山，我猜到桃花要干啥了。在老板娘的坟前，她拉着我跪下，先是磕头，再是诉说。"妈，秉你的意思，我答应嫁给一宝哥，今天晚上我们就圆房，您老如果地下有知就给我们做个见证，祝福我们吧。"说完，桃花拉我拜天拜地，又相互拜了拜，最后再次跪在地上给老板娘磕头。完了，我对老板娘说："妈，桃花嫁给我你放心，桃花在我心里就是天上的月亮，海里的珍珠，人间的公主，从今往后，我会像保护自己眼睛一样保护她，我会尽量不让她受苦挨饿，我会让这个家慢慢兴旺起来，妈，你放心吧！"

# 六

晚上，桃花让我负责烧水，她自己站在院子里，拿把剪刀要剪掉两根粗粗的辫子。我问她干吗要这么做，她说是为了我。没等我明白过来，她"咔嚓"一下，已经剪下了辫子。"一宝，从今天开始，我桃花跟过去的一切告别了，过去那个留着两根大辫子的桃花已死，现在站在你面前的才是你要娶的新娘。烧水吧，我今天为你要好好洗洗，我要洗掉身上的污秽，我要拿一个干干净净的身体给你。"桃花的话，让我激动得泪流满面，我说："好好，你等着。"我进屋把锅堂里的火烧得旺旺的，那晚我烧的火是所有我烧过的火最旺的，它就是我心情，被爱的火焰烧烤得升了天。

院子里摆上了大木盆。木盆是我赢了钱后花三块钱买的，我记得那天我一气买回不少东西，有梳妆台、四仙桌还有一只木箱。老板娘看见这些东西说我乱花钱，不会过日子。我说都是赌钱赢来的，言下之意不要心疼。老板娘说，赌钱的人都晓得，赢来的钱其实是今生跟人借来的，今生还不了，下辈子还，能省还是要省。同时还提醒我，用赌假赢钱伤德，人不到万不得已不能轻易出手。老板娘的话有道理，我一直记在心里不敢忘。

大木盆里倒上冷热水，试了一下温度，有点烫。桃花说凉凉就好了。我说再去打点冷水加加，剩下的回头我也洗洗。桃花说好，让我路上小心。我用戏文唱道，娘子放心，外面的月亮跟太阳似的亮堂堂的，啥都看得见。桃花拍了下我的肩膀说："一宝，我还没嫁给你，你就开始跟我贫嘴了，小心不理你。"我说"不敢"，拿起水桶就跑。

等我从门口的深潭打水回来，木栅门被顶上了。我喊："桃花，我回来了！"桃花在里面答："等一会儿，我正在洗澡，你磨过身子去，不许偷看。"我说："你洗，我不偷看。"心里想，我就偷偷看一眼。我悄悄放下桶，扒在木栅门上，通过粗粗的木条缝看见桃花一丝不挂地站在木盆里，美丽的酮体比月光还白，不时摇出梦一般的眩晕，扑上我的脸。我的脸紧紧压在木栅门上，两只眼睛恨不得化蝶飞去，把桃花的身体仔细瞅个遍。然而，桃花一直给我一个背影，不管怎么洗，她就是背对着我，让我好难受，好不过瘾。直到她洗完后，光着身子走进屋里穿好衣服出来开门。

门开了。我背对着门。"你没偷看？"桃花问。

我背对着她，一本正经地说："圣人言，非礼勿视。我好歹读了半年私塾。"

桃花笑道："别提你那个半年私塾了，你没看，鬼相信。"

进屋，我把剩下的开水跟冷水兑了一下，准备脱衣，看桃花站在一旁没动，便不好意思地望着她。桃花说，你放心，我不会偷看你们臭男人的，说完，钻进屋里再也没有出来。等我洗完后穿好衣服进屋，桃花房里煤油灯亮了，灯光从虚掩的门透出来，充满了诱惑。我站在灯光照见的地方，想象着在这灯光的尽头有一个让我快乐的天使，正张开怀抱等着我，我浑身上下便起了燥热，我的脸烧得特别厉害。

门掩着，分明是给我留的。在此之前，有哪个晚上门是开着的呢？现在门等我打开，等我进去，只要我推开那门，我现在的饥渴马上烟消云散。可是，我害怕，我自始至终害怕。我怕什么呢？桃花已经不是以前的桃花了，我们现在是平等的，尽管这样的平等多么悲哀。还有，她已经在老板娘面前答应嫁给我，我还犹豫啥呢？我的心在给我打气，气足了，我的心一横，手就触到了房门。但恐惧瞬间击毁了我的信心，我竟然说："桃花，你的房门没关，我帮你关上。"这句话一出，我悔的肠子都青了，我质问自己怎么可以说出这样没出息的话？果然，桃花咕咚一下从床上跳下来，光着脚丫一把把门拉开。"陶一宝，你今天敢关上这个门，你一辈子别想再碰我！"我惊呆了，我看见桃花穿着红红的肚兜，红红的裤头，硕大的乳沟让我一阵天旋地转。我稳住心神，不顾一切地抱起她，疯一样地把她放在床上……那一晚，月亮真是出奇的亮，出奇的白。

等一切平静下来，夜已深，我搂着桃花，竟没睡意。桃花问我："我不是黄花闺女，你不嫌我？"

"又来了！我是啥？如果你不嫁给我，我这辈子能有谁肯嫁？还有，我告诉你一个小秘密，听了后，你心里或许会平衡一点。"

"咋啦？"

"我也不是处男！"

"真的？啥时候你跟哪个，从实招来！"

我把妓女小月的事说了，桃花不但没责怪我，反而宽慰我说："你那时多大，懂个屁呀，不怪你，你别往心里去。"

桃花这么说，让我感动得不行，我的双手不知不觉把她搂得更紧。


## 七


经过一晚上的折腾，桃花和我一觉睡到第二天上午九点。桃花醒了，我也醒了。我们相互看着对方，既陌生又熟悉，看着看着我们都"扑哧"一下笑了，笑着笑着，我们几乎同时鼻子一酸，抱住对方痛哭起来。我们笑什么，哭什么，不知道，我们就觉得这一切多么滑稽，如果不是命运的捉弄，我们咋能走到一起？桃花怎么着也会嫁给王二虎，过上另一种生活。

还有，我们的婚礼如此简单，简单到要死人作证，要在鬼魂出没的时候举行仪式，旁边没有亲朋的祝贺，没有红烛罗帐，更没有新衣裳与交杯酒。我们是什么？我们是被这个世界唾弃的人，白天，我们成了过街的老鼠，人人喊打。只有晚上，我们一直躲在自己的洞里，等待黑暗的降临。

哭够了，我们相互松开对方，你看着我，我看着你，又笑了。后来，我的手放在桃花的肚子上，我感到里面有硬硬的东西在动，我晓得那是王二虎的种在动，我有点吃醋。

"几个月了？"

"五个月了。"

"哦！"

然后，我眼睛不再看桃花，看屋顶。屋顶上排着一些树棍子。树棍上铺着芦席，芦席上应该是山上的茅草，茅草作为屋顶已经有几千年历史了，它仍然是盖房子的主要材料。

"咋啦？不高兴？"

"没有。不过，想到是王二虎的娃子还是有点不快活。"

"错，是我的娃子！既然王二虎不认这个娃，他就是我桃花的娃，桃花的娃不就是你的娃么？你不会计较这个吧？"

"不，我一点不会。放心，娃是你的就是我的，我会视同己出。"我又把桃花搂进怀里。

桃花说："我相信你，再咋的，你都会对我们母子好的。"停顿片刻又说："一宝，我们现在成了家，往后的日子还得盘算盘算。我手上还有五块钱，你那还有多少钱？"

我说给妈办完丧事后，只剩下两块多钱了。桃花说："就这几块钱，光过日子也不够啊，要是生了娃，连娃的米糊都买不起。"

我劝她。愁啥呀，别愁，船到桥头自然直。这是我老说的一句话。桃花笑了说："反正你是男人，操心的事你拿主意。"

可是第二天，镇里就来人要把我押走，说是顶老板娘的班，负责打扫茶馆到菜场那段路。整个安排过程没有看见王二虎。我问，王二虎呢？来人不屑地回答我："凭你也直呼王队长的名讳？""我想见他！"那人鄙视地笑着说："告诉你吧，王队长可不是你想见就能见着的。你还是给我老实点，要不然王队长的厉害你是晓得的。"

就这样，我每天五点起床，到镇卫生所领扫把和铁锹，扫到中午，大家集中在卫生所那间三十几个平方的房子里休息，准备吃饭。有的人每天早上直接把饭菜带来，像我这样的，每天中午桃花会准时送来。日子过得很快，一个夏天很快过去了，桃花的肚子在每天送饭过程中一天天大起来，终于有一天她实在走不动路时，已到中秋时节。我跟桃花约好的，只要哪一天中午她不送饭来，就表明她要生了。中秋节前一天，都到十二点了，仍不见桃花的影子，我晓得坏了，赶紧找到镇上有名的接生婆随我同去。等我们赶到家时，桃花倒在院子里晕过去了，下身血流了一地。一个淘米的箩翻倒在旁边，米散落一地。

接生婆用手指蘸点地上的血水放在嘴里咂，咂完了对我呼天抢地喊："快，烧水，羊水破了！你老婆要生了！"看我跑去烧水，她又叫住我："喂，先帮我把你女人抬到床上去，对！还要找块油布。"我问要油布干啥。她说要把油布垫在我女人下面，不然我的床就完了。我想起箱子里有块船上用的油布，是下雨天用来盖舱货的。铺好油布，我就被推出房门。这时桃花醒过来了，极大的疼痛让她开始嗷叫，像一头被套住的受了伤的母狼。

"哎哟！啊！哎哟！啊！"

我把耳朵贴在房门上。

"哎呀，疼死我了！陶一宝，你个缺德的，你害死我了，啊呀！疼死我了！"

我心想：有我啥事呢？这小崽子又不是我下的种。"陶一宝，你、你快来救我，我实在疼死了！陶一宝！"

接生婆喊道："别叫了，用力，用力，娃子头出来了，再用一把力！""啊！啊！一宝，救我！"

"叫啥叫，用力啊，对！使劲！想好事，想想跟一宝在一起的快活，对！用力！那个时候你就要想到今天！人嘛，快活后就是痛苦，痛苦后就是快乐，等娃子生下来，你就快乐了！使劲呀！"

"啊！啊！啊！"

桃花惨叫的声音穿过房门钻进我的耳朵里，让我心疼得不行。可我有啥办法呢？我只有增添了对王二虎的恨，是那个小子下的种，痛苦的结果却让桃花和我来承担。那一刻，如果王二虎在身边，我一定会拿起菜刀砍那狗日的。

"哇！哇！"这分明是娃儿的哭声。生了！我在外面高兴地几乎蹦起来。我搓着手，在原地转悠，急切等待里面的消息。门开了道缝，接生婆说："打点热水来！"我说："生了个啥？"接生婆说："你不要不高兴，是个丫头。"丫头？丫头就丫头，又不是我的种。想到这，我很释然，脸上堆着微笑。接生婆在里面说："你家一宝真不错，晓得生了丫头还笑眯眯的，不像有的男人，砸锅摔碗的，这样子我一分钟都待不住。"

接生婆把桃花和丫头洗干净打开了房门。我想进去，接生婆拦住我说："你急啥呀，等我老婆子走了，你慢慢看。"

接着，她跟我交代如何照顾坐月子的女人，如何吃，如何不能下地，不能下水，不能生气，最后特别强调一个月内不能做那种事。我故意逗她，一个月内不能做啥事呀？接生婆拿手敲我头，笑着着："狗东西，还跟我老婆子开玩笑。记住，明天开始给她弄点鱼汤，最好是鲫鱼汤，下奶。"

我给接生婆一元喜钱，接生婆欢天喜地接着，临出门时还说，别忘了，赶紧弄，明年还是我老婆子来给桃花接生。

# 八

要想吃鱼，自然想到弄鱼的老周。自从上次跟老周赌了一场后，我就见过他两次，一次是他听说老板娘被枪杀，不顾受牵连亲自来给老板娘送丧；一次是在我顶替老板娘扫大街之后，我在菜场附近遇见他。九点多钟，他卖完鱼，挎着篮子，昂着头。看见我，主动过来打招呼。我觉得他比几个月前黑了，瘦了，我问咋回事，他开玩笑地说是因为上次输得太多，只好每日少吃，省点。他笑，我也笑。笑完，我问那赌场还在不在了。老周神秘地告诉我，抄了，有人汇报的，一人罚了十块。我问现在还有场子么，老周说他正找呐，有消息告诉我。

今天我要见老周，要买两条江鲫给桃花焐汤喝。早早到菜场等着，一直等到太阳升起，也没看见老周的影子，只好在别人手上买了两条，花了两毛钱。我问那卖鱼的，可认识一道打鱼的老周？卖鱼的妇人说，你问打鱼的周大个啊，两个儿子的那个？是的，我点头。卖鱼的妇人说，被公安抓起来了，她老婆急得要跳江。我问是啥时候的事，为啥。妇人回，是前天，还是因为好赌抓起来的。

回到家，我跟桃花说了。桃花说，这往后你也要少赌不赌，万一被抓住，说不准让你坐二次牢。我说坐二次牢就坐二次牢，没啥，大不了到劳改窑厂还做统计去。桃花一听不高兴了，她说你这叫啥话？嗯？你现在是有家有儿的人了，你坐牢了，撒手不管了，让我们娘俩咋办？饿死喝西北风啊？！我说我说笑呢，还当真。接着我叹口气说，我现在扫马路跟坐牢没区别，一没工资拿，二没正常收入，还不如农民有几亩地，渔民有张网。桃花叹口气，也不晓得往后的日子咋过。

过了两天，我又想给桃花买鱼氽汤喝，这回我不等老周了，径直到菜场卖鱼的摊位，嘿！那不是老周吗？身边放个篮子，一小堆雪亮的杂鱼，几条青鱼鲤鱼白鲢放在篮子前面，老周蹲在地上，黝黑的脸上毫无表情，一根纸烟叼在嘴角，让那张没有表情的脸平添几分生动，也显得有点滑稽。

"老周，出来了？"我走过去。

老周看是我，笑着回答："进去七天，昨天刚出来。"

我蹲下去，小声问他吃苦了没有。老周说吃苦倒没的，就是整天蹲着不做事难受。我开玩笑问他往后还敢再玩了，他把脖子一梗大声说："玩当然玩，只要有地方，我怕个球！"然后，他压低声音问我："你有地方？"我说没有。他说他找人，晚上到我家赌一场。我说行吗？他说没人汇报怕啥，不怕。我就模糊答应了。拿了两条鲫鱼，他不要钱。我扔下二毛钱就走了。

晚上下班照例给桃花母子做饭，做好了，上山给菜地浇水。这些天我天天如此，几乎形成规律。日子到了五月底，天渐渐热起来，那地上午浇才好，可哪里有工夫呢？我天天晚上辛辛苦苦从深潭取水浇，还是有菜干死了，活着的长得也不太好。当然也有肥料的原因，那时除了人畜粪便，没有化肥，可人畜粪便哪里有呢？我们一家三口，那点粪便只够压脸盆大小的地方。镇上倒是有公厕，池子里的粪便一天到晚有人守着，附近农村来收拾粪便的人比来拉屎的人都多，哪里轮到我。

不知不觉天黑了，我满头大汗地浇完最后一勺，看着长得一点不讨喜的青菜秧辣椒还有茄子，不知道说啥好。忽然听见桃花在山下喊我，声音尖厉急促，我以为出啥事了，扔掉粪勺往山下跑，跑到桃花跟前，问出啥事了，桃花说卖鱼老周来了，还带了两个人。来了就来了呗，你这嗓门想吓死我啊。我埋怨道。那他来了，我不喊你让人家等啊，看你还不高兴了。我看桃花生气了，换上笑脸搀住她跟她解释。不是的，老婆，我是说宁可让他们等，也不能让你下地乱走，我是关心你。桃花指着头上缠的毛巾说，我晓得老公关心我，心疼我，没关系，我做了保护。然后她挽着我的胳膊紧紧靠着我一起回茅屋。

老周站在院子里，看见我们如此恩爱便开起玩笑，一宝，老板娘有眼光，看你们小两口恩恩爱爱的，让人看着就眼馋。另外两个人从屋里出来，原来都是以前茶馆里的常客，只是一时叫不上名字。我让桃花上床休息，自己胡乱喝点稀粥，就跟他们摆上场子。牌九是老周带来的，我有一副，为了公平，我用他的。我身上没钱了，桃花身上还有五块钱，我进去拿。桃花一把扭住我的耳朵，低声说："听着老公，我们就这点钱了，你要是输了，我们连稀饭都喝不成了。"我伸手刮了下她的鼻子，声音更低："放心，老婆，你晓得我的手段的，瞧好吧！"

那一晚，五毛钱起押，我赢赢输输，两个小时后我输了三块多，期间桃花起床看了几次面糊，气得跟我直瞪眼。我故意急，让她睡觉去。她一走，我就说赌钱不能有女人，叽叽歪歪的，哪有钱赢。几个人都说是。接下来，我开始痛下杀手。只几个回合，不但扳回我输掉的，还赢了几块钱。那个时候，人们都很穷，每个人身上能有几块钱就很不错了。那一晚，老周输的少一点，其他两人把带来的钱全输掉了，大家只好散伙。

# 九

几天后，老周又来了，除了上次带的两个人，又多了铁匠罗矮子，还有罗矮子带来的几个人。那晚人多，气氛热烈，我特别想赢，但我还是听我爹的话，放水，几场下来输的仅剩几块钱了，我暗暗着急，就准备偷换骰子。我的骰子里面是空的，灌了液体水银，是我从江西老家带来的，这些年人长大了，衣服换了几件，这几只骰子却一直跟着我。每到为难时，我就动用它们，它们总是能帮上我的忙，让我反败为胜。我换骰子的动作很快，跟变魔术差不多，口上说三道四，为的是转移目标，手下不停倒弄，一会儿就换成了。

可惜那一晚我没换成，当然绝对不是技术问题，是因为我刚把骰子捏在手心里，远处传来激烈的狗吠，大家都住了手，凝神静气相互疑惑地望着。老周主动要求出去打探，刚出去马上匆匆忙忙跑来说有几只电筒光往这边来。那时能用上电筒的不是军人就是公安，普通人哪里有那玩意。我果断吹灭了灯喊撤，一分钟不到所有人跑得无影无踪。

　　我扒在木栅门边往镇的方向瞅，半天也没见到一点灯光。镇上黑漆漆的，死一般寂静。我忽然想到那晚老周赢了，肯定想走又不好意思，只好采用这种方式达到他的目的。这种方法经常有人用，屡试不爽。而我和其他人都上当不轻，特别是我，前面故意放水，刚要收网，却闹了这一出，连桃花都埋怨我，说我一个玩鹰的反被老鹰啄瞎了眼，还有用啊。至此，我一直对老周有看法，只要赌，只要有他在场，我都不放过他。

　　赌的时间长了，难免风声在外。那天我在扫大街，坐在门口的老大妈问我，白天扫地，晚上摆场子，身体吃的消吃不消？我惊讶老人如何知晓我赌博的事。老人家笑着回我，街上除了干部不晓得，哪个赌鬼不晓得？我干笑着，也不否定也不肯定，赶紧走开。心想，怪不得这两天参赌的人越来越多，看来情况不妙啊。为了安全起见，当晚我带着赌鬼们上后山，找一处背风之地，点上风灯，铺上油毛毡，赌得昏天黑地。天亮回到家，桃花告诉我，我们前脚走，派出所还有本镇民兵就赶到了，他们在我家门前屋后搜个遍，硬是啥没找到。

　　听完，我吓出一身冷汗。

　　接下来，我发现总有人在我四周转悠，特别是下班回家，身后总是窸窸窣窣，好像有人跟踪，回头又啥都看不到。白天老周卖完鱼来找我，我对他轻声说有盯梢的，他很聪明，就大声说："噢，要鱼氽汤，好的，明天带给你。"然后，也压低嗓门对我说："新洲夹江芦苇荡。"我说："好呐！"便使劲扫那地，扬起大片的灰尘，遮天蔽日。

这都是夏天到秋天发生的事，要不是靠赌赢点钱回来过日子，真不晓得那日子会怎么样。到了冬天，经济好转了，我们这些没土地没门面的人开始安排工作。有的人到街上工商部门当售货员、搬运工、邮递员、饭店服务员等，我继续在卫生防疫所打扫大街，但性质变了，称为环卫工人，有工资拿。每月五块多钱，还有十八斤粮票发。

肚儿矶茶馆改成江镇招待所，面积不够，在院子外面盖了两层带走廊的小楼，上下十几间，成了不错的集体单位。镇上想到了桃花，把她招进去做了服务员。多年后，我才晓得安排桃花进招待所的是王二虎，那时候王二虎虽然已经结婚生子，但并不喜欢那个女人，两人经常吵架，但碍于女人背景，他也不敢胡来，连离婚二字都不敢提。桃花是他的初恋，每次吵架，他就会想到桃花，总觉得对不起桃花和老板娘。他悄悄把桃花招进招待所，一是给自己悔罪，二是希望有机会跟桃花亲热。我得到这个消息，就不想给桃花去，我跟桃花说，既然王二虎有狼子野心，我看还是不干好。桃花说，招待所单位这么好，干嘛不干？只要自己行得端做得正，怕他干啥？顶多不理他就是了。

到了第二年春天，我们有了儿子，大家都说长得很像我，尤其是那张不大的脸，炯炯有神的大眼睛，这一切都跟我一个模子脱下来似的。

有了儿子的日子，让我忘掉了王二虎和桃花那点事，我相信桃花的为人。因为有稳定工作，稳定收入，家里的日子好过了不少。桃花脸上有了红晕，旅馆的蓝色工作服穿在身上，即合身又得体。短发拢在脑后，扎着自制的紫色蝴蝶结，衬的那张飞上红晕的脸特别亮丽干净。一双儿女脸上红扑扑的，女儿不是我的种，但跟我蛮有缘的，能满屋子跑时，就粘着我，跟着我屁股后面喊"大大"，喊的我心都碎了。有一次我抱着她相面，咋看也看不到我的一点影子，我一生气，就把她放在地上说："走走，去找你亲大大去，我不是你大大！"女儿哭了。桃花过来用手点着我的额头说："陶一宝，你想干啥？兰子是不是我女儿？"我说是啊。"我朱桃花是不是你的老婆？"我说是啊。她把女儿往我怀里一推说："那不就行了，我的女儿就是你的女儿，我的儿子就是你的儿子，以后你再敢胡说，我就、我就不让你上床，求我也没用。"

桃花这招还真灵，能把男人逼疯。记得那是儿子小刚满月的当晚，可能喝了点酒，我一高兴拿了家里几十块钱到江边去找老周。老周的女人告诉我，他们可能在芦苇荡里哪条船上。她指给我看，说是挂着风灯的那条，我也看不清。顺着江边高一脚低一脚找了一圈，喊了几十声也没找到。后来索性打算回家，却碰见上岸拿钱的老周。老周让我蹲在江边阴暗之处，他回渔棚取钱。几分钟后，我看见老周来了，嘴上骂骂咧咧。我问咋回事。他说老婆叽叽歪歪不让他赌，他抬手给她一记耳光。我说老周人很好，就这点不好。老周没说啥，带我上了一只小船，慢慢朝芦苇荡划去。

## 十

老周一直没出现。我就去江边找他，想玩几把。偌大的江边了无人烟，只有飞鸟在芦苇荡上空盘旋。一些小渔船在江面上荡来荡去，像一些秋天的落叶卷上了天空，随风飘荡，随云而浮。到了晚上，一盏盏渔火又飞上了天空，成了点点星星，闪闪烁烁。很像瞌睡人的眼，睡眼惺忪。从我四点下班走到小周村，一直坐到月亮露头，也没等到老周的影子。秋风卷涌江水打湿我的衣服头发，让我感到丝丝凉意，我隐隐感到要把那帮赌鬼召集起来已经很困难了，大家没有时间。

旧社会，我是一个自由散漫惯了的人，新社会把我改造成自食其力的劳动者，一开始我肯定浑身不自在，毕竟我骨子里还流淌着江西景德五里镇陶家大少爷的血，哪里能受得了这样的洋罪？所以，我扫马路并不甘心，我扫马路是给人看的，有人在我会卖力地去做，我会把阳光照到的地方扫得干干净净，让大小头头脑脑无话可说，尤其不能让王二虎挑到毛病。

当然也是为了老婆儿女，为了那个温暖的家。因为我安生了，那个家就安生了，吃好穿孬是一码事，平安过日子又是一码事。这个道理不教就会，不学就懂，这跟娶老婆生儿子，与生俱来，不用教的。

扫完大街，我喜欢一个人找个树根猫起来，我会把草帽压得低低的，让过往行人认不出我是哪个，我会掏出"飞马"牌香烟一个人有滋有味地吸，吸进去吐出来，再吸，我常常把自己裹在烟雾里，整个身体跟着烟雾飘起来，真正有一种飘飘欲仙的感觉。每当这时，我的思想总是带我回到江西陶家大院，回到茶场，回到景德，回到南京，回到劳改窑厂。我会想我爹我娘，想比我大三岁的烧火丫头小月，想卢长松，还有亲手杀死我爹的管家老郑。除了小月，其他人已经到另外一个世界报到了。想到他们，我一定会想到张书记。说心里话，我恨杀了我爹我娘的老郑，恨欺骗桃花感情的王二虎，但我对张书记打心眼里感激，张书记是个好人，他把我当人看，关心我，爱护我。在这个世界上，除了我爹，我就服他了。

最近一段时间王二虎没事总会到大街上转悠。他现在可派头了，凭着老丈人的关系当上了副镇长，权力可大了，我不低头也不行。他现在不背枪了，虽然不背枪，只要手一指，我就倒霉，再一指，我的小命照样玩完。他喜欢背着手，戴着蓝色鸭舌帽，穿中山装，在中山装的口袋里再插上两只英雄牌钢笔。这套行头看起来很像个干部，也很有学问，这都是跟有学问的干部学的。有一次，姓李的县长笑话他，说他一个文盲插啥钢笔，真是猪鼻子插大葱——装象。他听后也不生气，照样插着两只钢笔到处显摆。有次在东山镇开会，他拿笔在本子上"认真"记录，只是他不是在记会议内容，而是在本子上画老鼠、苍蝇和树木。有一次，他在纸上画了两座坟头，并给坟头划上黑点，算作坟帽子。又在坟头上画了个太阳，旁边画了些树木和花草。与会其他镇领导看到后非说他画了两只女人的乳房，证据是坟头没有这两只的丰满。俩人在会议上争论起来，那画自然引起县领导注意。还是那个李县长把王二虎骂得狗血喷头，一无是处，并让他写检讨，少于一千字不许回家。这个检讨害苦了他，他找人代笔，他念人家写，足足写了一晚上。第二天他只好请代笔的下饭馆吃了一碗肉丝面。

王二虎走过来了，走得四四方方、端端正正，他看见我，用手掩着鼻子。他不是怕闻我身上的汗味，是怕吃我扫出去的灰。每次见他来，我都会装作没看见，使劲扫，把灰扬得高高的，恨不得把这王八蛋吞了才解恨。

# 十一

六月天吧，我戴着草帽压着扫把坐在路边休息。温度一天比一天高。白花花闪亮如银的阳光，耀得人直犯困。合上眼，脑子马上就跑马了。一会儿是江西陶家老宅，一会儿是茶场，一会儿是劳改窑厂。里面出现的都是与我生命有关的人，都是我熟悉的人。我甚至想到南京城那家收留我的旅馆老板，要不是他找医生给我看病，我肯定活不到今天。二十世纪八十年代头几年，我进城找过他，希望有恩报恩。可惜那条街是南京城最早改造的，去了几次都没访着，等有了下落才知道老人已经去世好几年了。当时一个四十几岁年龄跟我相仿戴着眼镜的女人站在门口亲口告诉我的，她自称是老人唯一的女儿阿英，但她的身上怎么也找不到当年那个剪着短发坐着读小说的美丽少女的影子，只有一脸不屑和盛气凌人的样子没有改变："你说什么？记不记得你？报恩？就拎这点香烟老酒？走走走，我老头都死多少年了，要报恩只有去阴曹地府，你去得了吗？走啦，别站我家门口套近乎，哪个晓得你是啥鸟变的？"阿英的话自然让我来气，好在我的记忆里阿英就是这个样子，不管我怎么解释，话说的再好听，阿英根本不听，门"砰"一声关上，隔着门缝还传出阿英的骂声："神经病！臭要饭的！多少年前陈芝麻烂谷子的事还来烦我！"

当年我看见少女阿英有过娶她的冲动，现在看来我跟她不但一点缘分都没有，而且幸好没有娶她，要不然不被骂死也被气死。好在阿英是阿英，她爹是她爹。有段时间我经常梦到旅馆老板，特别是后来我重新落难的时候，就特别想他，梦里经常出现他的影子。他的女儿阿英从来没在我的梦里出现过，老婆桃花也很少入梦。只有小月让我魂牵梦绕。虽然小月只是风月场所里一个烧火丫头，如果不解放，一定逃脱不掉沦为妓女的命运，但就是这样的一个人，却让我深深地爱上了她，特别是她那天不怕地不怕的性格让我佩服得五体投地，为了我，她敢于跟至高无上的老鸨争辩，敢于跟茶场男人对立抗争，这让我记得一辈子，感激一辈子。原以为这辈子跟这个女人再没有瓜葛了，其实我错了，我跟她的瓜葛才刚刚开始。

听老郑说，小月为他生了一个儿子。老郑死后，她很长时间不晓得是我举报老郑的。等到有一天她成了我的妻子，她知道了，已经恨不起我来了。后来的日子真是不堪回首啊。

我从出生到后来所经历的困苦都没有这一段时间让我记忆深刻。

还是回到江镇，回到我头脑模糊思绪乱飞的日子吧，直到有人踹了我一脚，把我踹得差点倒在地上才惊醒。我当时真的很生气，换作别人肯定站起来跟他干，可他是王二虎，顶上脑门的火气只有憋回去。这小子权大势大，又高我一头，从哪头算，我都不是他对手。面对没有胜算的结果，我只好忍气吞声，拿起扫把去干活。王二虎不让，他叫我去建小高炉。我不明白就里。他抬脚又要踹，吓得我直往前边人多的地方跑。

后来才知道，镇里要炼钢铁，支援国家建设，决定在大街上盖几个大棚，每个大棚里建一座土炉子用来炼铁。王二虎请铁匠罗矮子做技术顾问。开始罗矮子死活不同意，说自己会打铁，不懂炼铁。王二虎开导他，说打铁炼铁是一家，跟一个"铁"字有关，找遍江镇还有哪个跟铁有关？罗矮子想想也是这个理，就答应了。

罗矮子给我安排工作，做小工，搬砖头，要求一次搬五块方砖。我当他的面，都搬六块，当然他一走，我就搬三块。现在想来，我不是对罗矮子阳奉阴违，而是对王二虎有意见，他凭什么把我家的锅端来炼铁？

事实也是如此，自从我家的锅被王二虎端走后，我每天回到家，灶台都是黑洞洞的，一点生气都没有，桃花拽着兰子背着小刚从食堂打来饭菜，不是萝卜稀饭就是稀饭萝卜，油水就别想了，那稀饭一吹三层浪，很少有米粒从碗底翻上来。为了能让两个娃子能吃得饱点，桃花总是把那稀饭倒来倒去，留下饭粒给两个娃子吃，我和桃花就各人喝一碗米汤。几个月下来，我和桃花双颊深陷，眼窝发黑，走路直打飘。桃花说我们得想点办法。想啥办法哟？我望着桃花，伸手摩挲着她的脸和头发，我发现在微弱的油灯下，桃花的额头上已经布上细密的皱纹，这都是营养不良闹的。我们不是有钱有粮票么，过江买点米油回来改善一下伙食，你看呢？我笑道，就这个主意啊，我都想多少遍了，还要你说！我问你，就是过江把米买回来了，你搁哪块煮？锅都没的，烧个屁呀！偷偷买个锅，偷偷烧，烧好藏起来……桃花向我描绘偷烧偷吃的情景，这完全跟王二虎对着干，要是逮着了，那可是要挨罚的。所以我说，女人家就是女人家，大白天你一生火，外面哪个看不见？不行不行。桃花把我的手往她身上一放，说，一宝，你总说我头发长见识短，我看你，嘻！你就不能晚上烧哟，半夜三更烧哪个看见？鬼看见差不多！

# 十二

　　最后得出一致意见——过江买米。就这样一个小小打算，直到几个月后，小高炉炼出了铁水上交了任务，才得以实现。过江要开证明，等我把手续办全了，天上已经飘起了雪花。桃花背着儿子牵着兰子送我出门。

　　听人说江对岸的黑市上一直有人私售大米，只是查得很严，即使买卖成功，也不一定能把大米弄回来。空人走渡口没事，带货肯定不行，上船下船都有人盘查，要想回来，必须找渔船接应。想到接应，我第一个想到渔业大队大个子老周。等我赶到江边，大个子老周刚好要上渔船下江，看见我感到很意外："陶一宝，你这个坏蛋咋有空来？"我往四下看看，发现周边有上十条小船都准备下江。我压低声音告诉老周过江的目的，让他几时蹚小船去接我。老周毫无顾忌地大声道："我劝你还是别去，去了也白去！"我说为何？老周说："现在那边打击黑市交易，有一个抓一个，好多人都空手而归，你过江干嘛！"没等我回话，老周又说："好了好了，不信，你就过江看看，别说我没提醒你，长江边上一路都是戴红袖章的，连芦苇荡里都埋伏着人，你说咋接法？"那为何？我惊讶地望着老周。老周说："行了，别在'喂鹅喂鸭'

了。"我笑，我说我习惯了，小时读私塾没读好，就读会这两个字，不用可惜了。"你啊！不信你去试试。反正我的渔船不敢去。"

"你不敢去接，我还过江干啥。"

"不去就对了，一切都是秃子头上的虱子明摆着的，去了白去！"

说完，老周突然把嘴凑到我耳根轻声道："我看还是把买米的钱留着跟我玩一把，我家里还有十斤大米，二斤咸肉，留着过年用的，有本事你今晚来拿。"我一听，江北自然不想去了，一把拽住老周，悄悄问："晚上有多少人？"老周神秘一笑："去了不就晓得了。"

老周下江去了，我跟老周要了地址，冒着大雪顺着江堤走四五里地来到渔业大队那个叫小周村的生产队，因为时间尚早，我爬到小周村旁边的山岗上，找一块背风遮雪的地方躲起来，打算天黑去老周家。我躲的地方是个山凹子，头顶上伸出的那块石头，就像一块天然的飞檐，飞檐上那些枯草和小树挡住了雨雪，令我坐的地方干绷绷的。风很大，似刀似剑，在我身上乱砍乱拉，又像铁鞭抽打我，让我从上午一直哆嗦到下午，后来我实在没有办法，重新跑到岗子下面，那里有好几堆山柴，显然是小周村人的。我寻到一处，扒开往里钻，坐定后，我用柴草盖上。不大工夫，身上有了暖意，身子不再打哆嗦了，却感到了饿，哎呀，那天我真是又冷又饿，差点饿昏过去。好不容易熬到傍晚，雪停了，天空仍然灰蒙蒙地，现出冬夜的颜色。雪地倒是闪烁着耀眼的光芒。我伸出头，见小周村覆盖在白雪下面，有几点煤油灯火开始在摇曳，明明灭灭，就像我不时努力睁开想要睡觉的眼睛。我双手抱在胸前，好几次差点扛不住沉重的眼皮失去意识。但那往往只有几秒钟的时间，我害怕睡得太久错过老周回来的时间。

老周个子很高，喜欢挺着肚子走路，所以凡是缩腰弓背的，身高不够的，肯定不是他。等一团黑影从远处灰白的雪地里悄悄涌出，我感觉那是老周来了。我兴奋地要出去迎接，那团黑影却不动了，几秒钟后，黑影蹲下来，而且朝我这边快速移动，同时咕叽咕叽的踏雪的声音清晰可闻，只是节奏变得缓慢而沉重。黑影古怪的举动，让我感到好笑。我以为他发现了我，要来找我，只是怕被别人发现，才鬼鬼祟祟。于是我干脆不动，等他靠近。黑影移动到离我很近的那个柴堆停住了，我想喊，却发现他扒开了柴堆，并划着火柴朝里照着，透过微弱的火光，已经清晰端定那人就是老周。火灭了，老周站了起来，四下瞅瞅，复又回到回村的路上走远去。

整个过程我没有喊他，是好奇让我决定不喊他。我要看看老周在那堆柴火里藏了什么东西，结果发现是一小包米还有二斤咸肉，这些应该是老周跟我说的赌资。在那个灾荒之年，能看见这两样东西比从土里挖出金条都开心。我心动了，第一次偷了人家的东西而心安理得。

第六章

雪上加霜

一

有了米和肉，还是做不成吃的。没有锅啊。我和桃花愁了半天。后来想起了桃花表舅，他可是某村大队长，找个锅应该不难。第二天我让桃花背着小刚去三十里外找她表舅，去时拎的酒没有了，回来手上空空的，没有把锅拎回来，这让我很失望。我问锅呢？桃花只是看着我笑。我皱着眉头又问了一遍，桃花仍然只是笑，这让我很疑惑。等桃花解开腰带让我接儿子时，我才发现儿子就睡在锅里，十五寸的铁锅被牢牢裹在草绿色的军装里，这显然是她表舅的杰作。我抚摸着拿钱都买不到的铁锅，就像抚摸着一件稀世宝物，心里别提多开心了。

饭是在夜里做的。这顿饭是我这辈子做得最紧张最兴奋的一顿饭，跟做贼一样。

支锅的时候才发现，我们家原来的锅是十八寸的，借来的锅小，要想把锅放上去，只有缩小锅沿。好在我住的后山有的是黄土，我负责缩小锅沿，桃花淘米切肉。米好淘，肉难切。菜刀一开始就跟锅走了，去炼钢铁了，家里只有一把生锈的剪刀。桃花就是用那把剪刀，花个把小时才把咸肉分成许多大小不一的肉丁和肉块的。生火后，桃花负责烧火做饭，我负责到院子外面站岗放哨。吃大食堂那会子，为了防止少数人抵制和破坏大食堂，成立了各种监督组白天黑夜出来巡查，只要发现哪家生火就要严肃处理，轻者没收锅具，重者游街示众。即使如此，还是有不少人铤而走险。

我跟桃花就是其中之一。为了那顿饭，我们提心吊胆。饭好了已经三更半夜，桃花把两个娃子拖起来，喊着四岁的陶兰、二岁的陶刚，用手拍打着他们的脸，呃呃，起来，大大给你们吃肉！毕竟是孩子，喊了半天究竟不醒。后来，还是我盛来夹着咸肉丁的米饭放在每个人的鼻子下面，闻到香气，两个小家伙才睁开眼睛，来了精神。我忘了拿筷子，等我回身去拿，他们已经用手在碗里抓了，烫得直咧嘴也不喊疼。我跟桃花用筷子敲开两个娃子手，生怕真把他们烫坏了。那顿年夜饭我们提前三天过了，煤油灯下桃花和孩子们菜色的脸上油光光的，飞上了血色。我劝他们赶紧睡觉，桃花问我干啥去。我说还要做一些善后工作。桃花不懂，我也懒得解释。后来桃花夸我做得好，要不然真的就出纰漏了。那是第二天上午，我正准备上班，王二虎背着手从不远处的深潭埂上过来。

这狗日的最近有事没事老喜欢往我们家跑，来时也不多说啥，看见兰子要么给五毛钱，要么给几颗糖，有一次还扔给桃花一块花布，说是给兰子做衣服穿。这些桃花都告诉我了。我了解桃花的为人，相信桃花，但我从来不相信王二虎，不相信狗能改了吃屎。我一直提醒桃花防着他一点。

我总是怀疑王二虎对桃花没有死心，这是我一块心病。我看见王二虎就厌恶，害怕，却又无可奈何。王二虎见着我从不拿正眼瞧我。我知道那狗日的瞧不起我。有一回他就说我是癞蛤蟆吃上桃花那块天鹅肉，明明是他王二虎的，让我小子占了去。

王二虎走近院子，我的心跳加快，恐惧让我无所适从。王二虎背着手，拿腔拿调地对我吼着，陶一宝，都几点了还不扫地去！我说，马上走，马上走。等王二虎进了院子，走到我旁边，鼻子就直抽抽。他自言自语地说，什么香？肉香？对！是肉香，他突然提高嗓门喊道，陶一宝，你狗日的胆子不小！他那一嗓子，慌得我心里像突然钻进一只野兔，不停地上下乱跳，但表面上我还要镇定。王书记，你说我啥子胆子不小？王二虎回身绕着我转，转得他不晕我晕，眼睛还一眨不眨地盯着我，盯得我心里直发毛。我颤抖着声音央求王二虎别转了。王二虎不转了。王二虎说你小子给我老实交代，为啥违背禁令，偷偷开伙。接着又抽抽鼻子，问烧的什么肉，是家猫还是后山的野兔？我连连摇头，我能不摇头吗？不摇头我就死定了。

好，你不说是吧？等我找出证据再跟你狗日的算账。王二虎说狠话了，他真的在我家里仔细翻找。他先是直奔锅台，伸着头往锅塘里瞅，没发现有锅灰，他便想用手摸锅塘的温度，手伸进去捞了一下，最终可能怕脏收了回来。这个动作让我惊出一身冷汗。因为虽然过去了几个小时，那锅塘黑漆漆的壁应该还是热的。

王二虎在翻我家的碗橱。碗橱里空荡荡的，连一颗饭粒都看不见。王二虎瞪着眼，仔细想了一下，决定到内室去找。桃花抱着兰子站在门口不让进，王二虎狠声狠气地让桃花让开。桃花气愤地说，这是我家，凭啥我让开？犯啥法了？王二虎瞪着眼珠子看着桃花说，桃花，你别狠，等我找着证据再狠吧。说完，一把把桃花拉出来，强行走进内室。小刚睡在床上，屋里除了一个衣柜，就是一张老式梳妆台，它们显然是肚儿矶老茶馆旧物。王二虎把它们翻了个遍。桃花抱着兰子，一直在骂：

"王二虎，你就是个畜生，你这样做还有意思啊！"

"王二虎，你真不是东西，不看僧面看佛面，兰子好歹是你的，你就忍心看她忍饥挨饿？"

王二虎站住说："桃花，你别跟我套近乎，告诉你，我首先是干部，然后才是兰子的父亲，我不吃你那一套！"

"那你找找，找着啥啦？啊？你就是畜生，六亲不认的东西，滚，给我滚！"桃花激动地抱着兰子去撞王二虎，吓得他往后连跳二步。我以为王二虎会大怒，没成想他非但不怒，反而转怒为笑。桃花，你干啥？有话你就不能好好说？桃花气愤地回道，好好说？你对我们好好说了吗？我们一家子快饿死了，你管了吗？你就晓得自己吃饱喝足，不管老百姓的死活。王二虎委屈地说他也有大半年没吃过肉了。

晚上，桃花问我怎么回事，她说她明明看见我把剩余的米肉藏进衣柜里，怎么就不见了呢？还有那新糊的锅沿，都不翼而飞，这是怎么回事呢？我就把夜里的善后说了一遍。桃花恍然大悟，她搂住我说，一宝，我才发现你很聪明，你竟然想到会有人来查，会想到藏到后山去。

我得意地爬到桃花身上。桃花故意问我想干吗，我说都是米肉闹的。桃花就抱紧我，咯咯地笑。

桃花笑起来很好看。

## 二

几个月后的一天，一个叫蛤蟆堤的地方突然被洪水冲破了口子，江镇以及周边几个乡村都泡在汪洋之中，我的房子在山根子，原来是镇上看山用的，地势很高，还是上了一尺多深的水。我在后山上搭了两个窝棚，一个用来睡觉，一个用来做饭。一年前从桃花舅舅家借来的那只铁锅，在洪水来了之后发挥巨大作用，每天至少能喝上热开水，不至于染上痢疾等疾病。另外，这几年我和桃花省吃俭用攒了一百多块钱，还有百十斤粮票，这些在大水来了之后发挥了重要作用。我跟着运输船队去下关码头买了些议价粮回来，一天三顿稀饭，吃了两个多月，两个月后水退了，我们又回到山下的破茅屋里。院子的篱笆墙被大水冲走了，野草在水走后一个劲地疯长。我和桃花带着两个娃子一连干了两天，才把草屋收拾干净。重新砍了一些树扎了篱笆墙。

通向镇里的那条小路还让水占着，有很长一段时间镇里人过不来，我们也过不去。后来有一天划过来一条小渔船，我和桃花感到很奇怪，议论着这条渔船来这里干什么。船上的人戴着草帽，也看不清是谁。好在他一开口说话，听出来是熟人老周。这让我感到很惊奇，也非常高兴。

我奔过去，看见老周领着个半大的娃子正要下船。那娃子又黑又瘦，皮包着骨头，因为奇瘦，两只眼睛显得特别的大。我认出来了，他是周家老二。再看老周，也是皮包骨头，严重营养不良。腰弯曲得很厉害，头发凌乱肮脏，一件破烂发黑的军大衣裹在身上，没有一个纽扣，仅用一根草绳扎着。脚上穿着单鞋，左右都露出大脚趾头，膝盖和屁股头上的黄军裤都开着口子，没开口子的地方不是糊着泥巴就是脏得看不出颜色了。

我很自然想起春节前在船上遇见老周的情景，那天他穿着一套干净的黄军装，站在渔船上是那样魁梧高大，这才过去半年，咋一下子变得如此狼狈？后来我才知道原因还是出在我身上。就在我顺手牵羊的那个晚上，老周把家里的几个钱全输光了，他想到那些咸肉和米，决定拿出来做赌注。老婆香子不让。她知道那是全家过年后唯一可以度日的依靠，在春天青黄不接的时候，哪怕每天熬一把米就能救活一家人的性命。女人和他撕扯，和他揪打，力气之大从来没有过。从村里到村外，女人几乎就像胶一样粘住老周，死活不让老周靠近那堆柴禾。

　　可是老周那时已经疯掉了，他的心智被赌魔勾引了去，他一心要拿走那些米肉跟那几个赌鬼决一死战，幻想把那些输掉的钱赢回来。

　　当他气急败坏地把女人扔出去，快速扒开柴禾，才发现那些米肉早已不翼而飞。老周先是发愣，继而狂怒。他转身抓住女人的衣领，像拎小鸡一样把她提到半空中，他说他晚上回村的时候还看见那些米肉还好端端地在里面呢，一定是可恶的女人趁他在赌博的时候把它们转移了。不管女人怎么否认，他就是不相信，空出的那只拳头像雨点一样砸向女人的脑袋，直到把女人砸昏过去。

　　村里人都来了，那几个赌鬼混在人群中。队长在村里是个有威望的人，他叫周全胜，他喝住了老周，并把他带进村里进行教育。

香子被几个平时要好的女人抬到家里，想尽一切办法让女人醒过来，并好生劝了两个多钟头。女人们啥好话都说到了，可那时的香子已经绝了活下去的念头，所以在第二天早上老周的大儿子去厨房找吃的，才发现自己的妈妈已经吊死在厨房里。

儿子愤怒了。十五岁的儿子竟然去派出所告发了父亲。在办完丧事第二天，老周被抓进去关了六个月。他知道是儿子告发的，临走时，他恶狠狠地对儿子说："小兔崽子，这些天怎么说看你不对劲，听着，等我回来看我怎么剥你的皮。"等他出来，大水扫荡了整个渔业大队，大儿子在他进去几天后就逃走了，至今也不晓得是死是活。等他从队长家找到小儿子时，小儿子比现在还要瘦。

"好在渔业大队有船，每天能摸点鱼虾，好多人家靠水煮鱼虾度日，竟然活了下来。"老周摸着他二娃子的头继续苦笑着说："人倒霉起来喝水都卡牙！我老婆和大儿子都不在了。"

老周的叙述让我头冒虚汗，让我感到每一句话好像重磅炸弹有的放矢。我始终埋着头，不敢直视他的眼睛，心跳加速，随时要飞出嗓子眼似的，我感到天旋地转。当我听见他老婆上吊死时，我明白这一切都是我造的孽，却已经无法挽回，恐惧让我四肢哆嗦，脸色苍白，汗如雨下。等老周问我为什么答应在小周村等他，却没见我的人影时。我顿时崩溃了，一下子站立不住，身体摇晃着要倒下去。老周扶住了我。这一切其实都是因为我做贼心虚，根本就是说者无意听者有心。

这一次老周是带着儿子想到我家蹭顿饭，他们已经有好几个月没有进一粒米了，他的儿子闻到鱼虾的味道就呕吐，无法把那些平时看起来非常鲜美的东西吞进肚里。为了儿子，他想到了我这个赌友。但我让他失望了。因为我家里只剩下三天口粮，如果留下他们父子，怕是一顿就吃完了。为买粮桃花催我好几次，我正计划找人搭伙去南京。当然，这不是主要原因。我担心留下他们父子，万一桃花把我顺手牵羊的事情抖出来，老周杀我的心都会有。这是我最担心的事。

我辜负了老周一片好心。他把我当成朋友，我再次欺骗他。我说我们家三天前就揭不开锅了，正要出去想办法。老周相信了我的话，包括顺手牵羊的那次，我说风雪那么大，走到半道我就回家了。他全相信了。他说走了好，要不然你也赢不着那些米肉，因为它们被我女人藏起来了，至今也没找到。

也许，我说，也许让别的啥人顺手牵羊拿走了，你别冤枉了你的女人。

如果真是这样，我女人也回不来了。老周哽咽着说不下去了，因为他真的很爱他的女人。

临走，周家父子还送了几条鱼给我。他们在我那里没吃上饭，还倒贴了几条鱼，这个事情直到今天我都感到惭愧。我对小月说，我这辈子做人很失败，在对待老周这件事上，简直不是人，太缺德了。


# 三


秋水退尽，通往江镇的山路重新呈现在浓密的林子里，路旁的深潭恢复从前孤独的身影，少量的水草覆盖在水面，有的还开起了蓝色的小花。我每天经过都能看见那些蓝色的小花越开越多，几乎要占领整个潭面。

有一天，我从镇上回来的较晚，在朦胧的月光下，竟然听见潭里发出一声巨响，水面上喷起很大的浪花，就像什么人往里面突然扔了块大石头。巨响让我惊慌了一阵，等我平静下来，我相信那可能是一条大鱼在跟我开玩笑，它想吓唬我而已。

回到家里我把潭里有大鱼的事情告诉桃花，桃花不同意我的观点，她说鱼随水走，那么小的潭面大鱼不走是傻子。她的观点让我无话驳斥，这是基本常识。但她说我听错了，否定有那么一声巨响和飞起的斗大的浪花，这让我很生气，为了证明我那一切不是梦，我骂桃花呆，结果桃花跟我没完没了，硬逼我给她下跪道歉。

后来有天夜里，桃花肚子疼要上茅房，没让我陪她去，她是心疼我白天上班扫大街，晚上在她身上又加了班。我看见她提着裤子小步跑出去。几分钟后，我听到了她的尖叫，赶紧跳下床朝门外冲。

我家茅房在院子外头，离潭不远。等我跑到院门口，一条黑影已经扑进我的怀里，她是桃花，我的老婆，当时她浑身发抖，啼哭不止。我抱紧她，不停问她到底发生了什么，在她断断续续地描述中，我听清楚她在进茅房一瞬间，突然看见有个黑影站在不远的潭边，就在我们家每天洗菜淘米的地方。桃花问："你是哪个，想干吗？"那黑影一动不动，没有一丝一毫声息。这让桃花开始胡思乱想起来，再加上那晚没有月亮，也没有风，能见度极低，恐惧一下子笼罩着桃花的全身。她闭上眼大着胆子又问了一声，话音刚落，她听见"轰隆"一声，接着是一片落水的声音。她本能地睁开眼睛，那个刚才还在的黑影已经不在了，它应该是跳进了潭里。

桃花的叙述让我头皮发麻，让我联想到那天晚上潭里那声巨响，我不得不把两次事件联系在一起，得出一个我不能说出口的结论，那就是我们家的水潭有鬼。其实桃花在我怀里已经说出了这两个字。而我作为男人却不能在女人面前示弱，我大声对桃花也是对自己说世上根本没鬼。我说水声应该是鱼，我就怀疑潭里有条大鱼。桃花不相信，我只好硬起头皮说去看看，桃花不去，也不让我去。我说你不去我也要去，随手抄起一把靠在旁边的铁锹。

我很希望桃花跟我一道去，多一个人就多了一份胆。桃花究竟没有跟出来，而是转身逃回屋里把屋门"砰"地关上了。这真是夫妻本是同林鸟，大难来时各自飞。我看着那紧闭的门，不禁苦笑了下。后来我硬着头皮走到潭边，走的过程是恐惧的，这从我故意大声咳嗽使劲用手抹我的头发就可以看出来。这一招在我很小的时候我娘就教我了，她说这世上有鬼，如果走晚路你怕，你就咳嗽和抹头发，这一招可以让鬼怕你，缓解人的恐惧。

来到潭边，因为林子稠密的缘故，发现四周比外界还要黑，潭面上早就趋于平静，虽然没有月光，但微弱的星光投在玻璃般的水面上，竟然可以看见水面上一些波纹还在相互追赶。一直追赶到那些开着兰花的水草下面就不见了。我望着潭面，想象着水下可能躺着一个冤死的孤魂，她是随蛤蟆堤的大水飘进潭里，有一天大水褪尽她要么是睡着了要么被水草绊住了错过回长江的机会。我一直相信人死后的灵魂是通过长江聚集到大海上的，那里才是鬼魂自由自在的天堂。

我甚至猜到这个鬼魂是谁，这让我心里异常恐惧，我无法在潭边再多待一分钟，而是转身逃离。我想象着在转身一瞬间，一个披头散发的黑影从水里慢慢升起，一些令人毛骨悚然的笑声划破天空。恐惧令我"哦哦"叫唤，就像鬼魂真的在我身后追赶，一切变得那么真实可信。我撞开虚掩的院门，大声喊桃花开门。等桃花把门开开，我已经无力地倒在她的怀里。之后我这种表现让桃花耻笑了很久，直到她重新回到王二虎的怀抱才停止。

第二天我买了不少草纸和香烛，在太阳下，我壮着胆子来到河边。我相信潭里的鬼魂一定是老周家的老婆香子。桃花问为什么是她而不是别人，那几年的灾难何止死了一个香子，何况还是个吊死鬼跑到潭里也不怕再死一次。说到这，桃花突发奇想，一定是哪块的淹死鬼觉得潭口好耐着不走，以后就当成她的家了。这句话让我心里打了个冷战，也让我很反感，想争辩却又不敢。只好由着桃花说去。我本想让桃花陪我一起去烧，桃花不愿意，还不准两个娃子跟我去看，我只好壮着胆子自己去烧。

我先把两根红烛点着，插在左右两边，再把几根香插在红烛中间，等点着那些据说是鬼钱的草纸，我跪下来磕头，嘴上还要念念有词。这些很小就熟悉了。我爹每年给陈家祠堂做春秋祭，都要烧香磕头，一应礼数我都知道。

我必须说两句鬼话："香子，老周老婆，嫂子，"一时不知道怎么称呼，最后决定喊"嫂子"比较合适。"嫂子，你来我就晓得为啥子事情了，对头，你家那点大米咸肉是我拿的，我一时贪小做下孽，害得你受老周误会命丧黄泉，我心里有愧啊。要不是饿疯了，我怎能干出这个事情呢？今天你来找我，我不怪你，我只想求你原谅。从今往后希望你离开深潭，不要来吓唬我和我的家人。我每年清明十月，都会给你烧纸，为你祈福的。"这样的焚香烧纸一连进行了三天，这样的话我也就说了好几遍，每次都是发自五脏六腑，即使后来为了躲避王二虎报复藏在山上半年多，也没有拉下这个诺言。

## 四

躲避王二虎那件事闹得很大，就像喜儿逃避黄世仁，被逼躲进山里，公安进山找我半个多月，都让我溜掉了。本来事情不应该有那么严重，全因为王二虎那王八蛋老婆死了，一切变得严重起来。

大水退尽，进镇那条小路露出不久，我就听说王二虎老婆得了一场怪病死了。我开始听到这个消息很高兴，心里有一种解恨的感觉，回来对桃花说了，问桃花高兴不？桃花对我道："人家死了老婆你高兴什么？瞧吧，往后我们家更不得安生了。"

桃花这句话猛然提醒了我。因为之前王二虎老婆在的时候，就经常借着来看兰子的由头往我们家跑，有几次趁我不在还企图对桃花动手动脚，只是桃花搂着四岁的兰子让他实在不方便下手。即使几个月前镇上被淹了，他还以看望女儿为名到我家窝棚来看桃花。每次王二虎走后，桃花都显得忧心忡忡。我问她怎么回事，她都说王二虎那双眼睛有问题。我说没问题啊，没烂没肿的，有啥问题呢？桃花就骂我没心没肺的，老婆哪天弄丢了都不知道。

果然，水潭闹鬼几天后，我在工作期间被两个公安带走了，进去后才知道是因为我胡说八道，说水潭闹鬼，散布谣言，企图在大水之后造成恐慌，破坏发展生产恢复家园的大好形势。等我承认后，他们就给我挂上牌子游街。

游街进行了五天，前四天在江镇以及镇外十三个村二十几个生产队转悠，最后一天被拉到劳改窑厂。所到之处人们迎接我就像过节看大戏一样热闹，他们喊口号要打倒我时就像老和尚念经，等我被消遣够了直接拉回到环卫所，我得到环卫所领导罗矮子的照顾，他只是开了个大会对我进行了简单批判，然后就把我放回了家。在送我回家的时候，罗矮子告诉我一件事情，他说我老婆桃花跟王二虎不清不白。我说我知道。罗矮子闻言大吃一惊，"什么？你知道？你知道还能沉得住气？我看你就是个天生大乌龟头子。"为这句话，我跟罗矮子大吵一架，把我们先前不错的关系吵得一塌糊涂。从此罗矮子不再管我的事。我们之间那点在赌桌上建立起来的友谊从此不复存在。

我不相信桃花会做出不清不白的事。游街回去我发现家里一切依然如故。我仔细观察桃花一举一动，她依然对我照顾有加。直到有一天我找换洗衣服，发现那只从茶馆带来的大木箱子底部有一件我熟悉不过的白色带花的女式衬衫，它是三年困难时期前一年我给桃花买的，本来一直穿在桃花身上，现在却藏在箱子最底层，似乎怕人看见似的。

拿出那件衬衣，才发现从上到下一共五个纽扣齐刷刷一个不剩，背心处还留着一个大口子。一件普通内衣破成这样一定经历过激烈的搏斗才会如此，在桃花若无其事的背后显然发生过难于启齿的事情，这让我无法接受可能发生的事实。

等夜深人静的时候，我把破损的衬衫拿到桃花面前，桃花脸色大变。她不得不把事情经过说给我听。原来这些年王二虎断断续续来骚扰桃花都是在白天来的，桃花利用各种方法坚守着自己的底线，没有一次让王二虎得逞。前不久我被拉去批斗游街（后来知道是王二虎使的调虎离山之计），晚上被控制在拘留所。王二虎就是利用晚上时间撬开我家大门进去的。

那晚桃花睡得很沉，她没想到王二虎深更半夜会爬上床，等她想叫醒女儿，嘴已经被死死压住。激烈的搏斗和反抗就是这样开始的。从床上一直打到床下，从床下一直打到堂屋的锅地上。桃花终于体力不支被一米八几的王二虎在锅地的草堆上强奸了。

　　过了两天，王二虎想如法炮制再撬开大门，好在桃花提前做了准备，她把家里的吃饭用的桌子腌菜用的坛子还有挑水用的扁担全用上了，结果那天晚上王二虎没有成功。第三天桃花以为万事大吉，没想到王二虎竟然从唯一的一个木头窗户跳进来，再次得逞。说到这里桃花已经泪流满面，她望着我，一个劲地对我说对不起。我没说话，能说什么呢？我一个大男人连自己的老婆都保护不了，要说对不起的应该是我。

　　那一晚桃花被蹂躏的情形一直在我的眼前晃悠，即使灭了灯，屋里一片漆黑，这种情形还一直折磨着我。接下来一段时间，这种情形像放电影一样在我脑海里过来倒去，让我吃不好，睡不香。

　　好在我还记着劳改窑厂张书记告诉我的一件事，那是我游街时他悄悄告诉我的，他说在蛤蟆堤破堤的第二年，保卫科老黄带来一个女人，乍一看就是一个要饭的，除了那双眼睛看起来还算明亮干净，浑身上下没有一处值得称道的，特别是头发又脏又乱，跟鸡窝没有分别，离着一丈多远都能闻到一股难闻的气味。老黄站在她身后，双手捂住鼻子，从进门到出去都不敢拿开。

你道这个女人是谁？老黄告诉我那个女人是老郑的女人，她从江西一路讨饭过来是为了来取老郑骨灰的。我问是不是叫小月？张书记说他只知道她叫黄宗月，小名是不是叫小月就不知道了。后来，他让老黄先带黄宗月去洗澡，洗完后又弄了点东西给她吃，等再次走进办公室时，这个女人已经彻底变了个样子。她应该是个美女，只是长期营养不良使得脸色蜡黄双颊深陷，胸脯也有些扁平。再后来，黄宗月走了。抱着老郑的骨灰盒哭着走的，看得出那是个重情重义的女人。

我问张洪军为啥不把我就住在江镇的情况告诉她，张洪军说他告诉她了，告诉她有一个老乡叫陶一宝，解放前是老郑的少爷，问她想不想见。开始小月很兴奋，说想见，后来听说你已经娶妻生子了，便改口说看缘分吧，有缘自然会聚的，也不晓得什么意思。那她现在在哪？不知道，或许她带着老郑的骨灰又一路讨饭回江西了，或许……哪个知道呢？

不管怎么说，小月还活着，这让我感到在生命之外还有一个让我惦记的人。她曾经是我爱过的女人。特别是现在我的女人桃花被人霸占我却一点办法都没有的情况下，小月的影子是我唯一的精神寄托，一旦我想到桃花被人强暴，我发疯发狂的时候，小月就会走进我的世界，她用温柔的目光抚摸我，让我受伤的心安静下来。在后来很长一段时间，我都生活在小月的世界里。

而我和桃花因为王二虎已经逐渐产生隔阂，到后来我们已经无法行使夫妻生活，即使我有需要，桃花也非常主动，往往在开始几分钟后就会突然疲软，以至于后面无法进行。第一次出现这个情况，桃花问我怎么回事，是不是累了还是不喜欢她了？我没有说话，我只是静静地侧过身去装作睡着了。第二次情况更严重，不管桃花怎么挑逗，我就是兴奋不起来。这次桃花埋厌我了，她用力拍了拍我说了一句"真没用"，然后猛地转过身不理我。没过一分钟，她突然坐起来问我："陶一宝，你老实跟我讲，是不是因为王二虎强奸了我，你嫌弃我了？""对头！"我背对着桃花说："一想起你们在一起我就呕心！"桃花半晌没有吱声。后来我感觉到她把手伸过来，侧着身子抱着我，她的头靠在我侧起的肩膀上，过了好一会儿说了声："对不起，一宝！我也不想，可是我没办法。"而我赌气把肩膀一抖，就把桃花的头抖落在床上，抱起箱子上的旧棉花胎到锅地上睡去了。随后我听见了桃花嘤嘤低沉的哭声，还有我裹紧棉胎在心里一声声叹息，这些声音通宵达旦，此消彼长。

# 五

从此以后，我和桃花再也没有了夫妻之实，即使我躺在灶膛柴火堆里被欲火痛苦地焚烧，都没有主动去找桃花。有几次我倒是看见桃花把娃子们哄睡着了，自己端着大盆在院子里洗澡。月光、星星、秋风还有融融夜色，这一切都让我无法抗拒桃花胴体对我的诱惑。我不知道桃花为啥要在我的面前脱的一丝不挂，为啥旁若无人地在我面前走来走去。我相信桃花是在勾引我，而我故意装睡，故意发出鼾声，一次次让她彻底失望。现在想想我真不知道当时为啥要那么做，其实我的内心是爱她的，在她身上所发生的一切都不是她的错，要说错都是王二虎那王八蛋的错，要说惩罚也应该惩罚王二虎，而不应该累及无辜。

在分睡以后的日子，我还能经常看见被撕扯坏了的衬衣和内裤，经常看见桃花身上青一块紫一块。不过在桃花身上很快有了新的衬衫和新的内裤。连兰子和小刚都穿上了新衣裳。再后来桃花身上不再出现被撕扯的痕迹，原来因为反抗带来的烦恼和痛苦渐渐在桃花脸上消失，耻辱和忠贞被快乐取代，在初恋情人王二虎的怀里桃花已经得到了物质和肉体的双重满足。我知道我已经失去了桃花，失去了她的身体后，又失去了她的灵魂，她爱上了强奸她的人，让我戴上绿帽子，让我变成名副其实的四条腿的王八。这一切让我受不了。让我变得沉默寡言，变得易怒，早上不刷牙洗脸，晚上从此不再洗澡，甚至连头发都不理。我想象着小月乞丐的形象，我要呕心桃花。她让我洗我就是不洗，她让我吃饭我就是不吃。有一天我在菜里发现了肉丝，我知道一定是王二虎送来的，他玩完了桃花，再送肉给她。我猛地把手中的碗砸在地上，摔得粉碎，饭菜散落一地。两个娃子被我的举动吓哭了。

"陶一宝，你想干吗！"桃花重重地把碗放在桌上拿着筷子点着我："陶一宝，你长本事了，敢给老娘丢脸子，摔碗了。"她突然提高嗓门尖叫道："有本事你去找二虎啊，你跟我一个女人耍什么威风？窝囊废一个，连自己的女人都保护不了，还跟我怄气，我问你，你还想不想过了？不想过趁早滚蛋，老娘还不伺候你了。"

"不过就不过。"我站起来，"我给你和那个强奸犯腾位子，你满意了？"说完毅然走出大门。桃花在后面吼道："陶一宝，你有种就别回来！"两个娃子边哭边喊："大大，别走，别走，我们要大大。"娃子们的叫声令人心碎，我仍然没有回头。

我先去渔业大队小周村找老周，我觉得他是我在这个世上当时唯一的朋友，尽管他不知道是我间接害死了他的老婆，要不然他不把我打死才怪，还能给我安排一个住处？白天他不让我出来，晚上召集一些赌鬼到家里来陪我赌钱。我们合伙赢那些赌鬼的钱财，然后二一添作五，一人一半。这样的生活过去了半个多月，有一天我在里屋听见桃花的声音，问老周最近有没有看见陶一宝。老周说半个月前还真看见过的，他说他要回江西老家一趟，想问我借盘缠钱，我哪里有钱借他呢？然后老周反问桃花，桃花，你找你家一宝干吗呢？桃花很生气地高声说，要他回去离婚！一个大男人家的，班也不上了，把这个家扔给我不管了，我还要他干吗？不如趁早离婚，我好过我的日子！桃花恳求老周，老周你行行好，倘若看见陶一宝麻烦你劝他回家，就说我找他离婚。桃花走后，老周来劝我，让我就首回家算了，毕竟有儿有女，成个家不容易。还有你一个大男人家的不在家守着，那王二虎不更是无法无天无所顾忌了？你躲，眼不见心不烦，可你这是把桃花往王二虎那边推啊，王二虎不晓得心里怎么得意、怎么瞧不起你呢。不是我说你，你也太窝囊了。桃花跟王二虎有杀母之嫌，他都能把桃花的心掳了去，你看你还有用啊。看你在赌钱桌上八面威风经常通吃，其实你就是个窝囊废。

吃晚饭时，老周继续开导我。一宝，你的事你一来就跟我说了，我知道你心里不好受，这种事搁哪个身上好受呢？不过话说回来，不管是二虎强逼还是桃花愿意，但桃花总是你的老婆吧？他王二虎再狠，也只是个奸夫，总叫人不齿，你怕他什么？弄大了，你抓住证据还可以告他强奸，让他吃几年官司说不定。

老周的话让我惊醒，也给了我勇气和信心，我决定马上回家，就是跪求也要把桃花的心拽回来。当我踏着星光走近刚刚分别半个多月的篱笆小院时，一种强烈的陌生感袭上心头。我努力打消这种感觉，在心里暗暗告诫自己这是自己家，你到家了，家里有你的老婆和你的儿女。

屋里亮着油灯，窗户上印着娃儿们在床上嬉闹的影子。一些笑声从屋里飘出来。有娃儿的，也有桃花的。我推开柴门，悄悄走近大门。我想给桃花和娃儿们一个惊喜，我要告诉他们，我，陶一宝，这次回来就不走了，我要守着他们，守他们一辈子。我想象着当我一出现，又把这些话说出来后，桃花不晓得会怎么激动，儿子小刚还有女儿小兰不知道会怎么欢呼。

可是，当我的手几乎快要触到门板的时候，我突然听见里面传出王二虎的声音，他大声说话，叫着桃花的名字，告诉他们菱角煮好了，让他们都到饭桌上来吃。桃花甜甜地答应着，首先传出的是娃儿们从床上跳下来的声音。

我的手像触电一样缩了回来。

接下来是剥菱角咬菱角以及相互对话的声音。"小刚，你

不会剥，让妈妈给你剥。"桃花说。"姐姐会，我也会。"小刚
很自信。

王二虎说："姐姐长大了，你还小，你喊我一声大大，我
给你剥。"

小刚说："你不是我大大，我大大叫陶一宝，你是姐姐
的大大。妈妈，你说我说的对吧？"桃花说："小刚说的对。"
接着埋厌王二虎："你看你，儿子才多大，你就急着让他喊
你。还不晓得陶一宝舍得舍不得放弃抚养权呢。"

"这个你放心，"王二虎自信地说："凭我的手段，办这点
事还不容易。"

"看你能耐的，你这人心就是毒。陶一宝人不坏，只要他
同意放弃小刚的抚养权，你就不要难为他。"

"桃花，我听你的。"王二虎的话黏黏糊糊，让人起鸡皮
疙瘩。

"死远点，娃子都在旁边，你也不嫌难为情。"显然，桃
花的话有所指。

我忍不住透过门缝隐约看见王二虎一只手伸进了桃花的
前胸，桃花微闭着眼睛边吃菱角边享受着抚摸带来的快感，
这情形让我怒火中烧，我顺手从墙边抄起一把我平时翻种后
山菜地的铁锹，想冲进去跟王二虎拼命，犹疑片刻，我还是
改变了主意。我这个时候进去不但没有胜利的把握，还很有

可能被一米八几的王二虎制服，徒增羞辱。我悄悄退出院落，一直退到深潭通往肚儿矶的必经之路。我是个有心计和鬼点子的人，我要用守株待兔的办法等待机会，我要在王二虎快活之后疏于防备突然给他致命一击。

我埋伏在潭边很深的草丛中，身边一棵大树成了我的依靠，秋风中飘着八月菱角的香气，叫了一个炎热夏天的蟋蟀在此时已经无能为力，它们的声音变成强弩之末。

我从小就怕蛇虫蚂蚁，我相信快近中秋的蛇虫蚂蚁应该减少，它们不会来侵犯一个可怜的人。其实我更担心的是身旁的水潭，黑漆的潭面在时隐时现的月光中可以看见厚厚的水草，我一直想抽空把那些水草清除掉，看来这辈子是没有机会了。我在心里不停地祷告，希望老周家的吊死鬼香子不要在这个时候出现，那样不但会破坏我的计划，而且也会把我吓死。我可以正常地病死，可以被拉去枪毙，但我实在害怕被女鬼掐死。我想象着女鬼出现的样子，脖子很自然缩进双肩，我不时回望四周，生怕有个黑影站在朦胧的月光下正朝我飘过来。

还好，这种状况一直没有出现。

更多的时间是我望着茅屋的灯光，等待它的熄灭。熄灭后，我发现整个茅屋在黑漆漆的山脚下变成一只怪兽，一直与我对望。我想象着茅屋里正在进行一场肉搏，我甚至都能听见王二虎的喘息声和桃花快活的惨叫声。我不由自主地握紧了手上的铁锹，愤怒让我浑身上下热血沸腾。可惜我整整等了一夜，都没有看见王二虎快活后走出柴门，不用说这个王八蛋在我的床上搂着桃花一觉天亮。

# 六

好在第二个夜晚是个阴天，时不时飘下几滴雨水。我早早埋伏下来，竟然有两次看见桃花到潭边洗菜，一次看见王二虎喝了酒到茅房。桃花穿得很鲜亮，即使没有月光的夜晚也能感到那是一件新衣裳。两次出来她都唱起了当时流行歌曲《清凌凌的水，蓝盈盈的天》，这首歌是《小二黑结婚》里的插曲，她跟我这几年从没见她唱过，哼都没哼过。

我晓得桃花会唱歌，唱的还怪好听的，那是在肚儿矾茶馆我当学徒，她整天像个有钱人家的小姐，走进走出都要哼唱几句。后来爱上了王二虎。她把王二虎当成小二黑，自比小二黑的对象小芹，要不是王二虎中途变心，她早就嫁给了他，哪里轮到我？现在王二虎死了老婆，二人也算是有情人终成眷属。但话说回来，我和桃花毕竟还没离婚，毕竟我还是这个家的主人。他们不顾我的感受在这里双栖双飞做起夫妻，也不遮人耳目，真是欺人太甚。

我想我陶一宝白活将近三十年，八岁家破人亡，十二岁流落南京，十六岁第一次坐牢，十九岁认了肚儿矶茶馆老板娘作干娘，到了二十三岁娶桃花，以为从此顺风顺水过上好日子，哪晓苦日子刚熬过去，桃花又被人占了，我想我陶一宝的命就是一条烂命贱命，就是天生的活王八，想到这些，我仇恨似海，心如刀割，生不如死。我想报仇，想趁着王二虎歪歪倒倒上茅房的工夫突然给他一铁锹，最好劈在他的头上，劈他个脑袋开花，脑浆崩裂，让我的女人桃花断了念想，死心踏地跟我过活。我晓得我这是白日做梦。我没有把握在这时候能一锹把王二虎劈倒，我只能眼睁睁看着王二虎系着裤带打着饱嗝从我几米外的茅房走进院子，走进堂屋。

堂屋的门一直开着，桃花坐在煤油灯旁，两个娃子在灯影里追逐嬉闹，王二虎走到桃花面前弯腰亲了她一下。整个画面呈现给我的是一个温暖幸福的家，而我好像一个局外人，一个蹲在草窝里的强盗，一个打算随时要把这个温暖幸福的家给毁掉的人。想到这一切我把头深深埋进草丛里呜呜地哭。我哭我的命，我的孤独可怜，我的无奈与无助。那一刻我想放弃我的报复，一走了之，我真的不知道该怎么办才好。一阵冷风从我的背上拂过，让我打了个冷战，冷风让我清醒也让我生出恐惧。我怎么就突然想到老周家的香子，想到这个深潭曾经闹鬼的事，我下意识地面朝潭面坐起来，这一坐不打紧，我还真的发现在潭的对面，好像有个人影像气球一样随风摇晃且无声无息，刹那间我头皮发麻脑袋一片空白，我颤抖着声音脱口问道："你……是人是鬼？"如果能得到回音，那一定是人，可惜那黑影一晃不见了，我吓得闭上眼睛，不敢走也不敢跑，身子哆嗦得像个筛子。此时此景，我不怕死却怕惊吓，这是人之常情。我赶紧跪下来磕头作揖，希望老周家的死鬼香子能饶过我。就在这时，我听见"扑通"一声巨响，好像什么东西落入水里，声音和我那天晚上下班路过时听到的一模一样。我赶紧睁开眼睛，看见潭面蓬起一大堆水花。

　　这就是我第二天的守候。没等王二虎离开我就先走了。我是被吓走的，我真的被吓出病来。在山里，我找到一个隐蔽的山洞，没吃没喝躺了三天三夜。那三天我痛苦难受，生不如死。一度想到死算了，几次在梦里梦见老周家的死鬼香子拿绳子来劝我，她说洞外有树随便找一棵就完事了。我说不行，我不喜欢吊死鬼的样子。后来，她建议我跳崖，她说出了洞口就是万丈深渊，只要眼一闭，朝前走三步，就是个不错的死亡选择。我说不行，我怕高不说，摔下后脑袋碎成西瓜状，连个整尸都留不下来。再后来她建议喝毒药。我说这个主意好，就是弄不到药啊。死鬼香子就翻脸了，她说照我这个样子一辈子都死不了，不如让她掐死算了。说完，她伸出手死命掐我，直到把我掐醒，坐起来大口喘气。

我决定选择毒药。首选毒药应该是砒霜。武大郎就是被西门庆潘金莲合伙用砒霜灌进去害死的。我和武大的角色一样，只是我得自己把砒霜喝下去，仅此而已。我天真地想江镇中药房一定有。三天后，我走进药房，伙计认出我来，他问我买什么药，我说买一两砒霜，他就跟我开起玩笑，问我买砒霜干吗，是治病做药引子，还是拿去自杀或者杀人？我如实告诉了他。他说自杀不行，不能卖。我说，到底哪种情况能卖呢？他说要开证明来。我冷笑了，心想我要能开上证明还跟你在这啰唆干吗。

出了中药房，走不多远，看见罗矮子铁匠店了，现在叫作江镇人民铁匠店，属于集体单位。罗铁匠因为大炼钢铁有功，已经不在铁匠店负责，他升官了，当了卫生防疫所所长，专门负责全镇卫生防疫工作，说具体点就是镇容镇貌他管，灭鼠灭蚊除四害他负责，治理吸血虫更是他份内的事。总之，罗矮子权力很大，找他要几包老鼠药应该没有问题。我早就听说老鼠药里有砒霜，俗称三步倒，也厉害得很呐。

好长时间没有出现在卫生所，很多同事看见我都很惊讶，有的问，陶一宝，你回来上班了？我摇头。有的问，陶一宝，你不是被开除了吗？怎么又回来上班了呢？我仍摇头。见到罗矮子，发现他对我不理不睬地，我就跟他套交情，说过去咱们在一起赌博，多有意思啊，那次在江边芦席窝棚里，我们还撞了头，当时你那铁头把我撞得金星直冒，一点不虚。罗矮子不耐烦地说："你说的是哪辈子的事？行行行了，少拍老子马屁了，你现在来得正好，鉴于你这段时间无故旷工超过记录，经研究，你被正式地永久地开除了。你走吧。"我说我不走。说这话我很镇静。罗矮子很奇怪，他皱起眉头问我不走想干吗，我说我不干吗，开除就开除，我不会哭天抹泪的。那你还不走？罗矮子凶巴巴地望着我。我说我走可以，有个要求你必须答应我。罗矮子说除了钱还有你滚蛋，剩下的什么都可以答应。

我要老鼠药。罗矮子笑了，问我要老鼠药干吗，我说家里有耗子，桃花要我来要的。罗矮子一脸不信。他说你狗日的陶一宝什么时候也学会说谎了？要耗子药自杀我相信，你说桃花要你来我一点不信。现如今整个江镇街哪个不晓得你跟桃花、王二虎的事，桃花会让你来要药？说吧，你狗日的不把买药的真正目的说清楚，我一包都不会给你的。

我没有再跟罗矮子啰唆，因为只要不是毒耗子，跟他再啰唆他也不会把药给我的。我现在就是个过街老鼠，合着吃口老鼠药药死自己的权利都没有，我比真正的老鼠还可怜。离开卫生所，途经跃进饭店，店堂里飘出的香气让我一步都走不动，我这时才想起来已经有三天没吃饭了，好在我身上还揣着跟老周一起合伙赢来的钱，不吃光喝光，觉得死了都对不起自己。我要了一盘洋葱炒猪肝，一盘干切牛肉，一碟花生米，还有一斤老白干，这些东西在一年前是无法想象的，想都不要想，有钱你也买不到。我一边吃一边喝一边流泪。想到伤心处，我一会儿哭，一会儿傻笑。这引起了店里伙计的警觉，他们喊来店长，我认识，一个六十多岁的老头，进来就说，哎呀，这不是那个游街扫地的陶一宝吗？怎么，老婆跟人跑了，心里不爽快，一边吃还一边哭？哭什么呀，要是我，要么把老婆抢回来，要么专心做一大王八，哭有什么用呢？我一个将死的人没心情跟他开玩笑，我一口气把剩余的酒喝下去，大着脑袋摇摇晃晃走出饭店。我已经醉了。但我还能感受到店长背着手，板着脸站在店堂里讥笑我。我知道全江镇的人都在讥笑我。

# 七

再次经过罗矮子铁匠店时，我朦朦胧胧看见门上挂着许多打好的铁器，有镰刀粪叉铁锹和菜刀，我突然觉得用菜刀杀人和自杀都不错，我迷糊着醉眼兴奋地大声问店里伙计："老板，老板，这菜、菜刀多少钱一把？"伙计出来一看是我，就笑着说："是陶一宝啊，你要买菜刀？"我说："不买菜刀问你干啥子？玩呢？"伙计自作聪明地说："哦，我晓得了啦，你老婆跟王队长跑了，你自己单过，要重新买菜刀……"我火了："你胡说八道啥呢，我买菜刀，你卖菜刀，你管我老、老婆干啥、啥子！他娘的！"伙计不高兴了："嘿，陶一宝，我跟你说说玩的，你干吗骂人呢？真是狗咬那个谁不识好人心，算了，看你醉成这样，我也不跟你计较，你要哪一把？"我说："哪把快就要哪把。"伙计说："哪把都快，就这把吧。"伙计随便给我拿了一把，我在手上掂掂，又在空中挥舞几下，觉得蛮合手，就把刀别在裤腰带上。

"多少钱？"我问。

"一块二。"伙计回道。

出了铁匠店，我决定回山上自杀，拿刀抹脖子，抹断气管应该很快会死的。这个大胆的想法，弄得我很兴奋。我手按着腰里的菜刀，腰杆似乎也挺直了，我突然感到浑身上下都是力量，每走一步都有了陶家大少爷的感觉。我好像走在江西景德五里镇大街上，两边的杨柳和那里的情形一模一样。天上的太阳，脚下的石板路，还有天上飞的麻雀也是一样的。我想到怡香院，它在哪里呢？它的门上应该挂着两只大红灯笼，门口应该蹲着比我们陶家要小的石狮子。

有人不断跟我打招呼，我听不清他们在说什么，我一个大少爷，要理他们干吗呢？我只想找到怡香院，找到小月。

哎，那不是怡香院是什么？高高的门楼，门前有对小石狮子。哎，不对呀，怎么是四只而不是两只红灯笼呢？我往里走，出来一个背枪的把我拦住。不对呀，怎么会有民兵呢？怡香院那些看家护院的呢？还有小月，小月呢？叫她来见我。民兵就端起枪喝道："陶一宝，你他妈的喝醉了，这里是民兵大队部，什么小月八月，乱七八糟的，你再敢往里走，我就开枪了！"听到拉枪栓的声音，我的酒醒了一半。睁开眼仔细看，半天才看清门口的确挂着大牌子。探头朝里望，遮天蔽日的是那棵充满诡异的桂树。这不是老板娘丢命的地方吗？我来这干什么？来找王二虎拼命？老天非要我在死之前砍死王二虎？我觉得这个主意不错，我决定在门外等王二虎出来，只要他一出来，我就挥刀砍死他，自己被打死也无所谓。

我为这个想法高兴，却没有实际实施的可能，因为要想大白天面对面杀死人高马大的王二虎，几乎没有胜算，不靠偷袭是不行的，而且那个端枪的民兵一直拿眼盯着我，我的一举一动都在他的监视之下。我蹲在树下思前想后决定放弃这种毫无胜算的蹲守，我还是觉得深潭那边把握最大。

我再次去了深潭。我还是害怕深潭的鬼魂。我相信深潭的鬼魂是香子，我真弄不明白这个女人怎么那么难缠，我该做的都做了，我帮老周赚的钱比顺手牵来的米肉多得多，她还是不肯离开深潭。我求她，拿她没有别的办法，我说，香子，我陶一宝老婆被霸占了，家也没了，我是来报仇的，迟早是个死，你今晚就行行好，不要出来吓我好吗？如果你在潭里，你就打个花花，显个灵。我的话刚落地，深潭的水面就有鱼儿打了个花花，事情就是这么巧不得不让我相信那就是香子鬼魂在显灵。

我继续跟深潭交流，香子，我陶一宝死都不怕了，还怕你干啥呢？你要来就来吧！我不会逃走的，我今晚一定要杀了那个狗玩意，到时候你不帮我就算了，千万不要帮他，只要你不帮他，我在这里就给你磕头了。说完，我真的冲着深潭磕头。磕完了，我自己都觉得很好笑，我竟然给鬼磕了头。

离中秋节没几天了，天上飘着的月亮，又大又亮，只是没到最圆的时候，总是有点不美。但还是叫人想起故乡，想起江西景德五里镇，想起我在陶家能记起来的所有中秋之夜。

富有的陶家是江西数一数二的大财主，家里有用不完的金山银山，每逢佳节，我们家那个隆重热烈祥和的气氛，那个让人咂舌的辉煌排场总是让人念念不忘。

记得有一年中秋节，我大概刚能记事的那一年，陶家无论老少都聚集在洒着如水月光的天井里，一边赏月，一边吃着各色月饼，包括秋天能够上市的所有新鲜瓜果。我是陶家唯一能继承香火的独苗，也就自然成了大家的中心，像众星捧月一样，我说一是一，没有人敢违拗。所有下人把我当成祖宗，我要什么他们都得想办法去办。当然也有办不了的时候。有一次，我说天上的月亮又大又亮真好玩，我想要。下人们面面相觑，一脸无奈。我爹为了让我开心，就让下人们拿梯子上天去摘，他们把梯子靠在围墙上爬到梯子顶怎么捞也捞不着。我哭闹，非要他们把月亮摘下来。我爹不说我胡闹，而是指责下人。后来，有个下人出了个主意，打来一脸盆水，放在天井中间，等水静止，便现出月亮和满天星星。下人说，老爷，我把月亮和星星都从天上请下来了，这么近，你就让小少爷自己来抓吧。我爹觉得这个主意真高。我呢，看见盆里的月亮也高兴得不得了，虽然抓了很久没有把月亮抓上来，但我已经发出快乐的笑声。

那个下人从此得到了我爹的赏识，他就是聪明透顶的老郑。难怪他都死了好几年了，小月还是对他那么好。小月啊，千里迢迢啊，跟我一样讨饭来南京，就是为了把老郑的骨灰带回江西，这需要多么大的决心和勇气啊，没有爱能做到吗？

小月带着老郑的骨灰走了一个月了，应该快到江西了吧？想到小月对死后的老郑这么好，我的心里真不是滋味。想当年老郑捅死老卢，就是想逃回江西，见见小月和他未谋面的儿子，足见他们夫妻情深。现在，小月又匆匆离开南京，肯定也是不放心她和老郑的儿子。如果是这样，小月不来看我就能理解了。我自作聪明地为小月不来看我寻找理由，同时又为小月不来看我感到悲伤。我毕竟那么爱她，她竟然这么狠心，竟然这么决绝。要知道，这一晚的等候，可能会有结果。我已经闻到了血腥，闻到勾魂使者沙沙的脚步声。不管晚上我能否杀死王二虎，我都有可能离开人世。遗憾的是，我和小月在江西茶场一别，竟成永别。她当年让我忘掉她，可我到死也忘不了她。这种生离死别的单恋，让我痛苦不堪。我望着树顶上触手可及的月亮，轻声喊道："小月，你在哪？你能听见我喊你吗？我陶一宝对天发誓，今天晚上我死后就到江西找你，你等着我。"说完，我把脸埋进草丛里呜呜哭起来。

也许是我的哭声惊动了站在院子里小便的儿子小刚，俗话说，父子连心，我哭声那么小，五岁的小刚竟然听见了，他大声喊桃花："妈妈，妈妈，我好像听见大大的声音了，他哭了。"桃花奔出来，七岁的小兰也奔出来。桃花问："在哪，你大大在哪？"小刚用手指着我埋伏的方向，"在那！"我吓得赶紧止住哭声，一动也不敢动。桃花走出院子，站在院子门口四下张望，然后朝着深潭喊："陶一宝，如果你真回来了，就死家来，我有话跟你谈，你躲着也不是事，你不签字这婚照样离。"喊完了，她又四下张望了一会儿，回身对小刚说："什么你大，你大的，告诉你小刚，你大大死了，以后别再提他。"小刚跟在后面大声说："妈妈骗人，大大没死！我相信，大大没死，他干嘛要死？"

堂屋大门关上了，我看不见屋里情况，也听不见屋里的声音。但儿子小刚的话却让我如沐春风，如梦方醒，我才感到在这个世界上我并不是一个彻底无助的人，也不是一个完全被边缘的人，我不孤独，我还有一个和我血缘相似，叫我大大的儿子，谁都可以抛弃我，我的儿子不会抛弃我。现在，不管桃花怎么欺骗他，不管王二虎买多少好吃的哄骗他，他最终是我的儿子，我的儿子一天都不会停止找他的亲大大。

儿子，我的儿子，让我濒临绝望的心生出一丝绿色。

第七章

做了半年多野人

# 一

深潭四周静极了，静得让人可怕。不知什么时候月亮钻出云层，明晃晃地架在树顶上，像一个大摄像机在等待着王二虎出现。约莫过去半个钟头，王二虎果然从镇上那条山道走近深潭，他一边走一边哼着小调，完全没有料到危险就在眼前。其实，有危险他王二虎也不怕，要知道他身强力壮，人高马大，一般人根本不是他对手。据说刚解放那会儿有个特务，也不知道是日本特务还是国民党特务，看他不顺眼，就打他黑枪，一枪打到他的肩颊上，他故意捂住肩膀倒在地上。等特务走近，想补给他第二枪。没想到，他突然从地上跳起，一把抓住特务的脖子，使劲一拧，只听喀嚓一声，脖子断了，特务当场毙命。

这个故事是否真实无从查考，但有一点可以肯定，矮小瘦弱的我跟王二虎斗，胜算几乎为零。好在明知山有虎，偏向虎山行。为了解夺妻之恨，更是要让朱桃花看看，她曾经嫁的男人也是有血有肉有担当有血性的男人。想到这，我手握铁锹、腰别菜刀悄悄跳到王二虎身后，突然大吼一声："王二虎，看锹！"声到锹到，雪亮的锹头从王二虎耳根呼啸划过。王二虎闻声，拔腿就跑，跑出几步站住了，回身指着我骂道："陶一宝，你胆子不小，敢拿锹劈我，活腻歪了你，看老子不把你脖子拧断！"说完他一步步紧逼过来，我握着锹的手开始发抖。我看出王二虎根本不把我手里的锹放在眼里，他一边走，一边说："来啊，把锹举起来，劈我啊，狗日的，你个王八蛋，还想偷袭老子，看我今天撕了你，也是正当自卫，你死也是白死。"我知道王二虎说的话是真话，他说到做到。我没有别的选择，只有跟他拼了，我抬起了手中的锹，王二虎也举起了手来接我的锹。就在锹到手到一瞬间，我突然看见王二虎身后站着一个披头散发的女鬼，她应该就是我昨天在潭边看见的那个鬼影。没等我叫出"鬼呀"，就听见王二虎"啊"地惨叫一声，手捂后脑，瞪着大眼直愣愣地朝我倒下来。一块皮球大小的石头滚落在我的脚下。我赶紧跳到旁边，侧身看见王二虎倒在地上，头冲深潭，一动不动了。

潭边的恶斗声惊动了桃花。她拿着应该是王二虎的手电筒站在院门口朝潭边照，小兰和小刚跟在她的身后，一步不敢离开。母子三人形影孤单，一副可怜兮兮的样子。他们原本都是我的亲人，与他们咫尺之遥，却好像隔着千山万水，不能上前相见，我的心像被万箭穿过一般苦痛。我忍不住叫道："对不起了，朱桃花，你的相好王二虎被我打死了，往后你带好小兰小刚，好好过吧，我死活好赖跟你没关系了。"桃花听见我的声音，马上拿着电筒追过来。"陶一宝，你不要跑，你要跑就不是人生父母养的！"我站在原地一时不知道咋办。那个披头散发的鬼影拉起我的手就跑。先绕开深潭，上后山，然后顺着山沟一气跑出十里八里。路上，我想歇口气，她不让；我问她是人是鬼，她不语。山风从我们耳边穿过，月光把我们的影子投在冰冷的地上。看到影子，听到跟我有着一样急促的呼吸声，我断定她是人，一个活生生的人。那她是谁呢？为什么要在深潭装神弄鬼吓唬人呢？她的背影有点似曾相识，小手柔软温润，双肩高挑，身材苗条，却让我一时想不起来是谁。跑到后来，她停住脚步，抬起双手把散乱的头发扎起来。月光下，一张美丽而清晰的脸庞在我的眼前出现，她微笑着看着我，笑容是那样的安静祥和。

原来是小月！怎么想也想不到会是她！我们就势坐在山坡上，开始聊我们的往事。这才知道，小月捧着老郑的骨灰盒离开劳改窑场，并没有立即离开南京。她想来看看我，又不想跟我相认，让我知道她现在悲惨的处境。她只想远远地看我一眼就回江西，不为别的，就为我们都是江西老乡，就为我曾经喊过她一声姐姐。白天她从镇上打听到我在扫大街，我在这边扫，她就站在街对面的店里或者巷口傻傻地望着我，一望几个钟头。傍晚趁着夜色赶在我下班之前躲在我家深潭附近茂密的杂树丛里，远远地偷看，看我过的幸福与不幸福。她一连去了三天，都看见一个男人在我下班之前匆匆离开。这一发现止缓了她回江西的打算，她想喊我，告诉我她所看到的一切，又怕惊动了桃花。她灵机一动，往潭里扔了块大石头，希望留下我的脚步，没想到竟然把我吓跑了。至于桃花那次，她是有意装神弄鬼吓唬她的，她恨桃花对我的背叛，没成想她做的一切反而把我送去游街，给了桃花和王二虎更多机会。在被游街的半个多月期间，王二虎干脆留宿在我房里。

一开始桃花还把王二虎往外推了几次，以后就看见她主动投怀送抱，两人亲的你死我活。要不是两个娃子没有睡觉，他们恨不得就在院子里干那事。这一切都被小月尽收眼底。小月发誓一定让我知道真相，可我在这个时候失踪了，桃花找我，小月也在找我，我被老周藏起来，她哪里找的到呢？等她再次回到深潭突然看见我的时候，我已经在深潭猫了两天了，这让她惊喜万分。她想立即跟我见面，立即告诉我她所看到的一切。当她发现我手握铁锹的时候，她改变了跟我见面的打算，她不想让我为了已经背叛我的女人去拼命，她看得出我不是那个人高马大的情敌对手，即使偷袭也很难成功。她决心装神弄鬼吓我，希望我知难而退。她以为把我吓走，就不敢再回头。不料，我不但回来了，而且背后还多了一把菜刀。

我把小月带到我知道的山洞，山洞虽然不大，却很隐蔽。

在接下来的几日，几十名公安在山上拉网式搜索，最近时，我都能听见他们的说话声。闹腾几天后，山上除了鸟鸣突然又恢复了往日的寂静。这让我跟小月松了口气。在躲避搜山的那几天，我们只吃小月随身背的干粮，连一口水都喝不上。山凹子里有水，不敢出去呀。公安撤走后，我让小月去镇上打听，才知道王二虎受重伤并没有死，这是他们收山的主要原因。这个消息让小月高兴却令我很失望，我后悔没在那王八蛋倒下后，给他的后脑勺上再补上一锹。

虽然王二虎没死，并不等于我能下山，那个家伙心狠手辣，绝对不会放过我。我在山洞里一直猫着，一动不敢动，到国庆节的时候，小月还不许我在洞口露头。我每天的吃喝都由小月负责到山下的村庄去乞讨。不管要回来什么，要回多少，我们俩都是坐在一起吃。有时候是一碗粥，有时候是一根山芋，有时是一碗剩饭。那样的日子虽然清苦，但非常快乐。命运把两个苦命的人拴在一起，让我们搂抱着，相互取暖，聊着我们别后的话题，度过漫长寒冷的冬季。这时候我才知道，小月除了失去了老郑，还失去了儿子。他的儿子在老郑被抓走后的第二年春天，得了脑膜炎死了，在临死前一直问小月，妈妈，我爹呢？我想我爹！为了这句话，小月一个人在茶场等候老郑的消息，等来的却是让她去南京领老郑的骨灰。

老郑的骨灰安放在山洞里，每次翻身压在小月身上正好能看见它，每次我一边动作，一边总能感觉老郑就坐在旁边的石头上，不停地对我眨眼睛，朝我吐吐沫，我仿佛还能听到他吼叫：滚开，小月是我的，她是我的女人。

<h1 style="text-align:center">二</h1>

要命地是在那年元旦后，小月发现自己怀孕了。她呕吐得厉害，吃啥吐啥，喝啥吐啥，一连几天不吃不喝，除了躺在床上，一步都走不动。洞里已经断顿了。小月想强行下地，结果倒在地上软得爬不起来。我说你躺着别动，吃的我想办法。小月说，不行不行，你不能出去，出去就被抓。没有你，我和娃儿怎么办？我说，洞里没吃的了，不出去，我们都得饿死在这里。我说，你放心，我比猴子机灵，他们抓不到我的。

我朝洞外望去，一尺多深的雪覆盖在连绵的群山中，一眼望不到边。坐在洞里是看不见长江的，只有爬到洞顶上，可以望见蜿蜒的长江，细细麻麻像鸡肠一样。漫山的树木在冬天大都落光了叶子，只有松树野橘子树以及那些叫不出名字的杂树仍然蓊蓊郁郁，雪堆积在树枝上，把山里装扮得分外雪亮好看。从我的山洞往山下望去，只要有一个黑点在移动，山上的人都想知道它是什么。是狼？是獐子？还是一只野兔？野鸡也有可能。如果是在春天，山上遮天蔽日是茂密的树木，想看的远一点是不可能的。冬天，一般不会有人上山。即使有人上山也无法发现洞口，因为我在离开洞口时折断一根松枝把自己下山的脚印全扫干净了。我裹着小月在要饭时拣来的破衣服，薄薄一层哪能抵挡山上刺骨寒风？我使劲裹紧自己，双手搂抱在胸前，头勾在脖子上，尽量压低，不让风从我的脖子里钻进去。我的腰随之弯曲，一步一哆嗦地往山下移。十几里的山路，我从早上走到天黑。在能望见江镇肚儿矶的石头山和那埋在白雪下面集镇时，我碰见几个上山砍柴的人，听口音他们就是镇上人，我怕他们认出我，所以从他们身旁经过，我埋着头不看他们。等我把他们甩到身后，我听见他们在议论我。

一个说：这么冷的天哪里来的要饭的，穿的那么少，怕是要冻死了。

一个说：我看不像要饭的，你看他头发乱糟糟的，都有一尺多长，看起来几年不洗脸不洗澡，应该是个神经病。

一个说：嘿嘿，你说的有道理，是个神经病，一点不错的。

他们的议论让我不晓得说啥好了，我想象自己的模样真的不是一个熟人随便可以认出来的。我大胆放心走进江镇，走到铁匠铺子，走到那些曾经跟我一起扫马路现在正在扫雪的同事面前，走到正在指挥的罗矮子面前，走到老板娘被枪杀的大门口，甚至走进派出所，走到那张群众接待室的椅子上坐一会儿，我好像就不是这个世界的人，没有一个人把我认出来。我站在跃进饭店门口，我认识伙计，伙计不认识我。我伸手向他要包子，他不给，我就赖在门口不走，不让他做生意。伙计拿我没办法，给我两个。我嫌少，他又给我两个。我当他面吃了，另两个揣在破衣口袋里，打算留给小月吃。

我在等天黑。我不能只带两个包子上山。我下山前就考虑好了，我要像土匪下山一样，来一趟能解决山上十天半个月的饥荒。我首先想到去派出所偷军大衣。我也是胆大包天，竟然敢偷到公安身上。不过，正因为那个时代没人敢，所以派出所比一般单位反而要松懈。白天我踩好点了，晚上从旁边窗户钻进去，很顺利偷出两件。我一件，小月一件。两件大衣我们一直穿到二十世纪八十年代初才扔掉。

下一步，我想到家里的鸡了。家里有十几只老母鸡，我想"拿"几只上山（肯定不能叫偷），给小月补补身子。我趁夜色悄悄潜到几个月前潜过的深潭边，等家里的煤油灯熄了，开始行动。鸡窝在院子里，闭着眼摸过去都能找着。因为鸡笼是我搭的，鸡门是我做的，几根树棍子一钉，再用石头一靠成了。我把鸡门拿开，伸手进去，发现已经没有几只了。

我猜一定是桃花给王二虎补了身子。想到这些，我气不打一处来，桃花桃花，你女人心三伏天，变得真快呀，我跟你一起养的鸡都给奸夫吃了，我陶一宝爱你宠你几年，你连一只鸡屁股都不留给我啊。好啊，你不给我留，我非要吃，把你的鸡全吃光。

我抓住一只鸡，那鸡咕咕叫起来，我把它拖出来，毫不犹疑地把它的脖子扭断了。我对鸡说，对不住了，你不死我就饿死了，我不吃你，还是便宜那个王八蛋。我用同样办法，扭断其他两只鸡脖子，在抓第四只鸡时，鸡在窝里受了惊吓，到处扑腾，而且不停发出咕咕叫声。叫声惊动了屋子里的人。灯亮了，我先听见王二虎的声音："鸡怎么叫了？"接着是桃花的声音："快去看看，雪天怕是黄大仙来了！"我赶紧拎起死鸡往后山上跑。

我一口气跑到山顶上，王二虎和桃花竟然打电筒追上来了，电光在我四周的雪地、杂树林子身上不停地晃动。一些光影像闪电一样在我身上瞬间划过。我甚至听见王二虎和桃花急促的脚步踏在雪地的声音，还有时高时低的诅咒声。我吓得赶紧蹲在地上，这才发现在雪花堆积的山路上除了有我两行脚印，还有不停从三只鸡身上滴下的鲜血，那些血点像在雪地上撒上的一朵朵鲜红的花瓣。这时我才知道王二虎和桃花是怎么跟踪我到山上的，我发现自己是个又笨又可笑的偷鸡贼。我必须甩掉他们，否则我永远也回不到山洞。我依照下山时的办法折根树枝边走边扫，渐渐地就把后面的手电筒光甩出去很远，直到后来的诅咒声一点都听不见了，我才放心。

回到洞里，我把平时烧水热菜才用的小铁锅支起来，把一只最大的芦花鸡洗净剁成块炖上。虽然那天因为激烈的妊娠反应小月只喝了点鸡汤，但鸡汤一下肚子，蜡黄的脸上便飞上了红晕，像枝头飞上的两朵梅花，鲜艳欲滴。两天后小月有点力气下地走路了，她就想着弄把锅灰把自己的脸抹得更黑更脏，再把那件补丁叠补丁的乞丐服穿上，打算下山要饭。我很生气地宣布，从今往后要饭也好偷也好抢也好都由我来干，小月只许待在山上养娃子。

几天后，我把最后一只鸡炖好，便冒着风雪再次下山。因为风雪太大，我走歪了道，迷失了原来下山的路。在一个人迹罕至的山梁上，我发现雪白的地上有只蠕动的黑点，它一定是只动物，但看不清是啥子。我朝着黑点移过去，或许黑点发现我来了，突然蹿得老高，我以为它会落荒而逃，但它仍然落在原地。原来是只肥硕无比的狗獾，它的一只腿被牢牢的铁圈锁住，皮毛已经磨破，正一滴一滴往下淌血，血把那块企图逃跑弄乱的雪地染红。这个偶然的发现，让我如获至宝，我折根粗些的树棍把狗獾敲死，背回山上，让我和小月，哦，还有小月肚里的女儿又足足吃了四天才吃完。

有了这次的经验，我隔天把就去寻找猎人下的套，寻找那些被套住的山鸡野兔和狗獾，那个冬天，我除了到镇上公共粮站偷过一回米，就再也没下过山。我们几乎没有断过各种野味，这多亏了山下那些喜欢打猎的人，是他们免费帮助了我们。我们离开人类群聚的地方，被人类遗忘，过着与世隔绝的生活，一直到桃花带着兰子小刚离开深潭边上的草屋嫁给王二虎算起，我们在山上整整度过了六个月。这时大雪早化掉了，山里的树和土地一样黝黑，天空经常彤云密布，晴朗的天气不多。

要过节了，我倒是有很多时间下山去"置办年货"。我就是在"置办年货"时知道桃花要嫁人了，而且是桃花亲口告诉我的，那是我在桃花嫁人前最后一次见到她，若干年后她来找过我一次，后来我们再没有见过面了。

她是有意在等我，一连等了几个晚上，她知道我会来。自从上次追赶偷鸡贼没追上，她就猜到是我，她一直把这个秘密放在心里，有意留下笼子里最后两只鸡等我来抓。当我抓起笼子里最后两只鸡时，她站在我身后，轻声说："不要弄死它，回去再杀。"我猛地回头，看见桃花眼里含满泪水，伤心欲绝的样子。我知道这个女人对我还有一丝怜悯和同情，但我还是扔掉手上的鸡想逃走。桃花哭出了声，她的哭声没有招来屋里的人，王二虎不在，连娃儿们都不在。

"一宝，你能不走吗？我有话说。"

我望着屋里。"你不要害怕，屋里没人，我是在等你。"

"是吗？你和我儿子都住进了王家，还没过门不觉得丢人吗？"

"明天是正日，我今天晚上在这个屋子住最后一晚上，明早二虎来接我。""你终于死心塌地跟他了，别忘了，是他间接杀了老板娘，你的亲妈。"

"我没忘！没忘又能怎样？"桃花提高了嗓门。"不错，是王二虎间接杀了我妈，我妈地下有知一定恨死我了，可她不能怪我，你也不能怪我，哪个叫你不能保护我？我一个女人家一而再再而三地拒绝一个大男人，我能拒绝多久呢？"

"那你不能去死吗？"我恶毒地说。

"你说的我想过，在我被强迫后，也想过跳潭死了算了，可想到你带着小刚在世上孤独生活，我就害怕。我不是一个不知廉耻的女人。但为了小刚，我要活下去。"

"那你干啥非要嫁给他？"

"我不嫁，我不嫁你回来保护我啊，你在哪？你一石头把他砸死，被枪毙，我都不会怪你。可是，我就这样一直没名没分地跟着他，对我对你对小刚公平吗？时至今日，为了小刚，为了顾全你我的名声，我们只有分手一条路了。我想过，嫁给王二虎未必就是坏事，跟着你，小刚一辈子都要夹着尾巴做人。一宝，你说我说的对吗？"

我知道桃花说的对，可我能说对吗？沉默一会儿后，我说："小刚一定要改姓吗？"

"看你说的，不改姓能抹掉你对儿子的影响？人家打开档案，看父亲是你，还能让儿子上大学当兵进工厂？"

我把头侧过去，没办法否决桃花的话。桃花说："一宝，我们面对现实吧。我走后，这间房子你就搬进来住吧，你伤害王二虎的事，我来求情，我相信他会到派出所撤案，放过你的。"

"谢谢，我不要那个坏蛋可怜我。"

说完，我要回山上去。

"一宝，看着儿子的面子，你再等会走好吗？"桃花温柔地叫我。我已经很久没有听到这样的叫声了，它像磁铁一样紧紧吸住我的心，让我挪不动脚步。我站住，背对着她。桃花伸过手来拉住我："跟我进屋吧，让我帮你剪剪头发。"

"不。"我赶紧捂住自己的头。

桃花笑了："一宝，我晓得你留这个头是想伪装自己，镇里人被你骗了，却骗不过我。我早晓得在街上溜达的要饭花子是你。"

"你咋看得出来？"我很奇怪。

桃花说："你是我的男人，即使化成灰，我也认得。"

"你还认我是你的男人？"

"怎不认？我一天没跟王二虎洞房花烛，我就还是你的老婆，小刚还是你的儿子。"

"桃花！"我一把抱住桃花，眼泪哗哗直流。


三


那一晚，桃花帮我剪头，还烧了一大锅开水，让我洗澡。那时节正是寒冬腊月，洗完后我冻得浑身发抖，桃花一把抱住我光溜溜的身子，搂得紧紧的。她把头埋进我的怀里哭，哭得山摇地动。我搂着她，搂着几年前那个在茶馆里无忧无虑快乐地像个小天使的桃花，心如刀割。我说："桃花，都怪我没用，怪我没用，连个老婆都守不住，你去吧，只要你过得好，儿子过得好，我陶一宝这辈子死都值了。"

桃花用手捂住我的嘴："一宝，我不许你说死，以后你一个人过日子，要好好活，活给王二虎看，啥时候都要把自己弄得干干净净，别糟蹋自己。"我知道桃花不晓得我还有个小月，我想告诉她我不是一个人，我会听她话好好善待自己的。话到嘴边，我又吞了下去。

夜深了，桃花有意留我。那是我和桃花作为夫妻最后一次同床。桃花把她作为女人最温柔最美的一面献给了我，那是在我新婚之夜都没有得到过的最美丽的瞬间。桃花尽心尽力，让我感到她内心的负疚和煎熬，她在与王二虎大婚之前跟我这个前夫疯狂缠绵，足以证明她想洗刷内心的不安和对我抛弃的愧疚。没等天亮，也不能等到天亮，我们哭着分手。没有月亮的夜空，几颗寒星时隐时现。我跟跄着上山，一路像饿狼一样嗷叫，叫声刺激着站在院子里的桃花，让她捂住脸一遍遍地流泪。

第二天上午，仍然是个阴天，这样的天气上路，让人感觉不到一丝喜气。王二虎亲自开着北京吉普来接桃花。桃花走出院门的时候，已经满面春风，完全换了个人。她的头发梳理得油光冒亮，发结绾在脑后，还插了一只银簪。脸上显然上了胭脂，红扑扑的像两只红富士苹果。她的上身穿着王二虎给她准备的崭新的黄军装，下身是一条半新不旧的蓝色裤子，看起来干净精神，像个新娘。昨晚上那个桃花，是我的桃花。现在的桃花，是沐浴重生的桃花，她已经跟昨天正式告别。看她脚步轻盈浑身上下洋溢着幸福可以看出，她其实爱的是她的初恋情人王二虎。

王二虎穿了一套褐色中山装，中山装的上衣口袋里，别了四支钢笔，他想告诉别人他是干部，也是个文化人。他头上戴着黄军帽，脚下穿着崭新的解放鞋。胸前戴着纸做的大红花。他不想戴，是他的秘书，正在他的身后放鞭炮的李干事硬挂上的，说这样喜气。等桃花走过来，他把手上准备的另外一朵别在桃花的胸口，在别花的工夫，他感觉到桃花挺拔的胸脯在急促地起伏，直楞楞的大眼睛含情脉脉地看着自己，王二虎受到感染，一把把桃花抱在怀里，一边吻，一边走过深潭的小路。

这一切让躲在深潭边上的我看得清清楚楚，我不知道是为桃花高兴还是诅咒她，反正她走的时候，连头都没回，她对生活几年的小草屋没有一丝眷恋，她应该是彻底把我和我们的过去抹掉了，一丝痕迹都不肯留。

我走进冷漠寂静的院子，看见两只老母鸡孤零零地在墙角觅食。打开大门，光线随之挤进幽暗漆黑的堂屋，被抹得干干净净的锅台上，碗筷摆放得整整齐齐。里屋一切原样，床上叠着的被褥应该还残留着桃花和我缠绵的体温，两只从肚儿矶茶馆带来的唯一的大木箱静静地安放在墙角，窗户上的报纸露着大洞，那可能是两个娃子的杰作。这就是我和桃花生活几年的家，这个家虽然一直清贫，但有过欢声笑语，有过家的温煦。春节马上到了，我仿佛看见去年春节的影子，看见我和桃花半夜三更在切着我从老周家偷来的咸肉，两个娃子趴在床上，饥饿让他们无法睡着，他们静静地看着我们做着一切。没等饭熟肉烂，儿子小刚就一遍遍喊："饭好了，肉熟了！"我和桃花笑了。这个情景好像就在眼前，然而眼下，这个屋子冷冷清清，除了寂寞，就是我投在地上的寂寞的影子。不知什么时候，太阳从厚厚的云层里挤出来，把几道光线射进大门和窗户，屋子里陡然亮堂起来，且增加了些许的温暖。

我以为这辈子霉运从此结束。我把小月从山上接回草屋的第二年三月，我的第二个娃子、我的女儿陶英还没出生，我就让派出所的人抓走了。刚进去时，我以为是我过完春节整天无所事事，偶尔聚众赌博让人举报了，其实根本不是这回事。审问我的公安还是把我伤害王二虎的案子拿出来让我交代。我暗暗叫苦，咒骂桃花欺骗了我。其实我错怪桃花了，为了让王二虎放过我，桃花把此作为嫁给王二虎一个附加条件。只不过王二虎背信弃义，没有实践诺言。

当我被戴上手铐带到深潭指认现场的时候，小月挺着大肚子哭喊着走过来。我不知道今后她该怎么办，我突然跪在地上央求公安，希望他们放我一马，让我照顾到老婆生完娃子再抓我，我的想法当然天真可笑，他们不会给一个罪犯任何机会。在上车前的一刹那，我看见小月一只手抱着肚子一只手搂着树，脸上布满痛苦和绝望。我怀疑小月要生了，情急之下，我让她去肚儿矶招待所找桃花，我说在整个江镇我没有朋友，只有她可能会帮你。事实上我这个判断是正确的，在我被判三年徒刑之后，小月一直靠桃花在照顾。

# 四

等交接完手续，我被来人直接带到北边，就是我原来服刑的窑一队。虽然过去了十年，窑场还是那个窑场，办公室还是那个办公室，只是犯人走了一批又一批，管教换了一茬又一茬。但老规矩没有变。来人还是先把我带到保卫科垂训。我原以为给我垂训的仍然是黄科长，其实不是，出来后，我问黄科长是不是调走了，来人让我闭嘴，态度蛮横，一点人情味都没有。

当我被带进张洪军张书记的办公室时，发现办公室里一切都没有变，只是张洪军退休了，卸下身上千斤担子，每天在办公室打扫卫生，收发报纸，送送开水，打打杂。当张洪军看见我，明显吓了一跳，他说上次来游街，我就感觉不好，还是不幸言中了。

我的工作还是老本行，唯一有变化的就是不再和其他犯人住在一起，我被张洪军要去跟他一起住，理由是可以好好监督教育我。黄科长答应了，也算是对我的优待。就这样，三年劳教，我和我的恩人张洪军一直住在一起。

就在我快要刑满释放之际，江北青龙山劳改农场建成了，所有刑期未满的劳改人员以及大部分管理干部都要转移到江北，这个劳改窑场改由南京建设局领导，性质国有。黄科长跟着走了，张洪军懂管理，留下来做一窑厂长。通知一下来，张洪军找到我，问我愿不愿意继续留在窑厂干，我说当然愿意喽。

刑满释放那天，我决定回家一趟。

其实，这三年劳教，犯人家属每年是有一次探监的机会的，小月背着女儿从来没有放弃一次机会。虽然探视的房间有铁栅栏把我们隔开，十五分钟的交谈却已经足够。每次来小月总会带来家里一些消息，比如第一年她养了二十几只鸡，鸡苗是赊的，等鸡下蛋，拿蛋抵债。再比如第二年她养了两头猪，长得可肥了，她每天带着女儿上山割猪草，顺便采点野菜。到了第三年她来告诉我说在后山又开了亩把地，种上了麦子，说等秋天我出去的时候，就可以吃上白白胖胖的馒头以及很有筋道的面条了。

我一直等待这一天到来。这一天终于到来了。我跟张洪军请了假，顺便搭窑厂买菜的车回江镇。我在江镇一分钟没待，下了车就往家里跑。我想早早看见美丽的小月还有我那瞪着大大眼睛的可爱的女儿英子，我要告诉他们我自由了，而且还有了一份正式工作。

我穿过浓阴密布的深潭小路，直接推开院子柴门，发现地上到处散落着鸡毛，一只鸡都看不见。我推开大门，喊着小月，屋里冷冷清清，没有一个人影。我突然感到不妙。重新跑到院子外头，大声喊，小月小月，你在哪？隐约从屋后的山上传来哭泣。是小月！第一时间我想到是她，一定发生了什么大事！

我不顾一切往后山跑，很快看见大片垦荒地里坐着哭泣的小月，女儿英子坐在旁边傻傻地望着我。她对我应该没有记忆。这时我看清地里的东西被毁得一塌糊涂，种的莴笋辣椒还有韭菜被连根拔起，散落一地；大片快要收割的麦子被割的七零八落，许多麦子没有头，只剩下光秃秃的杆。

这是哪个畜生干的？我怒吼了。

小月看见我，含着泪高兴地说：你回来了，我还想着去接你。我没理会她说的话，继续吼着，告诉我，这是哪个畜生干的？

王二虎。小月说，王二虎带着一帮人干的。

我操他娘的！找他去！我抄起地上一根扁担就要走。小月见状，跳起来一把把扁担夺过去，你刚出来，又想惹祸，你能弄过人家吗？再说，人家又不是铲你一家，凡是私自开荒种的全毁，私下养得全杀，你说，你能不让他割？

不得好死！我把扁担扔在地上，气得不晓得咋办好。

小月比我冷静。她递给我一个菜篮子，要求我们一起到麦地里捡那些掉在地上的麦穗，虽然那些麦穗迟几天才能成熟，小月说把它们捡回去晒几个太阳，照样可以磨出白面。想到那些白面，我们干得很起劲，连女儿英子都跟在我们后面，捡拾我们落下的麦穗，每捡到一个她都会大声嚷嚷：妈妈，我又捡到一个。我们就会回头，笑着夸她：哦，我们的英子真厉害。

　　我在家里待了半个多月，把那些晒干的麦子送去磨了白面，小月说拿出一半给桃花送去，我当然没有意见，只是便宜了王二虎那狗日的了。我问小月，在我坐牢的日子，桃花多长时间来我们家一趟，小月说一般不超过三天，她每次来都是利用下班时间，不是送点米，就是送点油，逢年过节还会送点肉和布什么的，很多时候，是来看看，跟我聊聊天，说说话。凡是聊到你，她都再三表示对不起，让我多照顾你。那这一次为啥这么长时间不来了呢？是啊，为啥这么长时间不来了呢？小月也不晓得为什么。哦，记起来了，桃花最后一次来好像说，你要回来了，她以后就少过来了。我还说，她来玩她的，你回来你的。她笑着没吱声。

　　半个月是我跟张洪军请的假期，明天我得回去。小月趁我在家，下午就去给桃花送面粉。不到一个时辰，她又把面粉背回来了，脸上全是无奈和伤感。我问怎么回事。她伏在我身上伤心落泪。我说你哭啥子嘛，有话说嘛。她就把桃花受伤没来上班的事说给我听。

她说是店里服务员悄悄告诉她的，桃花被王二虎打得不轻，脸上身上都缠了绷带，全公社的人都知道了。

王二虎干嘛要下这么重的辣手？

不晓得！都说过日子，夫妻吵架正常，哪有往死里打的啊。

第二天，我算计着王二虎上班，娃子们上学，决定亲自带小月和英子去王二虎家看望桃花。值勤的门卫放她们母子进去，就是不让我进。我感到奇怪，我说我们是一家的。他说，早晓得你们是一家，还晓得你是我们王镇长他老婆的前夫，你说你能进吗？我说，前夫又咋的？他转身一边去传达室一边说："前夫见前妻，能有好事吗？"气得我真想给他后背心一拳。

小月出来告诉我，桃花的确伤得很重，肋骨被打断两根，脸上被擂出个大口子，需要在床上躺三个月。这个畜生！骂完这句话，我啥话都不想说了，不管小月跟我说啥，我都一声不吭。我的心沉甸甸的，像坠着块大石头。

第八章

烟消云散

# 一

从小月絮絮叨叨中，知道了事情的来龙去脉。原来王二虎和桃花未婚先孕生了女儿小兰后，又和亡妻生了两个女儿，没有一个是儿子，这让重男轻女的王二虎一直感到很遗憾。跟桃花破镜重圆后，他一心想让桃花为他生个儿子。桃花多问了一句：如果生个儿子小刚怎么办？王二虎想都没想就说，让小刚滚蛋。因为这个原因，桃花心思沉了下来。她晓得王二虎说到做到，她不能因为怕，就委屈儿子小刚，那不是她朱桃花的性格。再说，她当初嫁给王二虎有一半是为了给小刚奔个好前程，把小刚撵走，不但辜负初衷，也对不起被她多次伤害的陶一宝。

为了挫败王二虎的计划，桃花偷偷吃避孕药，不停地吃。后来，王二虎晓得了，跟她翻脸，不但把她藏的药全找出来扔掉，而且还狠狠把桃花打了一顿。这是王二虎第一次动手。事后还不解气，仗着权势，亲自找到药店，找到计生办管生育的，警告他们不许卖给桃花任何避孕药物，哪个卖哪个倒霉。这件事给江镇街的人留下几十年的笑话。

即使没了避孕药，桃花也没怀上，这让王二虎没了脾气，他不知道问题出在哪，有段时间甚至怀疑自己出了问题。后来他有意勾搭渔业大队青年女会计严惠美，没想到二人在一道不久，严惠美的肚子便变成了一座小山。他喜出望外，喜形于色，喜不自禁。他达到目的后，就商量着让严惠美打掉肚子里的孩子，可是倔犟的严惠美不但要生下来，而且要嫁给他王二虎。

王二虎一下子被推到风口浪尖，他必须做出离婚还是不离婚的选择。开始，王二虎有点犹疑，毕竟他和桃花自由恋爱，有感情基础，说离就离不是那么简单。所以，面对严惠美的纠缠，他拖延，找理由搪塞，实在搪塞不过去，就跟严惠美提出一个近乎荒诞的条件，那就是如果能确定肚子里装的是个小子，他就回去离婚。

这个条件让严惠美很生气，她没想到王二虎只是想让她生个儿子，根本就没爱过她，这让她的内心受到很大打击，她觉得王二虎是在玩弄自己。但她是个不简单的女人，浑身充满野蛮好斗不服输的性格。她一个人悄悄坐车去南京城大医院，希望能有医生帮她对肚子里的娃子做个性别鉴定，但没有一家肯做这样的事情。眼看过了晌午，她不吃不喝疲惫不堪地走在大街小巷，后来实在走不动了，就坐在路边啼哭。有一位七八十岁老太太过来关心她，一看就是城里的人，穿得干净利索，一口老南京腔。问清严惠美哭的来意，老太太把她拉起来，告诉她一个去处，说城南夫子庙住着个老中医，一搭脉就知道是丫头还是小子。严惠美千恩万谢，又吃了千辛万苦找到那个鹤发童颜的老中医。

严惠美回去后第一时间告诉王二虎，她怀的是儿子。王二虎也很兴奋，对待严惠美的态度有了很大转变，他答应回去离婚。他找桃花谈，桃花不同意，谁会同意呢？噢，你王二虎当初想不要我，就把我踢走，想要我，就把我从陶一宝手中抢过来。现在你说我不能为你生儿子，你又要把我踢走，你是什么人？是皇上？桃花苦口婆心劝他。二虎，我们已经有四个娃子了，你亡妻的两个丫头在乡下我们都没法照顾，你还有什么不满足的呢？小刚不是你的儿子吗？

"小刚不是我儿子！"王二虎唬着脸坚定地说。

"怎么不是你儿子？难道小刚不姓王吗？"二人吵了起来。"姓王不错，但并不是我亲生的。"王二虎不讲理了。

"呸，王二虎，你当初在草屋可不是这样说的，你说只要我嫁给你，你就把小刚当亲儿子待，你说你还是人啊？！"

"我怎么不是人了？当初我是说过，那时我不是没有儿子嘛，现在你说到天边，我有亲生儿子了，这个婚我必须离。"

桃花也不客气："告诉你王二虎，就算你把话说得这么死，铁定要离，我朱桃花就两个字'不离'。"

王二虎发狠："朱桃花，这个婚不离你试试，不离我是你养的，我就不信，老子还治不了你。"

桃花也不示弱："王二虎你别吓唬我，我晓得你狠，你就是拿枪打死我，我也不离。"

"你终于提枪的事了，我知道你不可能忘了老板娘那件事，你心里记着仇呢。"

"记着又怎样呢？你王二虎就是间接打死我妈的凶手，就是我杀母仇人！"想到屈死的母亲，桃花声音哽咽，"为了嫁给你，我违背良心，没想到你王二虎狼心狗肺，竟然要跟我离婚，你是人不是啊！妈呀，你叫我死后怎样面对你呀！"

桃花在一边哭，王二虎却在一旁狞笑。这一下激怒了桃花。桃花扑过去，口中骂着："你个王八蛋，你把我害成这样，你还好意思笑，姑奶奶跟你拼了！"

一场厮打惊天动地。小兰和小刚冲进来帮助桃花。小兰拽王二虎膀子，小刚抱着王二虎的腿，他们哭喊着不要打他们的妈妈。可王二虎不管那一套，他发疯似的继续殴打，一边打还一边高喊："打死你这个臭女人！"直到把桃花打得瘫在地上，口吐鲜血才罢手。

## 二

秋深了。飞舞的落叶在江镇街的天空飞舞旋转，大地灰蒙蒙的，似乎从来都没干净过。

因为桃花离婚的事，我在窑厂一直心事不宁。晚上，我和张洪军睡在一屋，他主动关心我，问我怎么了。我就把桃花被打的事告诉他。张洪军听罢，也不停叹息，认为王二虎做得太过分了。

我一直担心桃花。经常睡到夜里被各种揪打声、啼哭声还有肋骨啪啪断裂的声音所惊醒。醒来，我就在心里诅咒王二虎，咒他早死早好。我的愿望是美好的，但现实是王二虎壮实如牛。我甚至怀疑，我死，这个一米八几的王八蛋都不会死。我只有感叹命运对我这种人的不公。至于桃花，我只能叫小月没事多去看看，陪她聊聊天。小月听话，几乎每天都背着小英去帮桃花洗衣服，帮她烧饭，帮她把家里的卫生搞得干干净净。

小月去了一个多月，一次也没碰见王二虎。虽然干部宿舍就在一个政府大院里，王二虎下了班都是径直去渔业大队找严惠美，那里俨然才是他的家。听人说，严惠美挺着肚子，殷勤地给王二虎做饭、烧菜、买酒，把王二虎伺候得舒舒服服。村里人经常看见他们出现在村外的江堤上，手挽手地散步，那情调那热力真的不亚于一对新婚夫妇。

桃花决定主动出击，设法挽回婚姻。她没有去王二虎的办公室闹，她觉得在江镇街这一亩三分地上，再闹都是没用的。她去县里找那个让王二虎写过检讨的李县长。李县长为人正直，最不喜欢下属偷鸡摸狗。果然，人家李县长听完桃花申诉之后，一个电话把王二虎叫到县城，当着桃花面把他臭骂一顿，骂他是当今陈世美，喜新厌旧，该斩；骂他是腐化堕落分子，该杀。最后，一口气给出五条意见：

1. 立即给桃花赔礼道歉，承认错误；

2. 立即断绝与严惠美的一切关系；

3. 消除影响，写出书面检讨；

4. 带着老婆儿女，上调县里人武部工作。

5. 如果做不到上面其中任何一条，撤职查办。

李县长问："二虎，你看你对我这五条处理意见可满意？"

王二虎偷偷斜瞄了一眼李县长，发现李县长正用锐利的目光严肃地看着自己，他赶紧把目光移开，结结巴巴地回道："满、满意，坚决按李、李县长指示办。"说完，王二虎脸上渗出豆大的汗珠。

李县长笑了，换成轻松的口气对王二虎说："现在你就当我面履行第一条吧，关键态度要诚恳。"

王二虎看看桃花，桃花把脸磨到一边。王二虎声音低低地说："桃花，我错了，请原谅我。"

"大声点！"李县长一点不客气。

王二虎清了清嗓门，几乎是吼着喉咙道："桃花，我错了，我鬼迷心窍伤害你，还有我们的娃子，对不起，请原谅，回去后，我立即断绝跟严惠美的来往，对组织作出深刻检查。"

他见桃花还是背着脸，突然跪在桃花面前，拉着桃花的手，声泪俱下，再次表示忏悔。

好像一夜之间，冬天又来了。我记得那年冬天出奇的寒冷，窑厂出的坯子都被冻裂了。小月通过桃花，从公社摇了个电话到窑厂找我，说桃花一家要搬到县城去，让我回去送送桃花还有我的儿子，晚了就赶不上了。

放下电话，我还没把事情说完，张洪军厂长就批了我的假。十几里的山路，没有车，我顺着干裂的公路往江镇街跑。等我跑得浑身冒汗能看见肚儿矶茶馆时，已经筋疲力尽。几乎同时，还有一个人跟我一样跑得七死八活，她就是严惠美，她是哭着从渔业大队跑进江镇大街的，等我们不约而同地跑到政府大门的时候，看见一辆卡车已经驶离大门。我知道我又一次错过了跟桃花和儿子道别的机会，极大的失望让我一屁股坐在地上喘气，半天爬不起来。严惠美却一头栽倒在地上，手指着王二虎离去的方向晕死过去，嘴巴里咬出了血，下身早被鲜血浸透了。

后来听说严惠美肚子里的娃子没保住，再后来听说她到县城找过一次王二虎，她没吵没闹，只是冷冷地告诉他，他们的娃子掉了，希望他记住这个仇，只要她严惠美活在世上一天，就让王二虎小心点，除非老天爷不给她机会。据说王二虎当时暴跳如雷，不但揪住严惠美的头发，狠狠抽了几个耳光，而且高声喊其他工作人员把她拖出去。

"疯子！一个疯子！还想威胁我！"

严惠美嘴角流着血，头发散乱地披在额前，她在被拖走的一刹那，留给王二虎的冷笑让王二虎不寒而栗。他第一次在一个女人面前感到真正害怕了。


## 三


新的一年的大雪又悄悄降临了。在我记忆里，我三十岁以前经历了十几场大雪，每一次都有故事发生。记得 1948 年那场大雪，我一个人可怜巴巴地病倒在旅馆里，要不是阿英的爸爸收留我，我或许就死在那个冬天了。1953 年那场大雪，让我对老郑、卢长松还有许多劳改窑厂的犯人念念不忘。有的人刑满走了，有的人长眠地下。到了 1959 年，蛤蟆堤缺口，大水淹没了江镇街，那年的大雪下的大呀，天寒地冻，没吃没喝的，我顺手牵走了老周家的米肉，间接害死了老周的老婆香子，逼走了他的大儿子。我这辈子干得最缺德的就是这件事，老天要是惩罚我，我会毫无怨言。1962年，我被逼上山躲避王二虎，那年大雪也够大，我每天在山上在雪地里寻找猎人下的套，把他们辛苦套上的猎物占为己有。1965年大雪，飘飘洒洒，断断续续下了整整十六天。我在窑厂数着，在做统计的本子上画正字，整整画了三个正字，外加一横。那一横之后，天就放晴了，阳光一天天炽烈。等大雪化完的那个周末，小月告诉我，我们家的堂屋被大雪压趴下来半尺，一根腐烂的椽子断裂，导致年久失修的屋面茅草塌陷下来，融化的雪水从上面往下滴，不，有的时候简直是在往下淌，把堂屋弄得一塌糊涂。我们商量，决定不到夏天开始修房子。

年后几个月，我把窑厂发的工资攒起来，买一些窑厂的瓦片回来，只是没有地方买房梁。小月说还是到山上砍树算了，我说不行。我指着屋顶上被虫蛀的房梁说，这是稻草，要是铺的瓦，房梁早断了，不砸死人才怪。那到哪里去买木料呢？问了很多人，都说木材市场几年前就没有了，连黑市交易都被割了"尾巴"。集体想要买木料，必须报计划由上头批。为了买到木头，我想了一个春天，也没有结果。

本来，张洪军想给我从窑厂搞点计划，等木料买回来，再悄悄卖给我。可报上去的计划迟迟批不下来。

我还决定把院子扩大一倍，把外面的厕所包进来，这样上厕所也方便，离深潭也近点，而且还可以在院子里种点果树花草。我毕竟是少爷出身，生活一旦稳定，我的少爷情调就会暴露，要说变修，我这种人变得最快。

我从窑厂买了一万块砖头用来打围墙，窑厂直接开车把砖送到深潭门口。至于木料，托了不少人还是没办法。有人说江北私人手下有黑市交易，只是过不了江，渡口查得比任何时候都紧。这个消息让我们想到老周。能不能找老周帮忙，用他的小渔船给我运一趟呢？小月提醒我。其实，小月并不认识老周，可能听我经常提起过去的事，她记住渔业大队有这么个人。

我只有等到下个礼拜天才有时间。没想到礼拜天没到，那天就变了，变得像被人捅了个窟窿，大雨没完没了地从天而降，还伴随着电闪雷鸣，那情形跟那年蛤蟆堤缺口的天气很相似，我和小月担心如果再来一次大水，把我们准备修房的材料全部冲走，那就倒霉透顶了。好在到了周六晚上，那雨点小了，到夜里天上竟然露出月亮，淡淡的云层，缓慢移动。

第二天，我穿过江镇街，从西边出镇，顺着那条河水暴涨的宽阔的外秦淮河一直往下走，走上半天，差不多能走到河的出口，从出口往右拐，就是渡口。几年前，我到江北买年货，就是在渡口被老周挡回来的。现在，老周早不在渡船上干了，跟小儿子两人生活，平时在生产队上工，鱼汛来时就跟大家一起下江捕鱼捞虾。唉，没有女人守护的日子，老周家不成家啊。上次躲在他家里，发现老周跟香子在世时相比，真是又黑又瘦，穿出来的衣服比乞丐好不了多少，儿子两个膝盖头子都通了个大洞，老周也不给他补一补，事实上他也不会补。

从渡口过去，顺着江堤走上七八里地，就是小周村了。不过，不到小周村的江堤上，这时站满了黑压压的人群，差不多全是小周村人，其中有老周和他的儿子，他们都昂着头，伸长脖子朝江里张望。

我感到好奇，问："老周，你们这么多人往江里望啥呢？"

老周看是我，惊讶地道："是一宝啊，你怎么来了？"

我说是来找他的，接着又问："你们往江里望，望啥呢？""哦"，老周指指自己，那么大的个子，长胳膊长腿，黑的像铁塔，竟然只穿一件裤衩，裤衩湿漉漉的，还在往下滴水。又指指不远处站着的儿子，指指儿子脚下堆着的门板和几根木头，说："明白了？我正在江里捞木头！"我明白了。心中惊呼："难道这是老天爷在帮我吗？"口中却道："不可能吧，江里咋有这些稀罕物呢？你在吹牛吧！"老周笑道："你不信是吧？长江发大水，上江好多地方房子倒了，江上不时飘下乱七八糟的东西很正常呀，什么芦席箱子门板木头，猪狗牛羊甚至人的尸体，应有尽有。"

老周说话时，我看见江面上浊浪涛涛，水流湍急，风推着浪，浪裹着风，欢快地向下游快速流走。江面明显比平时宽阔了不少，在这种情况下人下江危险大大增加。

"那些东西都是你一个人捞的？"我指老周儿子脚下的东西，有点不信。老周得意地说："当然是我捞的。"

"他们呢，他们没人下去？"

"他们？"老周不屑地说。"他们都在看我捞，看热闹，没人敢下的。"

"有啥不敢下的，只要抱着木头不就没事了？"我有点不服气。

"呵，你说的怪轻松，那你下去试试？"老周逗我。

我正要说"试试就试试"，江堤上忽然骚动起来，许多人纷纷指着江面高喊："木头，好几根木头！""大个子，快下啊！"喊大个子快下的人特别多，他们像在看一场戏，激动地喊着他们喜欢的"头牌"出场。

"哦，来了！"老周高声答应着，连招呼都来不及跟我打，三步并两步跳入江中。

高大的个子，有力的四肢，一下水就像一条大鱼，在水里轻松自如地前进，游向二百米开外的水中目标。人们在岸上屏住呼吸，看着老周尽情表演。突然，一个巨大的浪花打来，老周不见了，人们跟着很自然地发出惊讶。几秒甚至十几秒过后，老周的身影再次出现在水面时，他们又会是一片欢呼。等老周一手抱着一根木头，轻松游到岸边时，人们毫不吝啬地给出掌声。

老周刚把木头拖上岸，还没喘口气，人们又在叫他的名字。"大个子，上江又飘下木头了！"老周二话没说，转身要再次下江。一个剪着短发年轻漂亮的女人老远喊道："大个子，你不要命了？！"老周不由自主站住，看着女人走过来，脸上明显充满喜悦，他兴奋地说："老婆，你怎么来了？不放心我是吧？"女人走到老周面前，抬头望着他，小拳头直往他的胸上捶："我当然不放心你了，你要是有个三长两短，叫我下半辈子怎么活呀！"老周一把抓住她的小手说："惠美，你放心，有你在，老天爷不会收我的，因为老天爷还要我陪你到老呢！"是啊，周围的人一起哄笑，一起看着二人秀的恩爱。

我在一旁糊涂了，"惠美？"这个惠美是不是那个严惠美？如果是，他们两个怎么就到一起了呢？

"大个子，又飘几根木头过来了，你再不下，它们都飘走了！"人们在催促老周。老周放下女人，转身要走。我喊："等等，我也下！"我边说边脱衣服，这个举动惊呆了所有人，短暂沉默后，人们开始议论，这人哪块的，水性行不行啊，瘦得跟猴似的，能有力气吗？有人对老周说："大个子，你可不能带他去，万一有个好歹不是闹着玩的。"老周说："我不带他！"然后跟我说："陶一宝，你别开玩笑，小周村这么多渔民，哪个水性比你差？人家都不敢下，你逞什么能啊。"我说："老周，你别忘了，我家原先就是放排的，放排跟水打交道，你放心，我六岁就会水了。""真的假的？"老周半信半疑。"当然是真的！"我推着老周往江里走。

老周在水里就是一条蛟龙，一会儿蛙泳一会儿潜泳一会儿蝶泳，踩高跷，狗爬式样样精通。我站在水边，竟然一阵头晕。毕竟二十多年没下过水了，刚才所说的话都是壮起胆子说的，这时一旦站在冰冷的江水里，望着一二尺高的江浪不停地撞击着江堤，我的头开始发晕，我想打退堂鼓。回头看看小周村那些渔民，他们正用鄙夷的眼光看着我。特别是那个叫惠美的女人，正用极不信任的目光看着我。我心一横，扑通跳入江中，立即感到我被冰冷的江水包裹起来，只露出半个脑袋在水面。

我开始向江心游去，开始把老周使用过的姿势都用了一遍，然后把这些姿势交替使用。等我游出一百多米的时候，我的一只脚开始抽筋，体力明显不支，我害怕了，决定掉头往回游。可我算计了一下，凭我现在的力气想游回岸边已经困难，如果继续往江心游，只要抱上一根木头，就胜利在望了。

我选择了继续前进。

越往开走，风浪越大。越往开走，我的力气越不足。我开始大口喘气，视线也变得模糊，但我的脑子还是很清醒。我在一只脚因抽筋失去知觉的最后时刻，我看见五米开外飘来一根大木头，它就像座小山朝我压来，我高兴地睁大了眼睛，使出最后吃奶的力气，游到它的身边，我把双手举起，猛扑过去，我只要抱着它，就不会沉入江底。我扑上去了，抱住它了，可是它没有给我足够的浮力，我没使劲它就带着我沉入水里。坏了！我遇到了一根没有浮力的沉水木，这种木头除了自身一点浮力之外，任何外来的压力都会让它下沉。我明白，我完了。我没想到因逞一时之勇，竟要命丧江中。我松开了那根沉水木，浑浊的江水开始往我的嘴里灌。我的意识开始模糊。我好像喊过"老周，救命"，很快就失去知觉了……

## 四

后来，我知道了老周救我的全部细节。那是一个非常惊险感人的场面。当时老周已经夹着一根木头离我很远，听见了我的呼救声，毫不犹疑地扔掉手中的木头，像条箭鱼一样向我冲来。岸上人已经看不见我挣扎的手臂。老周游到我出事地点，除了黄汤似的江水、白色泡沫，以及稻草等乱七八糟的漂浮物，就是没有我的影子。为了找我，他踩着高跷，"站"在水里，搜索着水面，他在心中一遍遍默念："陶一宝啊陶一宝，如果天不灭你，你就冒个头让我看见。"就是这么巧，我的头发在水面冒了一下，就冒了一下被他看见了，他伸手一把抓住，拎起来，然后反背着我，一边游一边哭。中途，他想到过放弃，这是真话，一点没有虚假。如果他放弃，所有的人不会说一个不字，很多人当时已经看出老周游不动了，他大口地喘气，大口吐出口中的江水，有几分钟他在原地打转转，甚至跟我一起漂浮在水面。等他游到岸边时，已经耗尽所有的力气，趴在水边一动不动了。

我想我要用一辈子感谢老周的救命之恩。不管后面的路是白的还是黑的，老周对我的恩情我永世不忘。在今后很长的岁月里，我一直在讲述这个故事，以至从渔业大队到整个江镇街都知道老周的水性无人能敌，他是我的救命恩人。

等我醒过来，老周把他从江里捞的木头都便宜卖给了我。在那个夏天的早上，深潭草屋正式修缮。七天以后，一个崭新的深潭瓦屋出现了。一切都是按照我们之前的设计施工。没过多久，江镇家家开始通电，这是一个多么好的消息。新房子，电灯，以及我在窑厂稳定的工作，都给我创造前所未有的好日子。闲暇的时候我都可以在深潭钓鱼了。

当真是大难不死必有后福，我甚至无聊到想探究深潭到底有多深。为了试试深浅，我让小月在我腰上系个绳子，另一头拴在树上，我游到深潭中央，一个猛子扎下去，使劲往下潜，潜了几人深还是不见底。我确定深潭是无底的。甚至相信深潭连着长江，连着大海。从此我更敬畏深潭了。

日子消消闲闲，钓鱼无法抚慰我躁动的心，我的老毛病又犯了。平时住在窑厂，跟工友们来点小的，并不过瘾。我想到过去那些赌鬼，我相信老周肯定晓得他们的窝点。我找到老周，他领我去了几处。在一家渔船上，我再次碰见罗矮子。我故意说："哎呀，我们领导也在啊。你不会是来抓赌的吧？"罗矮子对我悻悻然，一副爱理不理的样子。后来，在老周家赌了几次。开始严惠美没说啥，后来就对我们粗声大气，我们也识相，就把场子换到我那里，窝点就在藏我的小屋里。

平时几乎要赌到天亮，有一天夜里十二点多钟就结束了，小月煮了一大锅稀饭请那些赌鬼们吃夜宵，其他人吃完匆匆离开，我和小月唯独把老周拽住，非要他讲讲和严惠美的事。老周不想讲。我说上回买木料也没好意思问，你就说说呗。是啊，我们挺好奇的。小月也在帮腔。

其实也没啥好说的，老周说，也是缘分吧，那天傍晚，没有月亮，我和二子顺着江边下钩子钓老鳖白鳝，走到离渡口不远的柳树林里，突然听见"扑通"一声，好像有东西掉进江中。要知道那段江面是深坑子，足有三米多高，下面有多深哪个都不知道。我和二子放下手上的活，走过去瞧瞧，不好！我看见有个女人正在水中扑腾挣扎。我二话没说，跳到江中把她救起。她就是惠美。"她为啥要自杀，你问过吗？"

"问过，哪能不问。不过，一个大队的，她和王二虎那点事多少晓得。""她肯定是到县里找过王二虎后，才想不开的。"小月说。

"不错，后来她告诉我，王二虎太不是东西，不但没一句好话，还揪着她头发打她，她明白了，王二虎在桃花和她之间，一个都不爱，他爱他手中的权力。"

"严惠美恨死他了。"我说。

"这话一点不假。也不瞒你们，她嫁给我大个子这段日子，说长不长，说短不短，她心中的恨一点没消。她一天不提王二虎三个字，觉都睡不着。有一回，我们正在一起，她突然冒出'王二虎，我要杀了你'，这不但让我生气，而且大大影响我的情绪，我一下子就不行了。要晓得我们相差十几岁，本来要协调好节奏都不容易，她偏偏老是走神，咳，都是王二虎害的，我也不怪她。"

打这以后老周很少来了，偶尔来个次把次，精神一直不太旺，蔫不拉叽的，每次都输钱。我问他咋回事，他吞吞吐吐不肯说，心事挺沉的。后来就一直没看见他。我和小月猜是严惠美管得严，老周出不来。但一致认为不出来是好事。到了秋天，有人举报我这个窝点，突然来了十几个公安包围了院子，把所有人身上的钱物抄走，人被带到派出所关起来。我是在第二天交了八十块钱罚金后由张洪军和保卫科的人领走的。我被带回窑厂关了禁闭，大会小会都去作检讨，连平时窑厂里一些小聚小赌也被禁止。

到底是哪个举报的呢？没事我和小月在床上琢磨。我说，出事的那天晚上，最有可能举报的是罗矮子，他是公社干部，会假积极。小月反对，她说那件事后，罗矮子被撤掉了所长的职务，又回铁匠店干老本行了。我说是你亲眼看见的？小月说就是她亲眼看见的，罗矮子胸前围着大兜兜，手上拎把大锤，看见她还跟她微笑点头哩。

我们继续排查，最后疑点落在一个人的身上，他是王村的，不姓王，姓刁，刁德一的刁。他老婆摸上门来又哭又闹，说他男人再不回家，就上派出所举报。

"那天那个男的来了？""来了！"

"我怎么没有一点印象？"

"不高不胖，皮肤有点白，认识他的人喊他刁会计！"

"哦，是他啊！"

研究一晚上，我们认定是这个姓刁的老婆举报的，后来事实证明这是一桩冤假错案。所有被查抄的赌窝，十之八九是老周举报的。他为啥要这么干？总结两点，一是老周真正认识到赌博的害处；二是听严惠美的话，举报赌博就是他积极要求进步的标志。在他的配合下，江镇街所有的赌窝被一扫而光，好些年没人敢赌。

怪不得后来遇见老周和严惠美，他们对我总是一副清高和不屑的样子。起先我以为是老周知道我做过对不起他的事，后来才知道是他做了对不起我的事。我们这下总算扯平了。

# 五

好长时间没有桃花和儿子的消息了，他们毕竟是我生命中最重要的人。有一天，我下班特地转到肚儿矶茶馆，不！肚儿矶旅社，打听桃花和王二虎的消息。桃花原来的同事告诉我，他们一家人在县里过得很好。桃花还那样，王二虎和两个娃子都长胖了。娃子们学习都不错。

你怎么晓得啊？我还有点不信，以为那女人哄我开心。女人说，她姑姑也在县里工作，她去看姑姑，在县委大院碰见送娃子上学回来的桃花，桃花还问陶一宝过得好不好。听说很好，她笑得好开心。

回到家，我说给小月听，小月提议等到过年放假，咱一家人去桃花家做客，爬爬东山，逛逛东山镇。这个主意不错，我投了赞成票。然而，这一切都是我们一厢情愿，在一个不太炎热的上午，我正在院子里劈柴，忽然看见桃花领着小刚和小兰大包小包从深潭那边小路过来，而且还清晰可见桃花一袭黑衣，头上别着一朵白花，小刚和小兰臂膀上戴着黑纱，脸上神情落寞。

啊，谁死了？我吃惊不小，赶紧把小月叫出来。小月也是惊讶不已。

"难道是王八蛋没了？"我轻轻说。

"别瞎说！王二虎身体那么强壮！"

说着话，桃花带着两个孩子已到身边。

很久没见了，儿子小刚看起来相貌清瘦，细眉大眼，很像我。小兰胖了一点，长高了许多。可能因为离开久了，两个娃子对我都显得陌生。特别是小刚，见到我，怯怯地，像不认识我一般。桃花几次让他喊我，他就是不叫。桃花当时生气地在他后脑勺上轻轻拍了下，咬着牙说：

"你这娃子，没见你爹时，天天想见，现在见着了，又不肯叫。"

吃完午饭，她让小刚、小兰、陶英三个娃子到后山去玩，自己留下来有事要跟我们说。娃子们刚出门，桃花开始讲王二虎的死。她说一周前王二虎吃完早饭去上班，走到车站突然瘫倒在地上，口吐白沫，浑身抽搐，等好心人把他抬到不远处的县医院时，他早走了。桃花叙述她丈夫的死，显得很平静，就像在讲别人的故事。唉，这或许是王二虎生前伤透了桃花的心，也或许桃花为王二虎哭干了眼泪，谁知道呢。

小月有点生气，桃花，出这么大事，你也不通知我们啊！

桃花说，哪好意思通知你们，王二虎欠一宝太多，凭啥还给他戴孝送行？我瞪了小月一眼。小月也觉得说错话了，低下头不吱声。沉默一会儿，我问："镇里还去人的？"

"能不去人嘛，从书记到主要科室领导都去了。"

"主要科室？那严惠美肯定得去！"我说。

严慧美、大个子老周都去了，不过不是去吊唁的，是气我的，他们恨不得把二虎的尸体拖起来打一顿，从上场到下场，严惠美都幸灾乐祸笑逐颜开，把王家丧事当成一场喜事，她的行为连江镇一把手都看不下去，当那么多人的面狠狠批了她一顿。不过，话说回头，这一切都是王二虎活着的时候造下的孽，也怪不得别人恨他。

"咳，毕竟死人为大，过去的事就让它过去吧，你节哀顺变。"小月说。桃花点头。

"以后你打算怎么办？"我问。

桃花想了想，说："我不晓得哩。不过，我有事求你们。"我说，"慢，让我猜猜是啥事。"

桃花说好。

我装神弄鬼，念念有词，最后说，"王二虎走了，你想把小刚留给我，对吧？"

桃花说，"你只猜对了一半！""啥意思？"我问。

桃花苦笑了一下说，"不是只留小刚一个人，我是要把小兰小刚一起留下来，你们愿意收留吗？"

没想到是这个结果，这让我和小月都很惊讶，一时没有马上表态。桃花以为我们不肯，想跪下央求我们，被我和小月拉住了。我说，"你一个娃子不留，老来怎办？"小月一把拽过我说，"你呀，桃花才多大，以后嫁人就不要娃子了？有娃子找人难啊，桃花，你说我说的对不？"

桃花只是笑，不说对也不说不对。

见我们答应了，桃花身上就像突然放下一件重物似的，显得轻松多了。她说去后山给老板娘磕个头烧个香，要我陪她去。我下意识地望向小月。小月大度地说，"一宝本来就是你妈的儿子，去磕头是应该的啊，我求之不得哩。"桃花闻言，对我说，"一宝，我真为你高兴，你这个老婆真是贤惠大度，你有福气啊。"小月说，"你别夸我了，你也不错啊，一宝老是在我面前说你的好处哩。"

你听他的！桃花拿上从县城带来的香烛点心水果还有草纸，让我跟她一起上山。

娃子们早在后山玩耍，看见我们过来，小兰嘴甜："爹爹，妈妈！"小刚只是漠然望着，是望着我们，还是望着我们身后的天空，不晓得。英子跑过来拉起我的手，问我，"妈妈呢？"我说在家洗锅涮碗呢。

老板娘的坟长满了青草，清明时我还拔过，不知怎的又长了那么多。桃花说，不怪你，你做的比亲儿子都好了。

桃花开始拔除那些一人深的野草，一边拔，一边跟我聊天。

"一宝，还记得你来茶馆的头一天吗？"

"记得。"

"你烧火，偷偷看我。"

"是啊，我觉得你好漂亮，一根大辫子真的很美。"

"可是，我骂了你，心里想你是个小流氓，打心眼里瞧不起你。"

"骂得对，我是啥人，你是啥人，我就是只癞蛤蟆……"

"后来，王二虎不要我，你不嫌弃，娶了我。你对我可好了，可我的心里一直没有你。"

"我晓得，你心里一直装着王二虎。"

"虽然是这样，我跟你有小刚，我还是愿意跟你过。可是，他百般骚扰我，你明知道却不能保护我，我对你很失望，再想想跟着你娃子们没有出路，我决定放弃你。后来，你勇敢地报复他，我对你真是刮目相看，没想到，我一直瞧不起的窝囊男人陶一宝，竟然为他喜欢的女人不顾一切。"

"你不要夸我，我也是被逼无奈。"

"这辈子，我嫁给你虽然只有短短几年，但却是我最幸福的几年，如果哪一天我死了，我不想跟你和儿子离得太远，你就把我葬我妈的身边，哎，就这边，我就知足了。"

"桃花，你说啥话呢，我都不晓得哪个死在前头哩。"

"不会的，我算过了，你会活到女儿出门子，儿子娶媳妇抱孙子，如果到了那一天，你把他们带到我的坟前让我妈还有我好好看看，也高兴高兴。"

"好了，草拔好了，我不想再听你说死呀活的了。"

"好，我不说了，以后也不会再说。"

点上香烛，摆上点心，烧上纸钱。磕头。

不远处，小月出现在三个娃子当中，跟他们在玩耍，笑声不时传来，感染着我和桃花。

桃花理理头发，微笑着打量着四周她所熟悉的一切：深潭小屋，茂密的森林，绵绵的群山。然后，慢慢抬起她那好看而又美丽的脸庞，把孤独的目光引向蔚蓝而深邃的天空。

几只离群的大雁正在天上盘旋，久久不愿离去。

# 后 记

　　圈内的朋友大多晓得我在江边林子里养鸡，那是个安静的去处，特别是附近村子拆迁后，那里除了狗和鸡跟我做伴，很少有人打扰。我就这样白天伺候我的衣食父母，晚上孤灯夜战，有时写得兴起，也会通宵达旦。

　　这篇小说，前后用了不到两个月时间完成，写得比较顺。

　　在写这篇小说时，我内心充满激情和想象，很多时候我自己仿佛成了小说中的一个隐形人物，生活在小说中每一个场景里，跟书中的人物同呼吸共命运，一起哭，一起笑，跟他们一起走到最后。

　　这篇小说结尾还是比较温和的，实际情况是，早年王二虎为了往上爬，抛弃桃花，娶了干部女儿为妻；后来又犯了生活作风问题，把渔业大队女会计搞怀孕，最后被组织开除，回乡务农。即使到了这步田地，女会计严惠美也没有放过他。在走投无路之下，王二虎绑了块大石头跳江自杀，后来连尸体都没找到。

故事来源于生活，经过岁月发酵，变形，真假已经不那么重要了。我把它写出来，既是对拆迁后江宁这块故土的交代，也是对已故前辈们的敬意，更希望后来人不要忘掉那段苦难岁月。

这本书付梓出版前，得到了区文联丁梦然书记、叶乃俊秘书长的大力支持，得到了黄梵、陈仓和余一鸣老师大力推荐，在此一并谢过。

张为良

二〇二一年九月写于绿洲南苑